KNOCK-OUT

MARTIN KEUNE

KNOCK-OUT

Kriminalroman

berlin.krimi.verlag
be.bra verlag

Bibliografische Information der Deutschen Nationalbibliothek
Die Deutsche Nationalbibliothek verzeichnet diese Publikation in der Deutschen Nationalbibliografie; detaillierte bibliografische Daten sind im Internet über http://dnb.d-nb.de abrufbar.

KulturBrauerei Haus 2
Schönhauser Allee 37
10435 Berlin
post@bebraverlag.de
Lektorat: Claudia Jürgens, Berlin
Umschlag: Martin Keune (Foto: © bpk)
Satz: Da-TeX Gerd Blumenstein, Leipzig
Schrift: Stempel Garamond, 10/13,5 pt
Druck und Bindung: Finidr, Český Těšín
ISBN 978-3-89809-540-2

www.bebraverlag.de

FLIEGERBOMBE

Wahrscheinlich gab es lohnendere Orte, um eine Bombe explodieren zu lassen; Orte, wo mehr Menschen die Detonation hören würden, wo Bäume entlaubt werden konnten und Mauern zum Einsturz gebracht. Doch wenn man in dieser riesigen Stadt Berlin einen Ort gesucht hätte, wo man am wenigsten mit einer Bombe rechnen würde, dann wäre es hier; hier in den menschenleeren Gassen mit den Backsteinhäusern westlich der Friedrichstraße, wo selbst in dieser besonderen Nacht des Jahres Stille herrschte. Und es machte keinen großen Unterschied, ob die Bombe ein solider Sprengkörper mit Stahlmantel war – oder eine überfüllte Eckkneipe, die nur einen explosiven Namen trug und sich in dieser verlassenen Ecke der Stadt um etwas Bombenstimmung bemühte. Der Laden, auf den Sándor Lehmann in dieser Silvesternacht des Jahres 1931 zusteuerte, hieß Fliegerbombe, und als er, in einen dunklen Wollmantel gehüllt, den verschneiten Karlsplatz überquerte und rechts in die Luisenstraße abbog, deren Trottoirs mit Schneewehen zugedeckt waren, sah nichts im Viertel östlich der Charité nach einer Kneipe aus, die noch geöffnet hatte.

Doch Sándor wusste, wohin er wollte; die Bombe war ein, zwei Jahre lang sein zweites Zuhause gewesen – eigentlich sein erstes eigenes, richtiges Zuhause. Damals hatte er noch schräg gegenüber im 106er-Revier gearbeitet. Als Polizeianwärter hatte er die Arbeit unglaublich ernst genommen; als er zum ersten Mal einen der eben erst hopsgenommenen Ganoven am Tresen sein Bier trinken gesehen hatte, war das ein regelrechter Schock für ihn gewesen. Doch er hatte sich daran gewöhnt; er hatte sich überhaupt an vieles gewöhnt inzwischen – und besonders diese Ecknneipe machte es einem leicht, sich an sie zu gewöhnen und alles, was man sah, für normal zu halten. Sein Chef, Ernst Gennat, der legendäre Leiter der Mordkommission drüben am Alexanderplatz, hasste Schuppen wie die Fliegerbombe. Gennat wusste genau, dass sich hier die Halbwelt traf und dass es mit den Jungs vom 106er eine ganze Menge Berührungspunkte gab, die er lieber vermieden hätte – Berührungspunkte jeder Art. Manchmal berührten Fäuste Kinnspitzen oder Magengruben, manchmal berührten zwei Hände denselben Stapel Geldscheine, und beides war Ernst Gennat alles andere als recht.

Sándor Lehmann klappte den Mantelkragen herunter und fuhr sich mit der Hand durchs Haar. Manches sah der Chef zu eng; die Bombe war eine Kneipe, wie es sie in dieser Stadt Dutzende gab, und wenn die Mauscheleien zwischen den Guten und den Bösen nicht hier am Tresen stattfanden, dann fanden sie eben woanders statt, geheimer und versteckter und auch schlechter zu beobachten. Er selber hatte die Fliegerbombe – eben tauchte der schmale Eingang mit dem langen Flur dahinter im Schneetreiben auf – damals gern besucht, weil immer was los war. Denn für Berlins Boxszene war Rosis verräucherte Stehbierhalle der Anlaufpunkt Nummer eins, und irgendwer hatte immer gerade einen Überraschungssieg zu feiern, irgendeiner hatte immer Anlass, sein frisch zerknautschtes Gesicht in ein paar Eimer Bier zu tauchen und anschließend mit irgendeinem Fremden einen Streit anzuzetteln, um wenigstens nach dem Kampf noch etwas Brass loszuwerden. Eigentlich hatte das Lokal wohl einmal »Rosis Tanzbar« geheißen, aber zu einem der Boxer, dem sie auf der anderen Straßenseite in der Charité das Gesicht wieder zusammengenäht hatten, hatte der Chirurg angeblich gesagt: »Mann, was ist Ihnen denn passiert? Sind Sie von einer Fliegerbombe getroffen worden?« Ob das stimmte oder nicht: Der Satz hatte in der Kneipe mehrere Abende die Runde gemacht und immer grölende Heiterkeit erregt. Seitdem hatten alle Rosis kleines Lokal nur noch »Fliegerbombe« genannt, bis Rosi dem Druck der Massen nachgegeben und das neue Namensschild über die Tür geschraubt hatte; einen schnörkeligen Jugendstil-Schriftzug mit einer Pin-up-Vignette, einer jungen Frau, die auf einer riesigen Bombe ritt und Rosi nicht ganz unähnlich war.

Sándor wischte sich den Schnee von den Schultern und trat ein. Er war nicht immer so entspannt durch diese Tür gegangen; in die Bombe kam er in letzter Zeit vor allem, wenn er genervt war, wenn ein Fall klemmte, er einen Anschiss gekriegt hatte – oder wenn er eine Information brauchte, die nicht in den Akten stand, und er ein paar Fühler ausstrecken musste, ein paar Schnäpse spendieren, sich umhören. Manchmal machte er auch einen Bogen um den Laden, um Rosi nicht zu treffen, weil er Rosi nichts vormachen konnte, seitdem sie damals ... egal. Manchmal ging er auch genau deshalb hin. Die Bombe, das war Nostalgie, die Rückkehr in seine ersten Jahre als Berliner Polizist. Es gab Abende, da erinnerte er sich gern an diese Vergangenheit, und Abende, da wich er ihr aus. Der Vergangeneheit – und Rosi.

Heute kam er nur auf eine Stippvisite hierher; ein schneller Besuch auf ein, zwei grüne Escorial, die Taschen voll mit lästig schwerem Kleingeld, das er von den Kollegen in der Mordkommission gesammelt hatte. Denn die Männer – und Gennats Sekretärin, Gertrud Steiner – hatten zusammengeworfen, um dem Chef zum Zweiundfünfzigsten (morgen, am Neujahrstag, kein Mensch hatte an Neujahr Geburtstag außer dem Chef) ein paar Eintrittskarten für einen großen Boxkampf zu schenken, und die bekam man hier in der Fliegerbombe zuverlässiger und meist auch preiswerter als an der Abendkasse im Spichernring.

Ja, es gab noch große Boxkämpfe, auch wenn die Zeiten schlecht waren; Jakob Domgörgen war ein Leichtgewicht mit Elan, eine Stahlfeder mit Sprungkraft, aber Phil Nefzger würde es ihm im Spichernring trotzdem schwer machen. Die Berliner Boxgemeinde fieberte dem ersten Kampf des neuen Jahres entgegen; Begegnungen wie diese waren selten geworden. Ernst Gennat, der

Leiter der Mordkommission, war eigentlich kein Mitglied dieser enthusiastischen Gemeinde. Er wog mehr als die beiden Boxer zusammen, und dass er mal bei einer Festnahme handgreiflich geworden wäre, daran konnte sich niemand im Präsidium erinnern. Trotzdem liebte der dicke Mann vom Alexanderplatz das Boxen aus einer intellektuellen Distanz heraus; die schnellen Bewegungen, das Kalkül, das strategische Einsetzen der eigenen Kräfte reizten ihn wie ein kniffeliger Kriminalfall. Meist war der Chef zu knauserig mit seiner eigenen Zeit, um sich wirklich mal einen Kampf anzusehen – und vielleicht auch zu träge, den geliebten Plüschsessel im Büro zu verlassen –, aber wenn's ein Geburtstagsgeschenk war, würde er sich den Spaß sicher gönnen.

In der Fliegerbombe ging es auch jetzt, fast zwei Stunden nach dem Jahreswechsel, noch hoch her. Andere Sportsmänner mochten ihre Körper mit Askese schonen; die Boxer und alle anderen, die den kleinen Laden heute rappelvoll machten, hielten nicht viel von Abstinenz. Sándor drückte dem Faktotum an der Tür, einem zahnlosen ehemaligen Seemann namens Geert, den Mantel in die Hand und sondierte die Lage. Er war oft genug hier gewesen, um noch immer mit einem einzigen schweifenden Blick zu erfassen, wer gerade da war. Im Grunde war es leicht zu erkennen: Die Boxer zum Beispiel ruderten bei ihren Erzählungen mit den Armen, schoben die Schultern vor oder nahmen die Fäuste vors Gesicht. Sie schwadronierten über ihre Kämpfe, erlebte oder erträumte, und ihre Muskeln schwadronierten mit. Die Polizeibeamten hatten schnelle Augen; während sie ihrem Gegenüber noch das Gesicht zuwandten, zuckten ihre Blicke hin und her. Sie wollten kontrollieren, ob sie gesehen wurden – und selber sehen, was es zu sehen gab. Die richtig harten Burschen oder jedenfalls – Sándor hatte zu viele von ihnen schon in der Mangel gehabt, um mit dem Adjektiv noch allzu verschwenderisch umzugehen – solche, die sich für hart hielten, saßen reglos vor ihren Getränken; sie

taten entspannt, wollten nicht auffallen, versuchten, niemanden anzusehen, gleichgültig vor sich hin zu starren, während sie auf einen Lieferanten, einen Schuldner, einen Kumpan warteten. Alle anderen schrien durcheinander, lachten, klopften sich auf die Schultern.
Hinterm Tresen stand lächelnd Rosi, und Sándor fletschte die Zähne in ihre Richtung, ein Lächeln, das abgebrüht wirken sollte, aber ihm nicht gut gelang. Lächeln war keine seiner besten Übungen, und dass Rosis Anblick ihm noch immer jedes Mal einen kleinen Stich versetzte, ging ihm entschieden gegen den Strich. Rosi! Die viel zu große, viel zu ungelenke Person – in dieser aufgeregten Boxerkneipe hätte man eher einen resoluten Muttertyp erwartet, fand Sándor – stand mit verschränkten Armen an ihren vernickelten Zapfhähnen, großäugig, wachsam, mit einem ironischen Zug um den Mund. Diese Ironie, dieses fast geringschätzige Schmunzeln, mit dem sie quittierte, was um sie herum geschah: Das hatte Sándor vom ersten Tag an erstaunt. Verstand sie, was sie sah, durchschaute sie wirklich jeden einzelnen ihrer Kunden, und brachte sie wirklich ausnahmslos alldem diese typische Rosi-Mischung aus Wohlwollen und lächelnder Distanz entgegen? Er hatte es nie herausgefunden.
Rosies Lächeln veränderte sich kaum merklich, als sie ihn sah; vielleicht ging ein Hauch von Schmerz über ihr Gesicht, ein Anflug nur, wie wenn man ein paar Nüsse kaut und eine etwas bitterer schmeckt. Das war er, die etwas bitterere Nuss, er wusste es genau, auch wenn sie nie darüber gesprochen hatten. »Darüber sprechen«, das war gleich nach dem Lächeln seine zweitschlechteste Übung.
Aber da hatte ihn auch schon der Trubel verschluckt; Bekannte schlugen ihm auf die Schulter, alte Kollegen aus dem 106er, die an ihrem Posten festgewachsen waren und jetzt eifrig neue, junge Kollegen vorstellen wollten, denen sie eine große Kariere prophezeiten, wenn nur er, Sándor, seine schützende Hand über sie

legte. Oder Boxer, die mal mit dem Gesetz in Konflikt geraten waren – mit ihm, Sándor, als Arm des Gesetzes – und die nicht nachtragend waren und dieser Tatsache bei jeder sich bietenden Gelegenheit spendabel Ausdruck verleihen wollten.

Drüben am Platz vor dem Neuen Tor hatte Sándor eine SA-Truppe im schweigenden Trott Richtung Charité marschieren sehen; wahrscheinlich die Nachtwache für einen verletzten Kameraden, dem bei einer Wirtshausprügelei ein Barhocker über den Schädel gezogen worden war. Außer dem Tratt-tratt-tratt der Stiefel war die Nacht still gewesen, der Schnee hatte alle Geräusche geschluckt. Vor der Anatomie hatte ein Kutscher besoffen auf dem Kutschbock geschlafen; das dürre Bimmeln der Gnadenkirche war nur schwach aus der Ferne zu hören gewesen. Aber hier, in der Fliegerbombe – hier verstand man sein eigenes Wort nicht. Drei Kerle redeten gleichzeitig auf ihn ein, während Sándor mit dem Kartenabreißer aus dem Spichernring noch einen guten Preis aushandelte. Rosi hatte er bisher nicht mal »Guten Abend« gesagt; auf Förmlichkeiten hatte sie aber auch noch nie sonderlich Wert gelegt. Also ließ er sich in den Trubel fallen, wunderte sich nicht, als plötzlich ein eiskalter grüner Escorial vor ihm stand, ein süßer, bitterer Schock, der ihm die Schulterblätter wohlig zusammenzog, während auf der mikroskopisch kleinen Bühne gegenüber der Bar jemand hinters Schlagzeug geklettert war und ein paar Takte probierte, dsch dsch dmmp, dmmp. Das war der Rhythmus, den er an dieser Stadt liebte – nicht den Gleichschritt der Stiefel draußen im Schnee, sondern dieses harte, trockene Tappen der Tom, das Sirren der Becken.

Eine ganze Weile hatte Sándor ein Doppelleben im nächtlichen Berlin geführt. Tagsüber hatte er den harten Bullen gemimt, nachts war er, versteckt hinter einem monströsen Schnurrbart, mit der Klarinette auf die Jazzbühnen der Stadt geklettert. Der große Fremde mit der Tröte hatte mit Leuten wie Julian Fuhs, Lud Gluskin oder James Kok gespielt – für einen Jungen aus dem

Wedding eine unglaubliche Erfahrung. Vom Arbeiter-Schalmeien-Orchester an der Panke in den wilden Swing der funkelnden Tanzpaläste: Er hatte sich nie angestrengt für diese Ehre, nie geübt und nur immer darauf geachtet, dass der Schnurrbart richtig saß. Dabei war das Unsinn gewesen; in dieser entfesselten Zeit hätte er nackt in Kriegsbemalung auf den Tischen tanzen können, und niemand hätte daran Anstoß genommen. Niemand nahm Anstoß daran, dass ein großer, düster blickender Bulle mit blondem Krauskopf und schief gehauener Nase in eine viel zu klein wirkende Klarinette blies. Also tat er es noch immer ab und zu, und er tat es auch heute.

»Some of these days, you'll miss me, honey«, plärrte sein Instrument die Gesangsstimme von Sophie Tucker nach, und wer den Song kannte, konnte sich ein Grinsen nicht verkneifen über die synkopische, geradezu betrunken wirkende Parodie des Vaudeville-Klassikers von 1911. Schlagzeug und Klarinette blieben nicht lange allein, hinter dem Vorhang stand wahrhaftig ein zerkratztes, aber gut gestimmtes Klavier, und eine Stunde lang schepperte und schunkelte die Fliegerbombe ausgelassen durch die Nacht. Vielleicht vollführte der SA-Trupp draußen einen Wachwechsel und marschierte ignorant swinglos und zähneknirschend auf der anderen Straßenseite vorbei; das war egal: Die Bombe war noch nie das Ziel irgendwelcher Naziübergriffe gewesen, weil man wahrscheinlich wusste, dass hier drin eine ausgelassene Zweidutzendpackung Berliner Boxer, Bullen und Bösewichte nur darauf wartete, jemanden bis zur Neun und darüber hinaus auf die Bretter schicken zu können.

Wahrscheinlich war es drei, halb vier, als der Radau nachließ, und wahrscheinlich hatte Sándor von Anfang an gewusst, dass es so weitergehen würde: Rosi und er am Tresen, er schweigend, sie lächelnd. Manchmal schüttelte sie den Kopf, sah zu ihm rüber, öffnete kurz den Mund, um etwas zu sagen, und schwieg dann doch. Goss ihm stattdessen aus der halb leeren Flasche Genever, den er hasste, noch einen nach. Als das Schweigen zu lange gedauert hatte, war doch er es, der sprach.

»Wer ist denn eigentlich der Kerl da drüben?«

Rosi lachte auf, als hätte Sándor sich diesen Themenwechsel nur ausgedacht, um gar nicht erst zum Thema kommen zu müssen – aber richtig, ein Gast hatte die letzten zwei Stunden offenbar intensive Innenschau betrieben, war über dem Glas Mampe eingenickt und saß mit vornübergesunkenem Kopf auf einem Stuhl neben der Tür. Ein Boxer war das nicht, dafür war der Mann zu korpulent. Rosi seufzte, rutschte vom Hocker und stakste, selbst ein bisschen wackelig, zum Tisch des Gastes hinüber.

»He, Männeken, hier ist Feierabend. Ich kassiere!«

Der Mann antwortete nicht, und Rosi gab ihm einen freundschaftlichen, aber doch beherzten Klaps auf den Rücken. Der Kopf des Mannes klappte, als hätte Rosi einen geheimen Hebel umgelegt, langsam und ungesteuert in den Nacken, und die offenen Augen starrten an die wie ein Boxring mit alten Showscheinwerfern und Gerüststangen geschmückte Decke. Der rundliche Körper verlor den Halt auf dem Stuhl, und der Mann rutschte polternd vom Stuhl unter den Tisch, während Rosi aufschrie und Sándor fluchend vom Hocker sprang und neben sie trat.

ÜBERRASCHUNG, ÜBERRASCHUNG

Der Chef war wirklich hocherfreut über das geschmackvoll ausgesuchte, passende Geschenk, und die Kollegen, die mehr oder weniger verkatert am Neujahrstag Dienst schoben und zum Gratulieren vorbeischauten, wurden vom unermüdlichen Trudchen mit extrastarkem Kaffee und wahren Bergen von Neujahrpfannkuchen überhäuft – und mit selbst eingelegten sauren Heringen aus einem Fünf-Liter-Glas, für die die meisten noch dankbarer waren als für den Süßkram. Hansen, Schmitzke und der dicke Plötz sahen pflichtbewusst beim Alten vorbei; Sándor ließ sich – schließlich hatte er das Geschenk besorgt – sogar auf das staubige Plüschmöbel plumpsen, das das Büro des Chefs schon eine Weile zierte und normalerweise unter Schrumpfköpfen, Aktenordnern, beschlagnahmten und der Länge nach zu ballistischen Untersuchungen auseinandergesägten Waffen fast verschwand. Trudchen Steiner hatte aufgeräumt, und auch der Chef selbst machte einen gut sortierten, aufgeräumten Eindruck und legte eine Spannkraft an den Tag, hinter der Sándors nicht mal vierzig Jahre heute weit zurückblieben. Sándor brauchte zwei Tassen, zwei sehr große Tassen Kaffee, um zu begreifen, dass der Boss gar nicht so sehr von den Eintrittskarten zum Leichtgewichts-Boxkampf entzückt war, sondern vielmehr von der rätselhaften toten Männergestalt, die Sándor dankenswerterweise noch als Zugabe aus der Fliegerbombe mitgebracht hatte und die für Ernst Gennat offenbar das schönste Geburtstagsgeschenk war, das man ihm nur machen konnte. Natürlich hatte Sándor die Leiche nicht durch den Neuschnee geschleppt, obwohl das Leichenschauhaus mit den Sezierräumen der Kripo gleich um die Ecke in der Hannoverschen Straße lag, sondern genervt vom Eingang der Charité aus – dort gab es Telefon – Verstärkung gerufen. Die herbeitretenden SA-Männer hatte er angeschnauzt, sie sollten sich um ihren eigenen Kram kümmern, und Rosi, die mit ihren verschränkten Armen und der über die Schultern gelegten Lederjacke ernst und erwachsen ausgesehen hatte, hatte er nach Hause geschickt, statt sie als Zeugin mit aufs Präsidium zu nehmen.

Sie hatte ja sowieso nichts zu bezeugen. Der Mann war tot, einfach gestorben, verletzungsfrei, vielleicht an einem schlichten Herzstillstand. Sándor hatte gegrunzt, als die Gerichtsmediziner diese Vermutung geäußert hatten. Die Männer waren wahrscheinlich heilfroh, dass er ihnen diesmal kein verschmortes Wildschwein angeschleppt hatte zum Sezieren, und sie wussten genau, dass nichts einen echten Kriminalisten so beleidigte wie ein natürlicher Tod. Auch Gennat, der vom Präsidium aus zu Hause angerufen worden war und den Geburtstagsmorgen gleich hier in der Gerichtsmedizin begonnen hatte, war zunächst wenig erbaut gewesen über den schnöden Toten aus irgendeiner ohnehin bei ihm nicht sehr beliebten Kaschemme. Dann jedoch hatten die Gerichtsmediziner die Einblutungen im Brustbereich, im Bauchraum festgestellt, und von da an war es spannend geworden. Denn der Mann war erstickt. Erstickt nicht an Erbrochenem oder Essensresten; erstickt auch nicht an dem kleinen Plastikelefanten an der Mampe-Flasche, die Rosi im Lauf des Abends in sein Glas geleert hatte. Er war gestorben an einem Atemstillstand, den er in einem Zustand tiefer Bewusstlosigkeit erlitten hatte – so ungefähr drückten es die beiden Gerichtsmediziner aus, und Gennat, der die nackte Leiche wie ein verliebter Riesenvogel wieder und wieder umrundet hatte, übersetzte freudestrahlend dieses Detail, das aus dem trivialen Todesfall eine veritable Geburtstagsüberraschung machte: »Der Fettsack ist vergiftet worden. Vergiftet in der Silvesternacht!«

Am Vormittag, als die Gratulantenfrequenz gesunken war, musste Rosi dann doch noch ins Präsidium kommen; Gennat war in seiner Geburtstagsstimmung so nett und schickte ihr einen zivilen Wagen vorbei. Sándor hockte noch immer schweigend auf dem Sofa; den sechsten Kaffee rührte er nicht mehr an, während Gennat selbst die Vernehmung leitete. Oder, wie er selbst es nannte: das Gespräch.

Doch Rosi konnte ihnen nicht weiterhelfen; sie hatte gearbeitet, dem Mann gegen zehn, halb elf ein paar Mampe eingegossen. Ja, natürlich hatten andere an seinem Tisch gesessen; die Bombe war zu klein zum Alleinsitzen. Ob die mit ihm gesprochen hatten, konnte sie nicht sagen, und wer es gewesen war, wusste sie auch nicht mehr: Es war Silvester gewesen, sie hatte die Lampen etwas runtergedreht, ein paar der Jungs hatten ihre Mädchen mitgebracht – oder jedenfalls: Mädchen –, die wollten knutschten. Und es ging ja auch vom frühen Abend an hoch her in der Fliegerbombe, sie hatte alle Hände voll zu tun gehabt und keine Zeit, sich Gedanken über einen einzelnen Fremden zu machen, der da in ihrer kleinen Tanzbar saß. Einzelne Fremde – bekam Rosi rosige Wangen bei dem Satz? –, einzelne Fremde hatte sie regelmäßig immer wieder. Sándor blickte ihr nicht in die Augen.

Gennat hatte wieder und wieder nachgefragt, Details wissen wollen, jetzt schwieg er. Und Rosi blieb ungefragt noch eine Weile sitzen und schwieg auch, schien sich noch an ein Detail zu erinnern, setzte an, schwieg dann doch. Sándor, der diesen Zug an ihr gut kannte, fragte nach.

»Ja?«

Rosi schüttelte den Kopf. Redete schließlich.

»Ich habe nur darüber nachgedacht, ob der Kerl überhaupt Deutsch gesprochen hat.«

»Er muss ›Mampe‹ gesagt haben«, warf der Chef ein.

Rosi nickte. »Ja, aber kaum mehr. Ich glaube, er hat eine Hand gehoben und ›Mampe‹ gesagt, ich habe nachgefragt, welchen – Halb und Halb normalerweise –, dann habe ich ihm den gebracht. Er hat genickt. Und dann beim zweiten und dritten immer nur die Hand gehoben und noch einen bekommen. Sprechen habe ich ihn nie gehört, und schon gestern Abend hatte ich den Eindruck, dass der Mann vielleicht gar nicht schwieg, weil er nicht sprechen wollte ...«

»... sondern es gar nicht konnte«, vollendete Gennat den halben Satz, und Rosi nickte.

Gennat klatschte patschend in die Hände, und Sándor verdrehte die Augen. Gleich würde er Rosi ein Stück Kuchen anbieten aus Freude über die Denksportaufgabe, die sie ihm zum Geburtstag bereitet hatte.

»Lehmann, Sie fahren gleich noch mal rüber in die Gerichtsmedizin. Wir haben den Kerl ja nur nackt gesehen, und nackt gibt's zwischen einem Franzosen oder Amerikaner und 'nem Deutschen keinen Unterschied. Hoffe ich zumindest.«

Niemand lachte, und Gennat fuhr fort: »Aber die Kleidung ist ja auch da. Schneideretiketten, Stoffmuster, geprägte Knöpfe, irgendwelche Abzeichen: Suchen Sie uns eine kleine Kollektion zusammen, ja? Dann machen wir es uns hier gemütlich und sichten das Material. Jede Wette, bis zum Abend wissen wir ganz genau, wo der Bursche seinen Tuxedo hat nähen lassen ... in der Savile Row oder an den Champs-Élysées!«

Sándor nickte ergeben. Immerhin konnte er Rosi so an der Fliegerbombe absetzen, und etwas frische Luft würde den Mief der kurzen Nacht und den säuerlichen Geschmack des Kaffees wegpusten. Er erhob sich geräuschlos, nickte Rosi zu und bewegte den Kopf zur Tür. Sie sagte »tschüss« und ging hinaus. Sándor drehte sich noch einmal zu Ernst Gennat um, aber der Chef hatte beide Hände unter dem schlaffen Doppel-, ach was, Dreifachkinn gefaltet und schien mit verzücktem Lächeln über den rätselhaften Toten nachzudenken. Oder war das verdammte Geburtstagskind etwa eingeschlafen?

Irgendwann nachmittags hatten sie ihr Puzzlespiel vollständig auf einer frei geräumten Ecke des überdimensionalen Schreibtischs liegen, aber weiter brachte es sie nicht. Dass der Mann daktyloskopisch und optisch niemandem ähnelte, der bisher in polizeilichem Gewahrsam der Berliner Polizei fotografiert, gewogen und vermessen worden war, war eine erste Enttäuschung gewesen. Die bunten Schnipsel der Etiketten, die Sándor mit dem Skalpell der Gerichtsmediziner aus der Kleidung des Toten herausgeschnitten hatte, waren kaum mehr Anlass zur Freude. Gennat konnte sich auf die Schenkel klopfen, dass er mit der Savile Row sogar richtiggelegen hatte – aber Schuhe, Mantel, Brille, Hosen und Unterwäsche des Mannes waren alles andere als »very british«. Im Gegenteil: Als hätte der Mann geahnt, dass er als totes Rätsel in die Katakomben der Anatomie geraten würde, schien alles, was er trug, geradezu systematisch an allen möglichen Orten der Welt zusammengekauft worden zu sein. Nicht zwei Teile stammten aus demselben Land, und von Moskau bis New York, von London bis Prag und Budapest war alles dabei. Gennat schnaubte erregt, als hätte jemand ihm diesen Streich absichtlich gespielt und den Toten womöglich noch umgezogen, bevor Sándor und Rosi ihn fanden. Sándor, der draußen auf der Straße Fischbrötchen gegessen, im Archivraum neben seinem Büro eine halbe Stunde die Augen zugemacht hatte und jetzt, nach zwei Tassen Kaffee von Trudchen Steiner, wieder hellwach war, sah den Chef grinsend an. Gennat bemerkte die Grimasse erst nach einiger Zeit, und er fuhr empört auf.

»Was gibt's da zu grinsen? Machen Sie sich einen Jux mit mir?«

Sándor schüttelte den Kopf. Nein, das nicht. Aber als Bühnenmusiker hatte er dem Chef etwas voraus, er kannte Künstlergarderoben von innen und hatte ab und zu mal nachgesehen, was für einen ausgefallenen Frack, ein verrückt gemustertes Hemd die Kollegen getragen hatten, die jetzt draußen auf der Bühne in der Banduniform steckten. Musiker auf Tournee kauften sich ihre Klamotten überall in der Welt zusammen, und wer weiß, es gab ja Musiker in allen Kneipen dieser Stadt: Vielleicht war der Mann ein Musiker gewesen. Er hatte die Statur eines Posaunenspielers, fand Sándor.

Den Brustkorb, die weichen Backen, den muskulösen Hals. Im Mantel in der Küchengarderobe hatte eine alberne Stetson-Schiebermütze gesteckt. Posaunisten liebten Schiebermützen!
Gennat lehnte sich zurück und steckte sich genüsslich eine der fetten Geburtstagszigarren an, die der Polizeipräsident selbst vorbeigebracht hatte. Wahrscheinlich hatte der Präsident die Dinger ebenfalls von einem honorigen Besucher überreicht bekommen und nicht für teures Geld um die Ecke am Alexanderplatz in Manolis lederausgeschlagenem Tabakwarenpalast erstanden – aber was zählte, war die Geste. Gennat grunzte zufrieden, und für einen Augenblick war er hinter der blauen Qualmwolke nicht mehr zu erkennen.
»Posaunenspieler, ja? Nicht schlecht, Lehmann.«
Der Rauch verzog sich, und Sándor konnte den Chef anerkennend nicken sehen.
»Posaunenspieler also. Oder ... vielleicht doch ... Handelsreisender, ein Vortragskünstler, ein fahrender Trickbetrüger?«
Sándors Lächeln gefror, er grunzte genervt.
Genannt zählte die Möglichkeiten an den Fingern beider Hände herunter.
»Ein Auftragsmörder, einer, der von der Altkleidersammlung des Winterhilfswerk profitiert. Ein Textilimporteur. Ein Wanderprediger. Ein ...«
Sándor winkte ab. Ja, schon gut, zugegeben, sie hatten alle beide keine Ahnung. Die Gerichtsmediziner rätselten noch über die Todesursache und forschten in Knochen, Darm und Schleimhäuten nach einem geheimnisvollen, bisher unbekannten Gift, und sie selber, die beiden Oberkriminalisten, spielten im Präsidium Beruferaten. So kamen sie nicht weiter. Es war höchste Zeit, Feierabend zu machen – und zum Boxen zu gehen!

Natürlich hätten sie sich denken können, dass der Chef für private Vergnügungen nicht das »Mordauto« bemühte. Dienst war

Dienst und Feierabend war Feierabend, da war Gennat kategorisch. Natürlich hätten die fünf Kommissare – Hansen, Schmitzke, der dicke Plötz, Sándor Lehmann und Gennat selbst – bequem in die extralange Mercedes-Limousine gepasst, mit der die Mordkommission auf Gennats Initiative hin zu den Tatorten rollte, um immer gleich alles handwerkliche Rüstzeug parat zu haben. Aber der Chef kannte kein Pardon, es musste die Untergrundbahn sein, und während Sándor, der sich einen freien Abend ohne ein »geliehenes« Vehikel aus der Asservaten-Garage tief unter dem Polizeipräsidium gar nicht mehr vorstellen konnte, noch schwach protestierte, bugsierte der dicke Mann sie schon hinüber zum Eingang des U-Bahnhofs und ließ es sich auch nicht nehmen, für jeden Mitreisenden einzeln mit Gönnermiene scheppernd zwei abgezählte Groschen in den Blechteller am Fahrkartenschalter zu werfen. Immerhin kam man für die zwanzig Pfennige quer durch die ganze Stadt, und weil der Alexanderplatz an der Nordring-Thielplatz-Linie lag, mussten sie während der knapp halbstündigen Fahrt durch den rußigen schwarzen Bauch Berlins nicht mal umsteigen. Die Männer ergatterten ab Friedrichstadt zwei Bänke im überfüllten Raucherabteil, von denen der Chef eine ganz für seine eigene Leibesfülle beanspruchte, und Gennat drängte den Männern seine Geburtstagszigarren geradezu auf. Im Nu war das hölzerne Abteil in dichte Wolken gehüllt. Trotzdem tauchten immer wieder Mitreisende hustend und mit roten Augen aus dem Nebel auf, um Ernst Gennat auf die Schulter zu klopfen oder ihm die Hand zu schütteln: Der Mann war, obwohl er sein vollgerümpeltes Büro im Polizeipräsidium kaum verließ, in der ganzen Stadt bekannt wie ein bunter, nein: dicker Hund. Fritz Lang, der Filmregisseur, hatte seinen Kriminalkommissar Karl Lohmann nach seinem Vorbild gestaltet, und Gennat, den seine Leute im Präsidium als verfressenen, aber gänzlich uneitlen, nur der Aufklärungsarbeit dienenden Vorgesetzten kannten, sonnte sich wahrhaftig in diesem Ruhm.

Alte Platanen, ein paar staubige Eckkneipen, Automobilverkehr, der aus Berlins neuem Zentrum um den Tauentzien herum in die südlichen Bezirke strömte: Der Nürnberger Platz war einer der unzähligen Plätze in dieser großen Stadt, die nicht Fisch und nicht Fleisch waren, nicht mehr zur mondänen Innenstadt gehörten und noch nicht zur weitläufigen Ödnis der Vorstädte. Östlich schlossen sich die gutbürgerlichen, von vielen wohlhabenden Juden bewohnten Straßenzüge des Bayerischen Viertels an, westlich ging es hinüber zum Ludwigkirchplatz, in dessen Mitte stolz eine der wenigen frei stehenden katholischen Kirchen Berlins prangte. Wer in der westlichen Stadthälfte gutes Geld verdienen wollte – mit einem Biergarten, einem Vergnügungsetablissement, einem Tanzschuppen –, der wurde, selbst in diesen zunehmend schlechten Zeiten, gehörig zur Kasse gebeten. Tauentzien und Ku'damm waren unerschwinglich; die Seitenstraßen überschätzt. Uhlandstraße, Nürnberger Straße zogen in der Miethöhe den großen Flaniermeilen schon nach, dabei waren die Besucherzahlen überall rückläufig. Einen Riesenladen mieten, um dann abseits der Besucherströme auf leere Tische zu starren: Das war ein Risiko, das kaum ein Gastronom eingehen wollte. Der Nürnberger Platz markierte die Grenze des Gebiets, das vom Tauentzien aus noch zu Fuß erreichbar war, bis zu der sich abendliche Bummelanten noch verlaufen konnten. Dahinter war tote Hose.

Ernst Zirzow wusste das vermutlich nur zu genau. Sein Büro hatte der ehrgeizige Box-Promoter in der Nürnberger im Haus des legendären Tanzpalastes Femina eingerichtet; dort empfing er die Manager ausländischer Boxer, dort ließ er Favoriten pressewirksam auf die Waage steigen. Der Kampf selbst fand dann hier, am Nürnberger Platz, im Spichernring statt – einer ehemaligen Industriehalle, die er mit tief gehängten Deckenleuchten und viel Neon über der schmalen Hofdurchfahrt veredelt hatte. Tagsüber kannte Sándor den Schuppen als verstaubte, angestoßene Schmuddelecke; nachts zog das bunt flackernde Licht alle Aufmerksamkeit auf sich, und im Gedränge der Schaulustigen fiel der beklagenswerte Zustand des Ortes kaum auf. Ernst Zirzow, der an seinen Vorgänger Josef Burda angeblich eine stattliche Ablösesumme bezahlt hatte, spielte hier ein riskantes Vabanquespiel. Solange die Zuschauerzahlen stimmten, würde niemand den Laden »pleite« nennen, auch wenn der *Box-Sport,* das meinungsbildende Berliner Boxblatt, in jeder zweiten Nummer die dürftige Lüftungsanlage, den Zustand der Toiletten und die klapprigen Sitzgelegenheiten rügte. Solange er es schaffte, dem Publikum aufregende Kämpfe zu servieren und die Stammgäste aus Halbwelt und Nachtleben sowie Künstler wie Fritz Kortner oder Hans Albers an den Spichernring zu binden – so lange konnte er das Schicksal vieler anderer ähnlicher Orte abwenden. Doch der Druck war groß. Es gab andere kleine Ringe, die Arena am Kaiserdamm, die Germaniasäle, den Saalbau Friedrichshain, den Karlsgarten am Hermannplatz und vor allem die Bockbrauerei Fidicinstraße – und es gab den Sportpalast, in dem die wirklich großen Kämpfe Zigtausende anlockten. Zirzow behauptete sich vorerst; er hatte ein gutes Händchen bei den abendlichen Paarungen, er behandelte die Presse mit einer Mischung aus Arroganz und Liebenswürdigkeit. Und er hatte Glück, immer wieder viel Glück. Letztlich trug das Halbwelt-Flair für viele Besucher zum Genuss eines Box-Abends bei. Es gab die Guten, die Bösen und die ganz Bösen, und am Ende lag einer auf dem Boden und wurde ausgezählt: Im Spichernring waren Probleme noch lösbar, da hatten Geschichten noch einen Anfang und ein Ende, während draußen in der wirklichen Welt für viele alles nur immer schlimmer wurde.

Sándor stubste den dicken Plötz grinsend an, als sie mit dem Chef aus der U-Bahn traten und auf den hell erleuchteten Eingang des Spichernrings zugingen. Gennat rieb sich die Hände, er schien sich schon jetzt außerordentlich auf den Abend zu freuen. Wahrscheinlich war er unterdessen auch selbst froh, dem verräucher-

ten U-Bahn-Abteil entkommen zu sein; die ungewohnten großkalibrigen Zigarren hatten seinem sonst ferkelrosarot gefärbten Gesicht einen ungesunden Grauton verliehen, und als vor ihnen am Einlass ein kleiner, mausäugiger Mann mit Lederjacke einen dichten Schwall Zigarrenluft ausstieß, herrschte Gennat ihn an: »Haltense mal die Luft an, Männeken, andere wollen auch atmen!«
Der Kleine drehte sich amüsiert zu dem großen Polizeikommissar um, antwortete aber nicht und machte auch keine Anstalten, seinen Rauchkolben zu löschen. Stattdessen schob sich ein livrierter Hüne zwischen den Chef und den Raucher und fragte, ob er behilflich sein könne. Ganz offenbar war der Zigarrenzwerg hier Stammgast und genoss den Schutz des Personals, und jetzt erinnerte sich Sándor auch daran, den Mann drüben in der Femina im Publikum schon einmal gesehen zu haben. Bert Brecht, der kommunistische Dramatiker, der Starautor der *Dreigroschenoper*, lebte keine zweihundert Meter entfernt mit seiner jetzigen Frau, Helene Weigel, und der kleinen Tochter Barbara. Sein Faible fürs Boxen war sprichwörtlich; die Freundschaft zum Boxer Samson-Körner hatte ihn vor ein paar Jahren zu waghalsigen Vergleichen zwischen Theater und Boxsport verleitet. Sándor hatte das nicht näher verfolgt; immerhin schien der Mann noch immer einen guten Faustkampf zu schätzen, auch wenn er sich mit dem dicken Gennat und den Kriminalbeamten ganz sicher nicht persönlich anlegen wollte.

Im Spichernring, einer hohen Montagehalle von vielleicht dreißig mal zwanzig Metern, herrschte ein furchtbares Gedränge. Der erste Boxabend im neuen Jahr schien eine große Anziehungskraft zu haben; das konnte am angekündigten Hauptkampf liegen oder aber an der Erleichterung vieler Männer, die gesitteten Feiertage im Familienkreis endlich hinter sich zu haben und hier wieder bierkrugschwenkend und schreiend unter ihresgleichen sein zu können. Der Lärm war jedenfalls infernalisch; irgendwo in der Ecke spielte eine Kapelle verzweifelt gegen den Radau an. Sándor warf einen mitleidigen Blick hinüber, erkannte aber niemanden. Wahrscheinlich hatte Zirzow nicht viel Geld für die Musiker ausgegeben, weil es ohnehin egal war, was und wie gut sie spielten. Am Außenrand der Halle standen lange Biergartenbänke, und die Besucher rangelten um die besten Plätze. Zuspätkommende versuchten sich noch irgendwo dazwischenzuquetschen, wurden weggeschubst und schubsten selbst weg. Der Zustand der Stühle weiter vorne stand in einem lächerlichen Missverhältnis zu den Eintrittspreisen, die hier aufgerufen wurden und die auch Sándor hatte berappen müssen. Immerhin war die Sicht auf den Ring in der Saalmitte hier sehr gut, und die von der Decke herunterhängenden Scheinwerfer schienen der Rauchschwaden sogar Herr zu werden. Sándor, Gennat und die anderen Männer der Mordkommission sicherten sich ein paar Sitzplätze, und Gennat schob, ohne sich zu genieren, zwei Stühle zusammen, um seinem Leibesumfang entsprechend Platz zu haben.

Das Ringprogramm hatte noch nicht angefangen, aber Zirzow schien nur darauf gewartet zu haben, dass die Herren vom *Abendblatt, Herold* und besonders vom *Box-Sport* ihre erhöhten Sitzplätze auf den Barhockern an der Ballustrade hinter den Ringrichtern eingenommen hatten, um den sicher an die tausend Gästen zu demonstrieren, dass er fürs neue Jahr gute Vorsätze gefasst hatte, was den Zustand des Veranstaltungsortes anging. Der Boden rund um den Ring war schon jetzt mit Zigarrenstumpen, Essensresten und zerknüllten Programmzetteln übersät, und unter dem begeisterten Gejohle des Publikums machte sich nun eine junge Frau – eine der wenigen neben den drei Gardrobenfrauen draußen im Gang und einigen Frauen im Publikum in dieser verqualmten, verschwitzten Männerwelt – in überaus freizügiger Kleidung daran, den Unrat einzusammeln. Ihr knapper, weit geöffneter und eng taillierter Overall mit den kurzen Hosenbeinen war mit dem Schriftzug des Spichernrings bestickt, und das Bücken nach einem weiteren Papierknäuel oder einer Brottüte zelebrierte sie bewusst so aufreizend, dass das Publikum den Auftritt mit Applaus und anzüglichen Rufen quittierte und dabei wieder und wieder neue Abfallfetzen in die Saalmitte warf, um die Ring-Reinigerin erneut zum Bücken zu animieren.

Gennat schien sich blendend zu amüsieren; Sándor, der lieber eine Wand im Rücken hatte als eine Masse schreiender Proleten auf Bierbänken, ließ aus schmalen Augen die Blicke schweifen und suchte instinktiv in den dicht besetzten Reihen nach bekannten Gesichtern, nach tätlichen Auseinandersetzungen oder irgendwelchen anderen Anzeichen von Gefahr. Er mochte Menschenmengen nicht; dabei war draußen in Deutschland offenbar gerade die ganz große Zeit der Menschenmengen angebrochen; jeden Tag konnte man darüber in den Zeitungen lesen. Adolf Hitler hatte vor fünftausend Zuhörern gesprochen, Goebbels vor zweitausend; die Gewerkschaften hatten eine machtvolle Demonstration angekündigt und wollten Tausende auf die Straße bringen: All das waren Sándor schlichtweg zu viele Menschen. Er hatte zugegebenermaßen eine sehr einfache Vorstellung von menschlichem Miteinander: Zwei Männer und ein Revolver. Zwei Männer und ein Boxring. Ein Mann, eine Frau und ein Bett. Drei Menschen: Das roch schon nach Ärger – oder nach der Familie, die er selbst nie gehabt hatte. Tausend Menschen um einen Boxring gedrängt: Da konnte alles Mögliche passieren; ihm war, auch wenn er sich normalerweise seiner Haut zu wehren wusste, nicht wohl dabei.

Im Ring hatte unterdessen ein erster Kampf begonnen, obwohl man, was dort stattfand, kaum »Kampf« nennen konnte, denn der einzige Boxer im Ring kämpfte offenbar gegen sich selbst. Alfred Hopp aus dem Wedding – ein Bantam-Gewichtler, der sich den Künstlernamen »Al« gegeben hatte, um amerikanischer zu klingen – trug eine viel zu weite Hose, die ihm bei jedem Schritt über die Knie rutschte. Und er machte viele Schritte. Das Programmheft hatte ihn als »Grotesktänzer« angekündigt, und als grotesk konnte man in der Tat bezeichnen, was hier geschah. Hopp tänzelte auf dünnen Beinchen durch den Ring und mimte im Boxstil deutlich erkennbar eine ganze Reihe großer Namen – da, das war Schmeling, oder? –, und wenn die Zuschauer einen Uppercut oder eine gestreckte Gerade mit ungeduldigem Geschrei kommentierten, mit dem sie den Beginn der wirklichen Kämpfe forderten, sprang er urplötzlich auf die Seite des Gegners und nahm dort den eigenen Schlag an, schlug lang hin oder setzte sich so urkomisch auf den Hosenboden, dass der ganze Boxsport im Grunde als alberne Pantomime verspottet wurde. Die Kapelle war inzwischen auch noch lauter geworden, oder vielleicht hatten die Türsteher vor dem Beginn der Kämpfe auch nur die scheunentorgroßen Türen geschlossen, und es gab ein Echo. »Al« Hopp gelang es trotz zunehmender gellender Pfiffe von den Rängen, gleichzeitig zwei Boxer zu mimen – und sich dabei im Takt einer ziemlich schnellen Polka zu bewegen. Sándor blickte hinüber zum Chef, der wohlwollend im Takt klatschte und dabei eher wie ein infantiles Nashorn aussah als wie einer der scharfsinnigsten und modernsten Kriminalisten, die das Deutsche Reich oder vielleicht die ganze Welt in diesem Jahr 1932 zu bieten hatten …

SCHWERGEWICHTLER

Nach »Al« Hopps hektischen Verrenkungen begannen endlich die Kämpfe. Sándor hatte zuletzt gar nicht mehr Richtung Ring geblickt und stattdessen das Publikum, so weit er es über die verqualmte Saalmitte hinaus erkennen konnte, in ein paar der alten und neuen Schubladen gesteckt, die die letzten Jahre in seinem Kopf gezimmert hatten. Bert Brecht, den sie am Eingang getroffen hatten, war nicht alleine hier; ihn umgab eine ganze Traube von Menschen beiderlei – oder auch drei- oder viererlei – Geschlechts; eine gut gelaunte, schillernde künstlerische Boheme, die wie eine bunte Insel in dieser grauen Masse schwamm und sich dabei prächtig amüsierte, nicht obwohl, sondern gerade weil sie hier so deplatziert wirkte und sich mit ihrer elektrisierten Begeisterung so deutlich vom sonstigen dumpf grölenden Chor der Zuschauer abhob. Künstler jeder Couleur, für die der kämpfende Männerkörper ein Sinnbild des Aufbegehrens, des Authentischen, Echten war.

Nicht alle grölten. Sándor identifizierte eine ganze Reihe schweigender alter Bekannter der unteren kriminellen Ränge; kleine Fische aus dem Knast, für die Boxkämpfe im Spichernring eine Pflichtveranstaltung waren, weil sie hier Kollegen trafen und von neuen Seilschaften erfuhren, die vielleicht gerade einen Schränker oder Fahrer oder Fassadenmann suchten; eine mehr oder weniger gut bezahlte Rolle bei einer geplanten Straftat. Zwei, drei hatten ihn erkannt und den Platz gewechselt, ein, zwei hatten ihn erkannt und – um ihre Ehrbarkeit zu demonstrieren – seine Nähe gesucht. Er strafte alle mit kalter Ignoranz und beobachtete trotzdem jeden Einzelnen von ihnen unauffällig. Interessanter, viel interessanter waren die modernen Aufsteiger dieser Branche, oft herausgeputzte Gecken, die wie gut gelaunte Millionäre wirken wollten und doch nur wie Zierpudel aussahen, denen die Politik gerade etwas Morgenluft zuwedelte – Karrieristen ohne Skrupel, die auf Beute aus waren. Sándor versuchte sich die Gesichter zu merken; er kniff die Augen zusammen und war von der Menge der Eindrücke und der Größe des Publikums zunehmend überfordert.

Deshalb war er geradezu erleichtert, als endlich die Saalbeleuchtung erlosch und nur das Flutlicht den Boxring in der Mitte in gleißendes Licht tauchte. Zusammen mit dem erwartungsvollen Rumoren der Zuschauer und den letzten Tönen der Kapelle, die eine erlösende und etwas schrille Fanfare angestimmt hatte, wirkte das seilumspannte Viereck, auf das nun alle blickten, wie der Schmelzofen der Hölle selbst.

Kämpfe im Spichernring – Kämpfe in den Boxringen Berlins überhaupt – liefen immer nach dem gleichen Muster ab. Das Prinzip des Anheizens erforderte, dass das wichtigste, hochkarätigste Duell natürlich nicht als Erstes über die Bühne ging, sondern als ersehntes Finale den Abend beschloss. Trotzdem musste der erste Kampf schon etwas Besonderes bieten, ein neues Gesicht oder einen auswärtigen Champion, der in einer unterfordernden Paarung das verhasste Feindbild abgab und seinen einheimischen Gegner aggressiv und möglichst blutrünstig auf die Bretter schickte. Das brachte das Publikum auf die Palme, kurbelte den Alkoholkonsum an und ließ den Blutdruck und die Stimmung im Saal steigen. Schon deshalb musste ein gut besuchter Kampfabend wie dieser möglichst mit einem Schwergewichts-Fight beginnen, und der Promoter Ernst Zirzow hatte mit sicherer Hand den Düsseldorfer Paul Wallner für diese Rolle ausgewählt.

Wallner, ein blonder Hüne, der schon beim Einstieg durch die seitlichen Seile mit Pfiffen und wütenden Rufen begrüßt wurde, war entweder geistig zu beschränkt, um von dieser Woge von Hass beeindruckt zu sein, oder zu abgebrüht, zu sicher seiner eigenen boxerischen Überlegenheit. Vielleicht stimmte auch schlichtweg die Bezahlung, die er für diese undankbare Aufgabe bekam. Jedenfalls steuerte der Mann gelassen seine Ringecke an und wich einem geworfenen Bierkrug nicht aus, sondern wischte das Glas im Flug mit einer einzigen Geste zu Boden, als verscheuche er eine lästige Stubenfliege.

Sein Gegner war ebenfalls kein Berliner; Zirzow wollte offenbar keine Saalschlacht riskieren. Am Rande der Kämpfe kam es regelmäßig zu Handgreiflichkeiten im Publikum, wenn eine ringrichterliche Entscheidung angezweifelt wurde oder ein Liebling der Massen Keile kriegte. Der Boxer Harry Such aus Hamburg hatte beim Wiegen 88 Kilo auf die Waage gebracht; viel Sprungkraft schien nicht dabei gewesen zu sein, denn jetzt begann endlich der Kampf, und schon nach fünf Sekunden erwischte ihn Wallner mit einem geradezu schulbuchmäßigen linken Haken, der den Mann mühelos von den Beinen hob. Das Publikum war aus dem Häuschen; eben hatten die teuer bezahlten Kämpfe erst angefangen, jetzt sollte der erste schon vorbei sein?

»Such! Such! Such!«, wurde beim Anzählen des Ringrichters beschwörend skandiert, und Harry Such, der sich vermutlich insgeheim schon mit der Horizontalen abgefunden hatte, kam schwankend noch einmal auf die Beine, was im Grunde für sich betrachtet schon eine Leistung war. Wallner bemühte sich um sportliche Fairness, gute Beinarbeit, filigrane Athletik – doch der Hamburger war einfach kein Gegner für ihn, und nur eine gute Minute später klaffte über der Augenbraue des Mannes eine tropfende Platzwunde, und die Nase blutete, um das wüste Bild zu vollenden, gleich mit. Als Wallner unter dem aufmunternden Gejohle noch eine gestreckte Gerade in Suchs Gesicht landete, knickte der Hamburger in den Knien ein und fiel um, um liegen zu bleiben.

Der Ringrichter brach den Kampf ab, und ein schwerfälliger Mann mit Glatze, der Ringarzt, kniete sich mit seiner weißen Hose in die blutige Lache neben dem Mann, schüttelte missbilligend den Kopf und ordnete dann unter erneutem »Such! Such!«-Geschrei der Zuschauer den Liegendtransport in die Kabine an. Mit dem Erlöschen des Saallichts war die Anspannung von Sándor Lehmann abgefallen, und er konzentrierte sich wie alle anderen auf den Kampf. Das, genau das, war das Geheimnis seines Lebens. Dass er mitten im größten Getümmel ein Kind werden konnte, wenn es nichts anderes mehr zu tun gab. Auf der Bühne, mit der Klarinette in der Hand, war es ganz genau so. Solange man die Tiere des Urwalds im Auge behalten konnte, behielt er sie im Auge; aber wenn das Licht sich fokussierte, wenn er allein war in der Dunkelheit – herausgemeißelt von einem Scheinwerfer –, dann interessierte ihn das alles nicht mehr, dann gab es nur noch ihn selbst und die Musik. Hier gab es nur den Boxring, der im Halbdunkel der Halle glomm und schimmerte wie ein Vulkan vor dem Ausbruch, und Sándor lehnte sich zurück, streckte die Arme über die Rückenlehnen der Nachbarplätze und fühlte sich gegen jede Erwartung sauwohl. Dies war seine Welt, auch wenn sie anderen wie Sodom und Gomorrha vorkommen mochte, wie eine der grotesken Karikaturen von George Grosz, die man noch immer in den Witzblättern sehen konnte und den politischen Zeitungen. Sándors Welt war versoffen, verräuchert, laut und vulgär, aber sie folgte Regeln, die er kannte und beherrschte, und als in der Kampfpause das Licht wieder angedreht wurde und Gennat Hansen zum Bierholen schickte – Patzenhofer trank man hier –, da sah Sándor, dass auch Gennat genoss, was er hier sah. Oder, wohlweislich, nicht sah. Dass rechts an den Garderoben Kokain und Morphium verkauft wurden; dass die Damen am Champagnertresen beruflich hier waren und eine ganze Menge kleiner Buchmacher illegale Wetten auf die Kampfausgänge annahmen – das alles konnte dem Chef kaum verborgen bleiben, aber der dicke Mann vom Alexanderplatz war heute nicht hier, um dem Verbrechen en gros und en detail den Garaus zu machen: Er wollte sich amüsieren. Und das schien er auch zu tun. Man konnte dem Leiter der Berliner Mordkommission alles Mögliche vorwerfen, Verfressenheit, Eitelkeit, Pedanterie; man konnte ihn verantwortlich machen für das Chaos auf seinem Schreibtisch, in seinem Privatleben und seinen Eingeweiden, aber dass er ein Theoretiker war, der dem wirklichen Leben auswich, das zumindest konnte man ihm ganz sicher nicht vorwerfen.

Der zweite Kampf begann weitaus gesitteter als der erste. Karl Knöpnadel, ebenfalls ein Schwergewichtler mit luftigen 86 Kilo, kreuzte mit dem Berliner Karl Bloemecke die Fäuste – einem Lokalmatador, der hier im Spichernring eine Menge Fans hatte und sich ausgerechnet von Knöpnadel keins aufs Maul geben lassen wollte. Bloemeckes Gegner war in der Boxszene kein Unbekannter; Knöpnadel irrlichterte immer wieder durch die Ringe, war bekannt für solide Ringarbeit, aber irgendwie etwas unheimlich, denn der Mann – auch jetzt wurde es wieder gemunkelt von Reihe zu Reihe –, der Mann war taubstumm. Taubstumme Boxer gab es sonst nicht unter den Profiboxern, und wenn Ernst Zirzow bei der BBD, der Boxsport Behörde Deutschland, nicht selbst im Vorstand säße, dann hätte der BBD-Präsident Peter Eyck seine Drohung längst wahr gemacht und taubstummes Boxen verboten. Eyck sah den Boxer als Archetyp des gesunden Sportlers, und ein Behinderter, ein Krüppel, ein Taubstummer passte nicht in dieses makellose Bild. Wobei weder Eyck noch der in solchen Fällen immer gern sekundierende *Box-Sport* eine Antwort auf die Frage hatten, was denn gegen einen taubstummen Boxer spräche. Dass er den Rundengong nicht hörte? Den untermalte der Ringrichter mit eindeutigen Handzeichen. Dass er im Falle einer Weltmeisterschaft die Nationalhymne nicht singen könnte? Sándor hatte den Kopf geschüttelt, als er diesen Unsinn gehört hatte, und fixierte Knöpnadel, den er heute zum ersten Mal kämpfen sah, aufmerksam.
Vielleicht war es ja auch von Vorteil, nichts zu hören. Beim Boxen und überhaupt. Die Schritte der SA-Männer auf dem Trottoir vor

der Fliegerbombe, die Hitlerreden im Radio – oder hier das ablehnende Raunen des Publikums, die flauen Witze, dass man dem Tauben was aufs Ohr geben müsse: Das musste man nicht hören. Und Knöpnadel hörte es nicht, er boxte ohne Ablenkung, konzentriert, mit seinen 86 Kilo leichtfüßig und präzise. Bloemecke rackerte sich ausdauernd ab, und das Publikum feuerte ihn auch redlich an, obwohl schon während der ersten Runde klar wurde, dass der Gegner ihm überlegen war, besser vorbereitet, subtiler und einfallsreicher in seinen Finten, seinen Ausfallschritten, seinem ganzen Konzept. Als die auf den Rängen in Runde zwei begriffen, dass ihr Favorit gegen dieses taubstumme Boxtalent nicht bestehen würden, wechselten sie umgehend die Seite. Sándor grinste säuerlich; ja, so waren sie, hier am Ring und draußen im Leben: Sie wollten Gewinner sehen, selbst dazugehören, den Richtigen anfeuern. Es ging nicht um Treue oder Sportsgeist; es ging darum, rechtzeitig zu erkennen, wer der Stärkere war – und sich dem dann bedingungslos anzuschließen.
Karl Knöpnadel hatte nicht viel vom plötzlichen Sympathiewechsel des Publikums, denn er hörte die anfeuernden Rufe ja nicht, spürte sie allenfalls als Welle der Sympathie, die ihn erfasste, seine Armbewegungen rhythmisierte, seinen Gegner Bloemecke noch eingeschüchterter und zaghafter auf die präzisen Schläge reagieren ließ, mit denen der Taubstumme ihn eindeckte. Knöpnadel hatte keine Eile; mit chirurgischer Präzision arbeitete er sich durch die Schichten der gegnerischen Abwehr, eroberte Raum, blockte Gegenwehr ab, bevor sie überhaupt entstehen konnte. Für Minuten entstand wirklich etwas wie Musik, wie Schönheit vor Sándors Augen, als gleich zu Beginn der dritten Runde etwas Unerwartetes geschah. Knöpnadel war dazu übergegangen, den immer chancenloser werdenden Kontrahenten zu fordern, zu necken, mit angetäuschten Schlägen zu immer heftiger, wütender werdender Reaktion anzustacheln und herauszukitzeln, was noch an Kraft in Bloemecke steckte.

Und einer dieser angetäuschten Schläge – ein Wischer eigentlich nur, lax von oben nach unten am Kopf vorbei auf die Schultern geführt –, einer dieser Schläge schien einen Nerv zu treffen. Die Halsschlagader, vielleicht. Bloemecke ließ die Hände sinken, als hätte er irgendwo in der Ferne einen Gong gehört, und sah sich verwundert um, und auch Knöpnadel trat einen Schritt zurück, ohne allerdings die eigene Deckung auch nur eine Sekunde zu vernachlässigen. Und während das Publikum zu einem aufmunternden, unisono herausgebrüllten Blöken ansetzte, »Blöööö…«, rollte sich der 89-Kilo-Mann Bloemecke plötzlich nach vorn zusammen, als wollte er sich die Schnürsenkel zubinden, und kippte auf den Ringboden.

Bloemeckes Ecke warf das Handtuch, und Knöpnadel, der Mann, von dem es hieß, er würde nicht mal den Rundengong hören, sah sich augenblicklich hellwach nach dem Ringarzt um, den der Ansager als Dr. von der Esche angekündigt hatte. Ein Medizinmann, der selbst wie schwerhörig auf seine Notizen gestarrt hatte und erst mit einiger Verzögerung schwerfällig in den Ring geklettert kam, wo er den unter diesem lächerlich schwachen Schlag zusammengebrochenen Bloemecke mit ein paar eindeutigen Handbewegungen unter dem Hohngelächter des Publikums für kampfunfähig erklärte.

DIXI

Natürlich war der Boxabend noch weitergegangen; Gennat allerdings hatte nicht mehr viel davon mitbekommen. Es wurde ihm nachgesagt, dass er auch am Arbeitsplatz gerne mal ein Mittagsschläfchen machte; Sándor vermutete, dass der Chef seinen auf Hochtouren laufenden Gehirnzellen nach komplexen Schlussfolgerungen einfach einen kurzen Ausruh-Modus gönnen musste, bevor er sich auf die nächste kriminalistische Meisterleistung stürzte. Oder vielleicht hatten ihn das Sperrfeuer an ungewohnten Eindrücken, die Gennat im Spichernring gewonnen hatte, und die sofortige geistige Sichtung und Einsortierung überfordert, und er hatte einfach ein paar Minuten die Augen schließen müssen, um den Ansturm an Bildern, Tönen und sonstigen Informationen erst mal abzuarbeiten. Jedenfalls hatte Ernst Gennat, noch bevor der Hauptkampf begonnen hatte, alle Empfangskanäle geschlossen, war unmerklich leicht vornübergekippt, hatte das speckrollenumrahmte Kinn auf der Brust abgelegt und war eingeschlafen. Schmitzke, Hansen und der dicke Plötz hatten beratschlagt, ob man den Mann sanft wecken müsse, damit er sein gemeinsam finanziertes Geburtstagsgeschenk weiter genießen konnte, aber Sándor hatte abgewunken: Er genoss es ja – schließlich war für einen Mann mit Gennats Arbeitspensum selbst die kleinste Pause ein Geschenk. Der Chef schien sich wohlzufühlen; das war der Sinn ihres gemeinsamen Ausflugs gewesen.

Der Hauptkampf war das Geld sowieso nicht wert. Jakob Domgörgen – Amateur-Europameister von 1927 und Neffe des legendären Hein Domgörgen, der in den Zwanzigerjahren das Geschehen in den deutschen Boxringen dominiert hatte und erst 1927 gegen Max Schmeling in einem Kampf vorzeitig unterlag –, Jakob Domgörgen, der Kölner Mittelgewichtler, hatte aus fadenschei-

nigen Gründen seinen Auftritt abgesagt; ein Bochumer, Wieser, war eingesprungen und hatte sich von der ersten Runde an von Phil Nefzger, dem Bayern, nicht sonderlich beeindrucken lassen. 67,4 gegen 61,3 Kilogramm standen da gegeneinander im Ring, und auch wenn Nefzger der erfahrenere Mann war und die zwölf Pfund weniger ihn zwar leichter, aber auch wendiger machten: Über mehrere Runden waren die beiden Kämpfer überraschend gleichauf. Aber Nefzger machte nicht viel aus seiner Wendigkeit. Stattdessen versuchte er es mit fragwürdigen Schlägen, mit Kopfstößen, Schulterremplern, die beim Publikum nicht gut ankamen, ihn auch nur halbwegs über die Runden retteten.
Sándor hatte trotzdem intensiv hingesehen. Sehen war etwas, das er mit der Klarinette auf der Bühne gelernt hatte und mit der Waffe in der Hand als Polizist. Die Kinnmuskeln eines Angreifers, wütend mahlend, konnte er in so viele Einzelbilder zerlegen, dass jedes nervöse Flackern, jedes mikroskopisch kleine Zucken ihm sofort verriet, dass der Angriff jetzt, in diesem Moment, bevorstand. Die Lücke in einem Schlagzeugsolo, den kleinen Aussetzer, das hundertstelsekundenlange Innehalten konnte er auch eher sehen als hören – eine visuell wahrnehmbare Pause, die schneller war als der Schall und in die er eine schnörkelige kleine Pirouette hineinkaprizieren konnte, ein Zehn-Sekunden-Solo, bevor die Gitarre oder der Bass oder die Trompeter-Saxofon-Sektion auch nur begriffen hatten, was geschah, und sich trampelig in die Lücke quetschen konnten.
Deshalb waren Boxkämpfe für Sándor Lehmann faszinierend: weil er sehen konnte. Das Gros des Publikums bekam kaum mit, warum ein Boxer plötzlich lang gestreckt auf den Ringbrettern lag; er selbst berechnete Flugbahnen von Fäusten, ballistische Kurven, schätzte die Einschlagtiefe von Geraden. Er sah genau, wie eine Nase sich rechtwinkelig in die Wange bog, der Nasenknochen sich spannte, schließlich splitterte. Er erschrak nicht vor dem Rumms, mit dem der rückwärts taumelnde Körper auf

den Boden schlug: Er wartete darauf. Von Nefzgers Seitenhieben und Kopfstößen sah er jeden einzelnen; die, die die Ringrichter mitbekamen – und auch alle anderen. Letztlich gab die Jury ein »Unentschieden«; eine Wertung, die Wiesers Fähigkeiten nicht gerecht wurde und Nefzger zu ungestraft davonkommen ließ. Trotzdem beschäftigte ihn, als er sich vom Chef und den anderen Männern getrennt hatte und durch den einsetzenden Neuschnee die illuminierte Nürnberger Straße hinauf in Richtung Moabit schlenderte, der andere Kampf viel mehr. Knöpnadel gegen Bloemecke, da war etwas aus dem Ruder gelaufen, da hatten die Schlagbilanz und das Ergebnis nichts miteinander zu tun gehabt. Bloemecke hatte nicht genug eingesteckt für den plötzlichen Absturz; die Halsschlagader war eine sensible Achse, empfindlich gegen längeren Druck – aber dass ein kurzer Schlag, eine lasch geführte Geste solche Wirkung zeigen konnte, das war unwahrscheinlich. Unwahrscheinlich mit einem verdammt großen U am Anfang, dem gleichen Buchstaben, mit dem in Sándor Lehmanns Alphabet der Situationseinschätzungen auch das Wort »Unmöglich« anfing.

Morgens gab es eine Lagebesprechung beim Chef. Die »Morgenlage« – nur ein Banause wie Schmitzke konnte auch das achtzigste Mal noch über seinen eigenen Witz, »Morgenlatte«, lachen –, die Morgenlage hatte Gennat schon vor ein paar Jahren eingeführt, und man wusste wirklich nie, was der Meisterkriminalist ihnen auftischen würde. Oft waren es schlicht die neuesten Fälle, die in der Nacht in dieser riesigen Stadt passiert waren – nicht die Routinesachen, Totschlag in der Arbeiterfamilie, eine tätliche Auseinandersetzung zwischen einem kommunistischen Zeitungsverkäufer und ein paar SA-Männern oder, immer wieder in den letzten Wochen, eine Brandstiftung an einem jüdischen Geschäft, einem jüdischen Anwaltsbüro. Die landeten sowieso im Laufe des Vormittags auf ihren Schreibtischen. Nein, Gennat

pickte sich die Rosinen heraus, Fälle, bei denen nichts zusammenzupassen schien ... oder zu viel. Rätsel, die unlösbar zu sein schienen. Und doch gelöst werden mussten. Von ihnen, der Berliner Mordkommission am Alexanderplatz.
Heute schwadronierte der Chef – nach einem schmallippigem »bisher Fehlanzeige« zu dem unbekannten Toten aus der Fliegerbombe, der den Leuten von der Personalienfeststellung seit gestern Kopfzerbrechen bereitete – offenbar schon ein paar Minuten über den Berliner Drogenhandel, als Sándor verspätet dazustieß, und weil Drogenhandel für ihn kein Thema war, fläzte er sich in einen eichenen Lehnstuhl in der Raumecke und hörte den Ausführungen schläfrig nur halb zu, rührte gelangweilt in der Tasse mit Kaffee, den seine eigene Sekretärin, Fräulein Wunder, ihm im Stundentakt thermoskannenweise auf den Schreibtisch stellen musste, solange er im Präsidium war und nicht draußen unterwegs. Wo hatte Gennat denn dieses tote Thema ausgegraben? Morphiumhandel?
»Anfang der Zwanziger, das muss ich Ihnen nicht erzählen«, holte der Alte aus und erzählte es dann doch, »war Morphium ein exotischer Sonderweg für Ärzte und Apotheker und die wenigen Kunden, die sie hatten. Heute«, Gennat schlug mit einer zusammengefalteten Tageszeitung auf die Tischkante, und Plötz, der eingenickt war, fuhr hoch, »heute ist Morphium längst ganz woanders zu haben. Der Handel ist professionalisiert worden, es sind nicht mehr berufliche Brancheninsider, die nebenbei bequem an das Zeug kommen – es sind kriminelle Banden, die den Markt dominieren. Die Zahl der Abhängigen hat sich vervielfacht; die Leute werden kriminell, um die horrenden Kosten wieder hereinzuholen. Raubüberfälle, Selbstmorde und sogar Morde unter Morphiumsüchtigen nehmen rapide zu.« Sándor räusperte sich, und Gennat besserte nach: »Jedenfalls deuten unsere eigenen Fallstatistiken auf eine Zunahme hin, meine Herren. Und die neuen Zentren des Morphiumhandels sind nicht mehr verbrecherische

Praxen von Ärzten, die sich ihre eigene Sucht über den Verkauf des Stoffs finanzieren wollen – die Drogenhändler sind da, wo die Massen sind. Morphium und Kokain kann man heute ganz offen in etlichen Etablissements kaufen, in Bars, Kaffeeklappen – und in Boxringen.«

Sandor traute seinen Ohren nicht, während Schmitzke, Hansen und der dicke Plötz reflexartig Zustimmung nickten. Wenn er nicht selbst gestern Abend mit dem Chef in der Stadt unterwegs gewesen wäre, würde er sich fragen, ob der Mann in den letzten Jahren mal einen Fuß vor die Tür gesetzt hatte. Morphiumsucht war ein Problem der durchgedrehten Zwanziger, als alles ausprobiert und verkauft wurde, was einen schnellen, heftigen Rausch versprach. Heute waren die Zeiten anders, die Szene starb schlichtweg aus. Die wirklich Abhängigen waren längst tot; die gelegentlichen Kunden hatten gar nicht mehr das Geld, sich die kostspielige Droge zu kaufen. Billiger Schnaps – das war die Droge der Dreißigerjahre!

Dann endlich dämmerte ihm, was der Chef da machte, und es kam ihm vor wie ein Weltwunder, wie etwas unvorstellbar Unwahrscheinliches. Ernst Gennat, der unbestechliche König der Mordkommission, einer, der nie eine Anerkennung annehmen würde und nie irgendwas zu seinem Vorteil geregelt hatte – Ernst Gennat lieferte ihnen aus windigen Gründen einen erstklassigen Vorwand zum Blaumachen. In Boxringen dem Morphiumhandel auf die Spur kommen: Das war eine nur schlecht getarnte Einladung, den lauschigen vorigen Abend noch mal ohne ihn, den lästigen Chef, zu wiederholen. Nach Drogenhändlern Ausschau zu halten, ein kühles Blondes dabei zu zischen, ein paar kernige Kämpfe zu sehen. Und dieses erlesene Vergnügen auch noch als bezahlte Arbeitszeit abzurechnen!

Sándor Lehmann konnte nicht anders, ein breites Grinsen überspannte sein Gesicht. Die Kollegen sahen die gut gelaunte Grimasse und lächelten ebenfalls, nur Gennat selbst verzog keine

Miene, als wäre der eben übergebene Fahndungsauftrag wirklich das Wichtigste, das die Berliner Kriminalpolizei in diesem von innenpolitischen Krisen und Notverordnungen erschütterten Zeit zu tun hatte.

Drogen also! Sándor schüttelte noch immer amüsiert den Kopf, als er den langen Gang hinunterging, der parallel zu den gegenüberliegenden Gleisen der Stadtbahn an der Dircksenstraße entlangführte. In seinem eigenen Büro wartete frischer Kaffee, und bei der zweiten Tasse beschloss er, Gennats Auftrag ernster zu nehmen, als er vom Chef gemeint war. Schließlich hatte er gestern Abend in der Tat regen Drogenhandel beobachtet, auch wenn Bloemeckes rätselhafter Zusammenbruch ihn weit mehr beschäftigt hatte als die kleinen Geschäfte, die am Rande des Geschehens stattgefunden hatten. Diese gewinnträchtigen Nebeneinnahmen wurden überall da gemacht, wo eine größere Menschenmenge aufeinandertraf. Trotzdem war die Sache vielleicht das Nachhaken wert – wenigstens um Ernst Zirzow, dem angeschlagenen Promoter, auf den Zahn zu fühlen. Um sachte auszuloten, ob der Mann vielleicht neue Geldgeber aus dem Drogenmilieu hineinließ in seinen kleinen, ramponierten Boxpalast. Oder erpresst wurde. Oder ob es sonst irgendwelche Anzeichen dafür gab, dass im Spichernring etwas nicht ganz den ohnehin schon eher nachgiebigen Regeln des Boxsports folgte. Sándor schloss die Augen und roch an der dritten Tasse Kaffee, und für ein paar Sekunden driftete sein Bewusstsein ab von der sachlichen Zweckdienlichkeit des Büros, und er hockte wieder auf dem Stuhl in den vorderen Reihen am Boxring. Das Scheinwerferlicht blendete ihn, Gestalten verdeckten halb das Geschehen oben im gleißenden Geviert, der Ringrichter, der breitbeinig seitwärts grätschte, der Ringarzt, der abwesend wirkte, kaum hinsah, was im Ring vor sich ging, sich zurücklehnte zum Saal hin, zum Publikum, zum Ringreinigungsgirl. Die schlanke Silhouette der halb nackten Frau stand wie ein Fragezeichen im Raum; sie selbst starrte ebenfalls hinauf zum

Kampf, der eben in die Schlussphase ging. Sándor sah noch einmal Knöpnadels chirurgische, präzise Schlagfolge, das Schwellen der Muskeln, das Spritzen der Schweißtropfen in alle Richtungen. Er sah den finalen Schlag, leicht, anstrengungsfrei und doch so verhehrend in seiner Wirkung. Bloemecke fiel, und er selbst, Sándor, stand auf, angelte den Mantel von der Garderobe, den Hut, und ging.

Gestern Abend hatte es keine Ausreden gegeben, der große Boss hatte U-Bahn fahren wollen, also waren sie U-Bahn gefahren. Und der Zigarrenqualm im Raucherabteil und das Gelächter und Gequatsche mit den Kollegen hatten Sándor fast vergessen lassen, wo er war. Trotzdem hatte die Fahrt an seinen Nerven gezerrt, ohne dass er das jemals jemandem gegenüber zugegeben hätte. Im Grunde gestand er es kaum sich selbst ein: Er hasste das U-Bahn-Fahren. Mehr als das. Es machte ihm Angst. Ihm, einem Klarinettenspieler, der im Orchester von Ilja Livschakoff im Delphi vor tausend Leuten die komplizierteste Musik gespielt hatte, die es im Jazz überhaupt gab. Einem Polizisten, der okkulte Irre gejagt hatte und fanatische Gasmörder. Er, Sándor Lehmann, konnte nicht U-Bahn fahren, ohne dass sich sein Magen zusammenkrampfte, seine Hände kalt und feucht wurden und er sich nicht mal eine Zigarette anstecken konnte, weil er zu sehr zitterte. Und weil er, nebenbei, gar nicht rauchte.
Er hatte sich eine eigene Theorie gezimmert, woher diese Angst kam – ein Mann musste nach vorn sehen können, der Gefahr ins Auge, und das konnte in der U-Bahn nur der Lokführer. Aber das war Unsinn; er wusste das. Es war der Tunnel, der ihn ängstigte. Die Vorstellung, an einem Ort zu verschwinden, durch die Nacht geschossen zu werden und an einem anderen Ort wieder aufzutauchen – diese Vorstellung fand er gespenstisch; widernatürlich geradezu. Und Liese, seine Kinderliebe, und ihren schrecklichen Tod im Gleimstraßen-Tunnel hatte er nie vergessen. Sie hatten

immer schon an den Bahngleisen gespielt, von Fahrten in die große, weite Welt geträumt, Ein-Pfennig-Münzen auf die Schienen gelegt und gewartet, was passierte, wenn der Zug darüberfuhr. Es passierte immer das Gleiche, in der Ferne nahte die fauchende Dampflokomotive, die hier hinauf in den Wedding schwer zu keuchen hatte, und für eine furchtbare Schrecksekunde durchzuckte Liese und ihn dann immer die Angst, der kleine Pfennig auf den rostroten, oben blank gefahrenen Eisenschienen könnte den Zug zum Entgleisen bringen, er könnte umkippen. Und meistens hielten sie die Sorge nicht aus und warfen sich schreiend in die Büsche, während Hunderte Tonnen Eisen ihren Pfennig zu einer mürben, hauchdünnen Metallplatte walzten, mit einem knallenden Geräusch, das wie nichts anderes klang, das Sándor jemals im Leben gehört hatte. Und der platt gefahrene Pfennig war dünn und warm, aber man konnte die Aufschrift »Deutsches Reich 1 Reichspfennig« noch lesen und manchmal auch die Kornähre auf der Rückseite mit der Jahreszahl. Den Gleimtunnel hatten sie nie betreten, aber das schwarze Loch mitten in der Stadt hatte Liese magisch angezogen, und eines verdammten Tages hatte sie ihn ausgetrickst und es doch getan und war dort hineingeklettert. Und nie wieder herausgekommen.
Sie waren Kinder gewesen, vielleicht zehn Jahre alt, und nichts von all dem, was geschehen war, war seine Schuld gewesen. Trotzdem hatte die Tunnelangst damals angefangen, nach und nach erst, bis ihm heute schon der Schwall kalter Luft, der einen auf der Straße unversehens aus einem U-Bahnhof anblasen konnte, den Schweiß auf die Stirn trieb.
Also mied Sándor Lehmann die U-Bahn, wann immer er es konnte. Das war nicht schwer; unter dem Polizeipräsidium gab es die Wagenmeisterei, und da war er ein häufiger Gast. Ursprünglich hatte es hier unten tief im Bauch des Gebäudes am Alexanderplatz nur Pferdeställe gegeben, aber die Pferde wurden weniger und die Automobile mehr. Nicht nur bei ihnen selbst, der Polizei, ge-

hörten die motorisierten Kutschen zunehmend zum technischen Rüstzeug: Auch die Herren Ganoven neigten immer häufiger dazu, die Beute des letzten Banküberfalls, einen Gutteil der erpressten Schutzgelder oder den Erlös der beim Hehler versetzten Raubjuwelen in edle Automobile zu stecken. Das Neueste vom Neuen war ihnen gerade recht. Im Cabrio oder in einer langen Limousine die Friedrichstraße hinunterrollen; den anständigen Bürgern und den blöden Schupos zeigen, was sie sich leisten und in aller Öffentlichkeit vorführen konnten: Das war für einen Berlin Groß- oder auch Kleinkriminellen offenbar ein Heidenspaß. Sándor Lehmann arbeitete für die andere Seite, aber das Faible für den motorisierten Auftritt hatte er auch. Und die Gangsterlimousinen, die italienischen Sportwagen, die modernsten Motordroschken konnten doch nicht dort unten unterm Präsidium verstauben, während die Indizienprozesse sich endlos hinzogen, die Bösewichte in der Untersuchungshaftanstalt in Moabit schmorten und die Straßen in der Abendsonne verlockend glänzten? Also stiefelte Sándor, wann immer er sich durch die Stadt bewegen musste, hinunter in die Wagenmeisterei und sichtete, was es gab. Es gab immer etwas, und es gab immer eine gute Ausrede, warum er das eine oder andere Vehikel unbedingt für einen Abend ausleihen musste. Am Anfang hatte er noch mit irgendwelchen Bescheiden und Beschlüssen gewinkt, die niemand wirklich angesehen hatte und für die er sein Gefälligkeitskonto bei einem wohlgesinnten Staatsanwalt ziemlich überstrapazieren musste; unterdessen war es eine akzeptierte Tatsache, dass der große, blond gelockte Kommissar mit der schief geschlagenen Nase sich nehmen konnte, was er brauchte. Er brachte die Fahrzeuge ja jedes Mal unbeschadet zurück. Und wer sagte denn, dass wirklich er es war, der – während der diensthabende Wachtmeister noch in der Schublade nach den Fahrzeugpapieren suchte – eine Flasche Schnaps in einer braunen Papiertüte auf den Tisch stellte oder ein paar Geldscheine unter die Schreibtischleuchte schob?

Beides wurde stillschweigend und ohne große Dankesreden kassiert. Schmiergeld, Bestechung, unrechtmäßige Vorteilsnahme? Das konnte Sándor nicht darin erkennen. Der Kollege hätte ihm ja das Auto auch ohne diese kleine Aufmerksamkeit gegeben, und er hätte die Maifeier-Ausflugskasse der Wagenmeister auch dann mit einer Spende unterstützt, wenn sie ihm das Fahrzeug verweigert hätten.
So einfach war das.
Anfangs hatte Sándor sich bemüht, die Spritztouren durch die Stadt in möglichst unauffälligen Automobilen anzutreten, um draußen vor dem Gebäude niemandem aufzufallen. Jetzt waren auf den Straßen Berlins so viele Fahrzeuge unterwegs, dass auch ein nobleres Gefährt kaum noch Aufsehen erregte. Außerdem hatte die Wagenmeisterei ihre Ausfahrt Richtung Voltairestraße; über sie und die folgende, noch kleinere Waisenstraße und die Parochialstraße schlängelte er sich hinterrücks vom Polizeipräsidium fort, fädelte sich erst am Schloss wieder in die Königstraße ein und war dort längst nur einer unter vielen Automobilisten.
Der knallgelbe Dixi 3/15 – ein lizenzierter Austin-7-Nachbau aus den Automobilwerken in Eisenach, bei dem das Lenkrad aber schon auf die deutsche, linke Seite gerutscht war – war nicht ganz das Fahrzeug, mit dem man ein winterliches Berlin durchqueren sollte, dazu war der kurzschnäuzige, hochbeinige Sportwagen zu luftig gebaut, und ganz sicher fuhr niemand außer Sándor an diesem düsteren Nachmittag voller Nieselregen und Schneematsch Cabrio. Doch der Kommissar der Mordkommission hatte sich eine Lederkappe über den Schädel gestülpt, dazu eine grotesk große Fliegerbrille im Kriegshelden-Look aufgesetzt und einen dicken Wollschal um den Hals gewickelt, und in dem zierlichen Automobil gab Sándor sicher ein bemerkenswertes Bild ab, doch das war ihm egal. Fünfzehn PS in einer leichten, gut gefederten Karosserie: Das kleine Auto war etwas ganz anderes als der schwerfällige, ehrfurchtheischende Mordbereitschaftswagen der

Kriminalpolizei. Es war automobilgewordener Jazz, eine hüpfende, kanariengelbe Liebeserklärung an diese aus den Fugen geratene Stadt, eine etwas snobistische und schrille Hommage an die Zwanzigerjahre, als Automobile noch Spaß machen durften und nicht, wie heute, ernste Männer mit grimmigen Gesichtern von einem Ort zum anderen transportieren mussten, wo diese Kriegserklärungen, Schlachtpläne und Konzernkäufe unterschrieben. Sándor interessierte sich noch immer nicht sonderlich für Politik, obwohl es kaum möglich war, in dieser Stadt zu leben, ohne von allen Seiten mit Parolen und Beschuldigungen beschallt zu werden. Die Nationalsozialisten hatten es in kurzer Zeit geschafft, einem hungernden, arbeitslosen, verzweifelten Volk die ganze Welt neu zu erklären, und wie beim Boxen, wo auch viel Empörung entstand, wann immer einer der Kämpfer sich zu Unrecht abqualifiziert, ungerecht zum Verlierer gemacht fühlte, wie beim Boxen hatte das deutsche Volk keine Lust mehr darauf, den letzten Krieg verloren zu haben und dafür auch weiterhin bestraft zu werden. Dass es ganz so nicht gewesen war, dass der Krieg ohne Deutschlands waghalsigen Beitritt, den gänzlich illusorischen Schlieffen-Plan gar nicht stattgefunden hätte; dass Deutschland die Völker von ganz Europa in Elend, Tod und Vernichtung gezwungen hatte, das war angesichts der eigenen dünnen Suppe im Kochtopf offenbar bei den meisten längst vergessen. Also krakeelten sie das glorreiche Deutsche Reich herbei, als wäre das ihr verbriefter Anspruch, den ihnen ihre Rasse, ihre Weltgeltung mit Fug und Recht verlieh.

Sándor hatte sich, wie immer, wenn er über Politik nachdachte, in eine unbestimmte Wut gesteigert und trieb, ohne wirklich in Eile zu sein, den kleinen Wagen zu Höchstgeschwindigkeit an. Die schmalen Räder rutschten gefährlich auf dem nassen Kopfsteinpflaster der Charlottenburger Chaussee, die vom Brandenburger Tor zum Knie am Schillertheater führte.

Wie eine dunkle Wolke, die ohne Vorankündigung aufzog, schob sich plötzlich die schwarze Silhouette einer Straßenbahn neben ihn in die Straßenmitte. Die Linie 75 fuhr vom Kupfergraben zur Heerstraße hinauf, und Sándor ließ den Dixi leicht zurückfallen, trudelte jetzt im gleichen Tempo neben den quietschenden und tief grummelnden Waggons her. Gegen das Gepolter der Bahn war sein Dixi geradezu geräuschlos, und Sándor kämpfte gegen das Bedürfnis an, die Augen zu schließen und einfach neben dem dunklen, lang gestreckten Ding herzutreiben. Dann ließ er den Blick schweifen und sah hinter den nur im oberen Bereich schneeverkrusteten Scheiben des Waggons eine hochgeschossene, aber zusammengesunken dasitzende schwarzhaarige Frau, die – wie ein Echo auf seinen gelben Dixi – ihren blassen Hals in einen knallgelben, langen Schal gewickelt hatte.

Sándor Lehmann glaubte nicht an Telepathie, trotzdem folgten seine Augen der geschwungenen Linie ihres Halses, ihres Haaransatzes bis hin zu der nach unten geneigten Stirn, und er murmelte beschwörend und lautlos:

»Sieh her-ü-ber!«

Und das tat sie, ganz ohne Mimik, ganz ohne Erstaunen, mit einer Selbstverständlichkeit, als hätte sie ohnehin erwartet, ihn hier zu treffen, und versenkte ihren stillen, sanften Blick in seinen.

Minutenlang – vielleicht auch nur vierzig Sekunden, aber doch eine lange, eine zeitlose Zeit lang – fuhren sie so nebeneinander her, Blick in Blick, und als die Tram am Großen Stern hielt, um Passanten hinaus- und hereinzulassen, blieb Sándor trotz des wütenden Hupens hinter ihm und dem gellenden Pfeifen eines Schupos einfach mit seinem gelben Wagen neben der Straßenbahn stehen und fuhr erst weiter, als auch die Elektrische sich ächzend im neu einsetzenden Schneegestöber wieder in Bewegung setzte.

Erst am Knie – der großen Verkehrskreuzung, an der Berliner Straße, Marchstraße, Bismarck- und Hardenbergstraße wie ein unermüdlich drehendes Schaufelrad den Verkehr in die jeweiligen Gliedmaßen Charlottenburgs schaufelten – drängte ihn der abbiegende Verkehr von der Straßenbahn weg in die Hardenbergstraße, und sein Blickkontakt mit der schönen, traurigen Fremden riss ab, ohne ein Zeichen des Abschieds oder des Bedauerns von einem von ihnen. Die Straßenbahn polterte quietschend die Bismarckstraße entlang, und er selbst fuhr lächelnd auf den Bahnhof Zoo zu, bis ihm – ungefähr auf der Höhe des Tanzlokals Barberina – sein dämliches Grinsen selber auffiel und er es abschüttelte, als der Wagen an der Gedächtniskirche rechts Richtung Tauentzien schwenkte.

ZIRZOWS PROBLEME

Am Tag sah der Spichernring aus wie die alte Fabrikhalle, die er eigentlich war. Oben in der Galerie konnte man bodentiefe Gitterfenster öffnen, durch die jetzt milchiges, gräuliches Winterlicht hereinfiel; zu wenig, um den zwei schlecht gelaunten Reinigungskräften auf den Rängen Licht zu geben, aber genug, um dem Ring jeden Hauch von Glanz und Glamour zu nehmen.

Sándor hatte den kleinen Auftritt bevorzugt und die Polizeimarke in der Tasche gelassen; seitlich neben den Garderoben gab es einen Lieferanteneingang, wo gerade Bier geliefert wurde; dort schlüpfte er durch. So konnte er noch eine ganze Weile am Rand der Halle stehen und den Ort auf sich wirken lassen, der gestern Abend im Dämmerlicht nur schemenhaft zu erfassen gewesen war. Jazzbühnen, Musiklokale, Tanztheater: Die hatten eine eigene Atmosphäre, auch tagsüber, auch ganz ohne Gäste. Hier hatte Sándor mit dem Geruch von Schweiß und kaltem Blut gerechnet, mit einem stummen Widerhall der Anfeuerungsrufe, der Spannung. Aber der Boxring sprach nicht zu ihm; der Ort blieb so profan, wie er aussah. Stattdessen sprach ein Mann, der seitlich hinter Sándor getreten war, ein Mann mit geschmeidigen Bewegungen, der seinen eigenen Auftritt wahrscheinlich für lautlos gehalten und den Sándor Lehmann doch bemerkt hatte.

Ernst Zirzow war ein großer Bursche mit dem Kopf einer verwöhnten Hauskatze. Runde Wangen gingen nahtlos in einen dicken Halswulst über; die Augen blickten groß und melancholisch aus einem flächigen, wenig markanten Gesicht. Zirzow war nicht dick, aber der runde Kopf und die muskulösen Schultern gaben seinem Körper eine Ausstrahlung von Masse, von Volumen. Der grauen Anzug war zweifellos maßgeschneidert und saß tadellos. Überhaupt hätte der Kontrast zwischen dem gepflegten Mann

mit seinem seidenen Einstecktuch und den gepflegten Fingernägeln und dem ramponierten Boxring kaum größer sein können.
»Lassen Sie mich raten«, sagte Zirzow, »nein, lassen Sie mich nicht raten, lassen Sie's mich wissen: ein Polizist.«
Sándor Lehmann antwortete nicht, aber Zirzow schien auch gar nicht darauf gewartet zu haben. Er trat einen Schritt zurück und fixierte Sándors ganze Erscheinung, pfiff durch die Zähne.
»Kein kleiner Schupo, würde ich sagen. Ein Ermittler. Aber warum? Meine Gläubiger – na, sagen wir: die Ungeduldigeren unter meinen Lieferanten – schicken Gerichtsvollzieher, nicht Polizisten. Und sie wissen natürlich, dass tagsüber nichts zu holen ist, dass man versuchen muss, die Hand in die Abendkasse zu stecken, wenn man mit einer Pfändung Erfolg haben will.«
Er legte den Kopf schräg und zwinkerte Sándor zu.
»Also keine Pfändung. Na los, Mann, raus damit, was verschafft mir die Ehre? Ich habe niemanden beklaut oder umgelegt, und dass ich jüdische Boxer auftreten lasse, ist ja Gott sei Dank noch nicht verboten in diesem Land.«
Jetzt zwinkerte Sándor, aber ohne zu lächeln, und ging an Zirzow vorbei in Richtung Umkleiden. Neben der Doppeltür zu den Kabinen und den Räumen der Ringrichter und Ringärzte gab es eine kleine Stiege, und die führte in Zirzows Büro, das über dem Boxereinlauf thronte und einen exellenten Blick auf Ring und Ränge bot.
Zirzow war Sándor kopfschüttelnd gefolgt, ohne zu protestieren. Andere hätten nach ihren Anwälten gerufen, von ihrem Hausrecht Gebrauch gemacht oder sonst wie Radau geschlagen. Zirzow war offenbar nur neugierig, und deshalb bot er Sándor mit einer gleichmütigen Geste einen Sitzplatz und einen dunkelbraunen Sherry an, die Sándor beide kurzerhand annahm.

Bei so viel Gastfreundschaft redete Sándor nicht lange drum herum: Er war grundlos hier, fast zufällig, versehen mit einem vagen

Rechercheauftrag in Sachen Drogen. In Wahrheit eher getrieben von dem Wunsch, zu verstehen, wie das ging, Boxkämpfe veranstalten – wenn man vorher nicht wusste, wer gewinnen würde. Oder konnte man es wissen? Knöpnadel und Bloemecke hatten ihn gestern Abend überrascht; wie gut war der Ausgang eines Kampfes vorhersehbar oder – wenn man den ganzen Boxabend im Visier hatte – planbar?

Zirzow hatte sein Sherrygals mit einer Hand erwärmt, daran gerochen, es gegen das Licht gehalten. Als Sándor den Namen Knöpnadel erwähnte, hatte er kurz forschend aufgesehen. Statt einer konkreten Antwort deutete er nun auf einen riesigen, überladenen Schreibtisch an der Wand gegenüber den Fenster zum Ring.

»Sehen Sie den Zeitungsstapel da? Vierundzwanzig Zeitungen aus aller Welt, jeden Tag bekomme ich die Ausgaben vom Vortag per Luftkurier auf den Tisch, fast noch druckfrisch. Drüben in der Nürnberger neben der Femina habe ich ein aufgeräumteres Büro; dort mache ich meine Kampfverträge und spreche mit den Managern. Aber meine eigentliche Arbeit, die mache ich hier, an diesem Schreibtisch. Ich lese Zeitungen in sechs Sprachen, und ich kann mir nicht vorstellen, dass irgendjemand informierter ist als ich selbst über das, was in der Boxwelt geschieht.«

»Der *Box-Sport*?«, warf Sándor fragend ein, doch Zirzow hob gerade mal eine Augenbraue, nahm dann einen ganz winzigen Schluck vom Sherryglas und schüttelte den Kopf.

»Der *Box-Sport* schreibt, was die Leute lesen wollen. Da geht es nicht um spannende neue Talente, um Karrieren, um sportliche Perspektiven. Der *Box-Sport* hört zu, was der Pöbel brüllt, und schreibt dem Volk nach dem Maul. Oder den Strippenziehern in der BBD, denen der Spaß des Publikums suspekt ist. Haben Sie den Zettel draußen im Kasten gelesen? Heute abend boxt Trollmann, und die Leute werden ihn anhimmeln und bejubeln. Aber egal, wie Trollmann boxt: Am Mittwoch gibt es eine Karikatur von ihm im *Box-Sport;* irgendetwas Diffamierendes wird den

Herren Reportern schon einfallen. Bei Trollmann spielt die boxerische Leistung längst keine Rolle mehr; was der *Box-Sport* über den schreibt, ist reine Politik.«

Zirzow schwieg angewidert und leerte sein Glas. Auch Sándor setzte sein Glas an die Lippen; der Sherry schmeckte nach Eichenfass, nach Laub, Wald, nach Rinde. Fünf Zentiliter Waldspaziergang. Der Mann musste ein Genießer sein, ein Connaisseur.

Zirzow fuhr fort: »Niemand ist informierter als ich; ich erkenne Talente, bevor sie sich selbst erkennen; ich mache aus Amateuren Berufsboxer und aus Berufsboxern gut verdienende Stars. Und ich weiß, wie ich einen Boxabend aufbauen muss, damit sich die Kämpfe im Lauf der Zeit steigern, die Zuschauer heiß werden, der Ausgang eben nicht absehbar ist. Wobei ...«, Zirzow griff unter den Cocktailtisch, an dem sie saßen, und praktizierte die Sherryflasche hervor, füllte nach, »... wobei es Kämpfe mit überraschendem Ausgang gibt. Und Kämpfe mit einem voraussagbaren Verlauf. Knöpnadel gegen Bloemecke war von Anfang an eine klare Sache; Knöpnadel ist unter Druck, die BBD will ihm die Lizenz entziehen, weil er taubstumm ist: Das treibt einen Mann zu Höchstleistungen, das lässt ihn trainieren wie ein Ochse. Ich hätte keinen Pfifferling auf Bloemecke gesetzt, aber trotzdem ist der Kampf anders gelaufen, als ich gedacht habe. Dass Knöpnadel den Mann umpustet mit einem kleinen Stupser: Darüber zerbreche ich mir schon den ganzen Tag den Kopf. Und wenn ich mit dem Kopfzerbrechen mal anfange, dann bleibt es nicht bei der einen Besonderheit, dann fallen mir eine ganze Menge davon ein. Favoriten, die nicht in Form sind oder mitten im Kampf ihre Form wechseln. Newcomer, die für ein paar erste Kämpfe noch zum Verhauenwerden hier sind und die plötzlich als Sieger da drüben im Ring stehen.«

Mit dem zweiten Sherry hielt sich Zirzow weit weniger lang auf als mit dem ersten; den kippte er sich ohne langes Begutachten hinter die Binde.

»Viel mehr als ein sonderbares Gefühl ist es nicht. Natürlich habe ich Gegner; natürlich werde ich angegriffen, meine Favoriten werden mir ausgespannt, meine Neuerwerbungen kriegen anderswo mehr geboten und wandern ab. Das ist Alltagsgeschäft, ich mache es genauso, hier wird nicht nur im Ring mit harten Bandagen gekämpft. Aber was momentan passiert, ist etwas ganz anderes. Ich kann keinen Gegner ausmachen, ich kann keinen Plan erkennen. Ich verstehe nicht, was passiert, und das macht mich wahnsinnig, verstehen Sie? Wahnsinnig!«

Sándor Lehmann hatte den Monolog nicht unterbrochen – das war eine der ersten Lektionen, die er in seinem Beruf gelernt hatte, dass man Monologe nie unterbrach. Er hatte aufmerksam zugehört, hatte hingesehen. Zirzows Hände betrachtet, die ruhig geblieben waren, ruhiger als der Mann selbst. Dachte der Manager wirklich nur laut, arbeitete er wirklich mehr für sich selbst als für ihn, Sándor, die kleine Nuance heraus zwischen schlafwandlerischer, erfolgreicher Balance im Business und dem sabotierenden Gefühl von Irritation? Oder war das strategische Absicht, inszenierte er sich selbst als Opfer, um von seinen kleinen Nebengeschäften abzulenken, bei denen er eben doch der virtuose Fädenzieher war?

Ernst Zirzow beschrieb das Promoten als Kunstform, als gelungenen Mix aus Information und Intuition. Sollte so ein Mann sich wirklich auf das Geschehen im Ring beschränken und bei den vielen anderen Dingen, mit denen im Spichernring an jedem Boxabend Umsatz gemacht wurde – Drogenhandel, Prostitution, Glücksspiel – einfach wegsehen?

Zirzow faltete müde die Hände vor der Brust, als hätte er Sándors Gedanken gelesen.

»Nebengeschäfte?«

Sándor blieb stumm, das schien ihn in ihrem Gespräch am weitesten zu bringen. Zirzow machte große Augen, blaue Hundeaugen wie von einem Mops oder einem Bernhardiner. Er fragte noch mal nach.

»Denken Sie, ich hätte es auf Nebengeschäfte abgesehen in diesem … diesem Business?« Er seufzte. »Das glaubt ihr Kerle immer als Erstes. Aber wissen Sie was? Im Unterschied zu Ihnen kenne ich den Preis von Kokain, und ich weiß auch, was eine nicht mehr ganz jungfräuliche Landpomeranze, angeblich eben zugereist, sich von irgendeinem besoffenen Proleten zustecken lässt für ein schnelles Nümmerchen im Stehen drüben im Gebüsch. Nur laufen pro Abend nicht mehr als zwanzig solcher Nümmerchen, und Kokain bringt auch nicht mehr die Gewinnspanne, die euch so vorschwebt. Ja, das können Sie gerne mal nachrechnen, ich sage es Ihnen ganz ehrlich: Es ist mir persönlich wurscht, ob die Drogen und das Anschaffen verboten sind; das wäre mir piepegal – nur bringt es unterm Strich einfach zu wenig. Da draußen sind an einem Boxabend zwölfhundert, manchmal fuffzehnhundert Leute, und jeder trinkt mindestens drei Bier. Die Flasche Champagner kost' dreißig Reichsmark, und ich verkaufe dreißig, vierzig Stück am Abend. Nicht an die Proleten, sondern an Gangsterbosse, Bankdirektoren, die Verrückten vom Film oder wen auch immer. Da wird der Umsatz gemacht. Wer braucht denn da Nebengeschäfte?« Er schnaubte verächtlich und wiederholte: »Nebengeschäfte! Unsichere Lieferanten, gepanschte Ware, Ärger mit der Polizei: Schönen Dank!«

Sándor Lehmann atmete hörbar aus, und Zirzow hielt inne, betrachtete den Polizeibeamten, als sähe er ihn eben zum allerersten Mal. Klopfte ihm dann auf die Schulter und zwinkerte schon wieder.

»Genießen Sie den Boxabend, Kamerad. Trollmann boxt, das alleine ist schon das Herkommen wert, glauben Sie mir das. So einen sehen Sie nicht alle Tage im Ring!« Er hielt inne, lauschte seinen eigenen Worten nach, als hätte ein Fremder gesprochen; nickte dann düster und fügte hinzu: »Und wer weiß, wie lange noch.«

Ja, Johann Trollmann aus Hannover war Sándor Lehmann ein Begriff, der Mann war auch außerhalb des Boxrings bekannt wie ein bunter Hund. Als »Zigeunerboxer« hatte der *Box-Sport* den Mittelgewichtler wieder und wieder auf die Schippe genommen; sein Boxstil passte nicht ins Idealbild des »Deutschen Faustkampfes«, bei dem zwei Männer sich gegenüberstanden und so lange aufeinander einprügelten, bis einer umfiel. Trollmann hatte Hummeln im Hintern, er wollte nicht stillstehen, sondern umflatterte seinen Gegner elegant und leichtfüßig, bis sich eine Gelegenheit für eine schnelle Schlagfolge ergab. Das war nach den Box-Regularien keineswegs verboten, auch wenn der *Box-Sport*-Chefredakteur Thoma unter dem Pseudonym »Punch« wieder und wieder vermeintliche Regelwidrigkeiten reklamierte und sich hämisch über die Darbietungen des von ihm so genannten »Exzentriks« ausbreitete. Es war abzusehen, dass der Demagoge »Punch« auch heute wieder auf seine Kosten kommen würde, denn Trollmanns Gegner Jack Beasley war beim amtlichen Mitteilungsblatt des Deutschen Boxsports kaum beliebter. Der »neueste schwarze Import von Joe Edwards, der Neger Beasley«, boxte so, »wie man das von den Negern schon gewöhnt ist«, hatte »Punch« geschrieben, doch diese gehässige Abqualifizierung hatte den Kampf für das Publikum ganz offenbar nicht weniger spannend gemacht, sondern eher in den Rang eines Spektakels gehoben, das man gesehen haben musste. Ernst Zirzow jedenfalls, über den gemunkelt wurde, er hätte Trollmann den Seelig-Brüdern ausgespannt und würde den unbestritten begnadeten Boxer künftig selbst managen, konnte sich über hektisches Klassenklingeln freuen. Als der Nachmittag schon früh in die Schwärze eines nassen, klammen Abends umschlug und draußen auf der Straße die Neonbuchstaben des Spichernrings aufflammten, dauerte es nicht lange, und die Boxfreunde kamen in Scharen.

Sándor Lehmann hatte einen Tresenplatz an der Champagnerbar ergattert, sich einen Escorial kommen lassen, der zu warm war und mit Eiswürfeln aufgefüllt wurde, als der Kampf begann. Von hier aus hatte er einen guten Überblick. Ganz offensichtlich hatten auch die Reporter des *Box-Sports* es nicht nötig, näher an den Ort des Geschehens heranzugehen – eben ließ sich »Punch« am anderen Ende des Tresens vom überforderten Keeper einen Drink zusammenpanschen, der schon von der Größe des Glases her nach einem technischen K. o. in der ersten Runde aussah.

Johann Trollmann, so viel ließ sich auch aus der Distanz feststellen, sah gut aus. Sándor Lehmann kannte die Wirkung seiner eigenen, etwas zerknautschten Visage genau genug, um zu wissen, dass Schönheit nicht alles war, womit man beim anderen Geschlecht punkten konnte. Aber Trollmans aufgeworfene, weich wirkende Lippen, der dunkle, angriffslustige Blick und der ungestüme Wuschelkopf, der ihn in den Karikaturen im *Box-Sport* so unverkennbar machte, weckten zweifellos Mutter- und andere Instinkte beim heute größeren weiblichen Anteil des Publikums. Der bullige Oberkörper des Boxers schien in ständiger, schwingender Bewegung zu sein, während die schlanken Beine mit Sidesteps, kurzen Tripplern und jähen Sprüngen ein Stakkato vollführten, das jede Prognose, in welche Richtung Trollmann als Nächstes springen würde, unmöglich machte.

Sein Gegner Beasley – ein schwarzer Hüne und ganz offensichtlich entschlossen, den Ring heute Abend als Sieger zu verlassen – studierte die Beinarbeit mit Verblüffung. Doch Trollmanns Tänzeln war kein Ballett, dem man als Gegner lange zusehen konnte, denn zwischen ein paar seitlichen Schritten, einem blitzschnellen Wegtauchen und einer halben Körperdrehung feuerte der »Zigeunerboxer« eine gut platzierte Salve von Schlägen ab, die Beasley, der Nehmer-Qualitäten hatte, zwar nicht gleich aus den Schuhen hoben, aber doch beeindruckten. Beasley dagegen schlug immer wieder ins Leere, denn da, wo seine Fäuste hinflogen, war Trollmann längst nicht mehr.

So entspann sich unter dem brüllenden Gelächter des Publikums eine wilde Jagd, bei der sich Jack Beasley von Runde zu Runde sichtbar alberner vorkam. Trollmann büxte aus, kam zurück, tanzte dem Angreifer auf der Nase herum und entwischte aus einem engen Clinch durch die Seile. Der halbe Salto brachte einen der Kampfrichter, der fassungslos von seinem Jurysitz aufgestanden war, um das entfesselte Treiben zu beobachten, um sein Monokel, das unter einem johlenden Hurra-Ruf des Publikums im hohen Bogen in den Ring flog, um Sekunden später unter Trollmanns Tanzschritten knirschend zu Glasstaub zermahlen zu werden. Das machte den Publikumsliebling nicht gerade zum Freund der Jury, und als Ringrichter Griese den Kampf schließlich beendete, erntete Johann Trollmann trotz der deutlich besseren boxerischen Leistung ein »Unentschieden«, mit dem unter den Buhrufen seiner Anhänger zweifellos vor allem der »unboxerische« Tanzstil bestraft werden sollte. Die beiden Boxer immerhin schienen mit dem Kampfverlauf, der ohne größere Blessuren abgegangen war, nun doch ganz zufrieden zu sein – sie umarmten sich herzlich und klopften sich mit den klobigen Boxhandschuhen dabei wohlwollend auf die Rückseiten –, und auch Ringrichter Griese, dem diese Sympathiebekundung offenbar zu weit ging, bekam daraufhin von beiden ein paar Klopfer auf den Hosenboden, die ihm die Zornesröte ins Gesicht trieben und das Publikum zu Lachtränen reizten.

Sándor Lehmann hatte den Kampf belustigt verfolgt und die verächtlichen Grimassen des Sportreporters am Tresenende nicht weiter beachtet, doch »Punch« musste seiner Wut offenbar Luft machen und schimpfte lautstark vor sich hin.

»Das lasse ich Zirzow kein weiteres Mal durchgehen, diese Entwürdigung des Boxrings für ein derartiges Affentheater! Zigeunerboxer, Negerboxer – das ganze Pack sollte auf dem Rummelplatz auftreten oder in einem Käfig im Zoo. Eine Affenschande, dass ich mir die Mühe gemacht habe, hierher zu kommen; als se-

riöse Sportpresse sollten wir über den ganzen Abend mit keinem Wort berichten, damit Zirzow lernt, wo das Boxen aufhört und die Revuenummern anfangen!«
Sándor grinste vor sich hin und drehte, als Thoma herübersah, dem Mann kurzerhand den Rücken zu, um nicht mit weiteren Ausbrüchen behelligt zu werden.

Und dann, ganz ohne Vorzeichen, sah er einen Kampf, bei dem nichts stimmte; einen der Kämpfe, von denen Zirzow gesprochen hatte: einen Kampf, der aus dem Ruder lief, bei dem etwas nicht mit rechten Dingen zugehen konnte. Ohne dass Sándor Lehmann hätte sagen können, was nicht stimmte; ob es Schiebung war, was er sah, oder andere, geheimnisvollere Kräfte am Werk waren, über die er sich jetzt noch nicht klar war.
Der Kampf der Vereinskollegen Walter Sabbotke und Paul Völkner jedenfalls war eigentlich eine klare Sache, wenn man dem Pausengemurmel des Publikums glauben konnte, das nach Trollmanns furiosem Auftritt durstig an den Tresen drängte. Sabbotke würde den jungen, unerfahrenen Völkner »auseinandernehmen«, »zerlegen«, »schlafen schicken«, »abschlachten« und obendrein »am ausjestreckten Arm vahungan« lassen. Ein K. o. in der ersten Runde war abgemachte Sache, und die kenntnisreichen Stammgäste nahmen gar nicht erst zwei oder drei Maßkrüge Bier mit zum Platz, weil man sich ja ohnehin in zehn Minuten, in der nächsten Pause, wieder anstellen konnte.
Doch dann kam alles anders. Das heißt: Die erste Runde lief ganz wie erwartet; Sabbotke ließ den jungen Völkner nah heran und platzierte dann eine kurze Rechte so zielgenau auf der Kinnspitze des Angreifers, dass Völkner den Kopf nach hinten riss und krachend auf die Bretter stürzte, von denen sich im weißen Gleißen der Scheinwerfer eine dramatische Staubwolke hob und im Licht funkelte. Das Publikum sprang auf und jubelte – genau so hatte man sich die Sache vorgestellt. »Sechs, siiieben«, Ringrichter

Griese dehnte die Sekundenzahlen, um dem Mann wenigstens der Ehre halber eine Chance zu geben, über ein Weiterkämpfen nachzudenken, und wirklich kam Völkner bei »Acht« schwankend auf die Beine und erntete für diesen erstaunlichen Willensakt einen Anstandsapplaus des Publikums. Und auch Sabbotke schien den Vereinskollegen nicht völlig blamieren zu wollen und knackte die für den Rest der Runde krampfhaft hochgehaltene Deckung mit der Linken vorerst nicht. In der Pause machte der Ringarzt seine Runde, begutachtete besorgt Völkners Hinterkopf, an dem vom Sturz auf die Bretter eine ziemliche Platzwunde klaffte, prüfte die Reflexe des Boxers und inspizierte ausgiebig beide Augen einzeln. Sabbotke dagegen wurde nur pro forma inspiziert; er thronte in seiner Ringecke als baldiger Sieger und nippte am Trinkbecher wie an einem fruchtigen Cocktail in der Prominenten-Lounge.
Doch dann, in der zweiten Runde, wendete sich das Blatt schlagartig. Sabbotkes Rechte, eigentlich die gefürchtete Waffe seines Angriffskrieges, ruhte auf seinem mächtigen Brustkorb wie festgenagelt, als müsste sie dort einen zu engen Krawattenknoten lockern. Und dort blieb sie auch liegen, als Paul Völkner sich mit langen linken Haken immer mehr zum Kopf seines Gegners durcharbeitete, beim leisesten Zusammenzucken oder Einknicken des Gegners mit schnellen Aufwärtshaken nacharbeitete, Terrain gewann und Sabbotkes Kampfkraft Schlag für Schlag und Runde für Runde zermürbte. Was war los mit dem Mann? Das Publikum wurde unwillig; Buhrufe, »Schiebung! Schiebung!«-Geschrei brandete auf, und Sabbotke riss sich irritiert zusammen, ohne wirklich zu merken, dass der ganze Radau ihm, ihm selbst, galt und dass er gerade dabei war, einen unbedeutenden Routinekampf gegen einen Neuling spektakulär zu verlieren.
Sándor war aufgestanden und hatte sich während des Kampfes ganz nach vorn gearbeitet, um zu sehen, was hier geschah, aber es gab nichts zu sehen außer einem desolaten Favoriten, der in

den Pausen in seiner Ringecke saß wie eine Gliederpuppe, von seinem Manager angebrüllt oder mit Wassergüssen und Trinkflaschen aufgepäppelt wurde – und der sich doch auch in der nächsten Runde nur durch seine eiserne Kondition überhaupt auf den Beinen hielt, bis der Ringrichter den erniedrigenden Kampf gegen den schwankenden Sabbotke abbrach und den überraschten und überglücklichen Paul Völkner unter den fassungslosen Pfiffen des Publikums zum Sieger erklärte.

Während das erboste Publikum in der Pause vor dem nächsten Kampf die Bars bevölkerte und Sabbotkes Minderleistung lautstark diskutiert wurde, schlenderte Sándor hinter dem Tross der Ringrichter her in Richtung Garderoben. Zirzow war nicht feindselig gewesen; diese vielleicht nur temporäre Gastfreundschaft musste ausgenutzt werden. Dem Türsteher vor dem Aktiveneingang zeigte er nur kurz die Polizeimarke, dann schlüpfte er, ohne weiter behelligt zu werden, in einen langen Hauptflur mit abzweigenden Gängen, die aus rohen Brettern und Reklametafeln zusammengeschustert zu sein schienen und einen alten Werkstatttrakt der Lagerhalle ziemlich provisorisch in eine Vielzahl von Umkleidekabinen und Aufenthaltsräumen unterteilten. Sándor Lehmann versuchte sich die Lage der Räume einzuprägen; die Gänge der rechten Flurseite führten zu erbärmlichen Boxen, in denen die Boxer sich umziehen konnten. Einige Türen standen offen; Sándor blickte in Räume, kaum größer als die Ställe von Mastochsen, ausgestattet mit einer Liege, einem Stuhl und einer nackten Glühbirne, die von der Decke hing. Auf jedem Stuhl lag ein meist zersplitterter Handspiegel, in dem der Boxer seine Verletzungen inspizieren konnte; in der Ecke stand ein altes Gurkenfass als Mülltonne, in das Verbandszeug geworfen werden konnte. Jede Umkleidebox hatte ein kleines Waschbecken aus Blech, in das je nach Verfassung gespuckt, gekotzt oder uriniert werden konnte.

Sándor betrachtete all das mit gerunzelter Stirn; in dieser Umgebung das Selbstvertrauen nicht zu verlieren, diesen armseligen Stall als Sprungbrett für die eigene, große Karriere drüben in Amerika zu sehen, wo sie die hundertfachen Gagen zahlten und man als Boxer gefeiert wurde wie ein großer Schauspieler oder ein Opernstar, das war sicher schwer.
Auch das Ringreinigungsgirl hatte offenbar eine dieser Kabinen zugeteilt bekommen, und jemand hatte ihr einen weitaus größeren Spiegel in die Garderobe gestellt. Offenbar hatte sie sich zu lange mit ihrem Erscheinungsbild beschäftigt und den Schlussgong überhört; jetzt beeilte sie sich, hinaus zu kommen und in der Pause wieder den Unrat einzusammeln, der von den Rängen heruntergesegelt kam. Sándor machte ein, zwei ruhige Schritte auf ihre Garderobentür zu, doch die junge Frau taxierte ihn mit einem abschätzenden, kritischen Blick und verriegelte und verschloss ihre Tür mit einem kleinen Vorhängeschloss, das keinen gewaltsamen Angriff abgewehrt hätte, aber doch klipp und klar signalisierte, dass Neugierde hier nicht erwünscht war. Immerhin bedachte sie den Polizisten, an dem sie sich im schmalen Gang körpernah vorbeidrückte, mit einem strahlenden, aber erkennbar berufsmäßigen Lächeln, bevor sie in ihren kurzen Boxershorts um die Ecke in den Hauptflur flitzte.
In zwei weiteren der Verschläge wurde gearbeitet; hier machten sich die Akteure des nächsten Kampfes bereit, bekamen von ihren Assistenten die Fäuste umwickelt oder umwickelten sie selbst; tranken noch einen Schluck oder brüteten still vor sich hin, bis der Ansager herunterkam und sie mit einem aufmunternden »Los, Männer, ihr seid dran, haut euch die Fresse ein!« hinüber zum Ringausgang lotste.
Am Gangende war ein größerer Raum für den Ringarzt reserviert; mit einer noblen Arztpraxis – Ku'damm und Tauentzien waren nicht weit weg – hatte auch dieses Loch wenig zu tun, obwohl der Berufsstand des Arztes immerhin durch ein Steckschild außen an

der Tür gewürdigt wurde, in das der jeweils diensthabende Medizinmann eine Karte mit seinem Namen schieben konnte. Dr. von der Esche schien allerdings schon länger der einzige Arzt zu sein; seine Karte sah nicht so aus, als würde sie oft gewechselt, und auch der Doc selbst, der hinter der geöffneten »Praxistür« an der Arbeit war, machte nicht den Eindruck einer sonderlich gefragten Koriphäe. Sein plumper Körper und das missmutig verzogene Gesicht standen in einem klaren Widerspruch zum Mythos des edlen Boxsports. Von der Esche schien das egal zu sein, er machte hier in den Katakomben des Spichernrings seinen Dienst und scherte sich offenbar nicht um seine ärztliche Reputation. Eben hatte er den auf einer Pritsche liegenden Sabbotke einer eingehenden Untersuchung unterzogen; Riechsalz, ein großes Glas Wasser und eine mit einer trüben braunen Flüssigkeit gefüllte Spritze lagen auf einem zerschrammten Rollwägelchen. Sabbotke atmete schwer, war aber offenbar wieder zur Besinnung gekommen und stützte sich schon im Liegen auf die Oberarme.

»Schöne Scheiße«, brummelte er verdrießlich, und als wäre das Zirzows Stichwort in diesem Laientheaterstück gewesen, stand der Promoter auch schon in der Tür des Behandlungsraums, schob Sándor, an dessen Anwesenheit er sich auch jetzt nicht weiter zu stören schien, beiseite und schnauzte gleich los.

»Da ist er ja, unser Ausnahmeboxer, die Perle seines Vereins. Sabbotke, du Sauhund, was war das denn für eine hundsmiserable Vorstellung? Ist der Kerl betrunken?«

Die letzte Frage ging an von der Esche, doch der schüttelte kommentarlos den Kopf. Zirzow trat näher und bückte sich zu Sabbotke, als wollte er selbst riechen, ob der Mann eine Fahne hatte. Der Boxer knurrte widerwillig; das machte Zirzow erst richtig wütend.

»Was gibt's da zu knurren, du Waschlappen? Alle Absprachen vergessen, ja? Vor dem Kampf – vor, nicht nach dem Kampf! – will ich wissen, ob es Probleme gibt. Dicken Schädel, 'n Schnupfen kann jeder mal haben, ist mir scheißegal – solange ich es rechtzeitig erfahre. Aber da oben in den Ring torkeln und dann vor tausend zahlenden Gästen schlappmachen, mein Lieber: Das ist Geschäftsschädigung!«

Sabbotke schien einzusehen, dass die Schuld ganz auf seiner Seite lag, trotzdem hatte er Einwände.

»Chef, wenn ick's jewusst hätte ... ehrlich mal! Ick weeß doch ooch nich, was da los war. Erste Runde lief noch wie am Schnürchen, aber plötzlich in der zweeten wird mir so blümerant wie noch nie im Leben. Ick dacht', ick sterbe vor all den Leuten!«

Zirzow lachte auf.

»Meinetwegen! Dann hätten wir wenigstens morgen die Schlagzeilen gehabt. So kriegen wir nix als Keile. Ich war froh, dass mir das Fußvolk nicht den Laden zerlegt hat!«

Sabbotke schwieg kleinlaut, wagte dann doch noch einen letzten Vorstoß.

»Chef, die Gage ...«

Zirzow beugte sich nun vollends zu dem zerlegten Kämpfer hinunter und studierte den Geschwächten wie ein Insektenforscher eine Kakerlake. Dann drehte er den Kopf und fragte von der Esche:

»Ganz klar im Kopf ist er aber noch nicht, scheint mir. Er redet wirr! Ich habe gerade das Wort ›Gage‹ gehört, Doktor. Ja, ganz ohne Zweifel, er hat den Verstand verloren, eine schwere Geisteskrankheit. Ein Pferd würde man jetzt erschießen – dem hier sollten Sie kräftig in den Allerwertesten treten; vielleicht hilft die Therapie!«

Mit diesen Worten drehte sich der Promoter um, spuckte im Raum noch angewidert in die Ecke, fingerte eine Uhr aus der Weste und trat auf den Gang. Dann marschierte er zwei Verschläge weiter, wo der glückliche Sieger Völkner schon abreisebereit war. Zirzow stellte sich ihm in den Weg, übergab ihm einen Briefumschlag mit der vereinbarten Gage, klappte ein Zigarettenetui auf und hielt es mit gönnerhafte Miene dem Boxer hin, der abwinkte. Zirzow lachte.

»Ach, richtig, Ihr Sportsmänner achtet auf eure Gesundheit, habe ich recht? Ganz große Leistung jedenfalls heute Abend, mein Junge, kolossale Leistung.«

Völkner lächelte unsicher und deutete hinüber zu Sabbotkes Kabine.

»Ich weiß nicht ... Walter scheint nicht ganz in Form gewesen zu sein.«

Aber Zirzow wedelte die Bescheidenheit mit einer großen Geste beiseite und steckte stattdessen nun sich selbst eine Zigarette an – angesichts der wohl wegen der Bretterwände angebrachten »Rauchen strengstens untersagt«-Schilder ein klares Signal dafür, wer hier die Mütze aufhatte.

»Aber keineswegs, mein Junge, keineswegs! Ich bin ja nicht erst seit heute in diesem Geschäft, und deshalb erkenne ich ein Ausnahmetalent, wenn ich eins sehe. Keine falsche Bescheidenheit! Wir zwei sollten gleich jetzt mal hoch in mein Büro steigen und bei einem guten Glas Sherry über die Zukunft reden!«

Völkner lachte und schüttelte freundlich, aber doch sehr bestimmt den Kopf.

»Den müssen Sie leider alleine trinken, ich bin verabredet.«

Er schulterte seine einfache Sporttasche, drängte sich an dem verblüfften Zirzow vorbei und strebte zum Ausgang.

Ernst Zirzow wandte sich zu Sándor Lehmann um, den er offenbar durchaus wahrgenommen hatte, und verdrehte die Augen.

»Sehen Sie? Nichts ist mehr normal. Man macht einem leidlich talentierten Anfänger ein erstes, seriöses Angebot und kriegt einen Korb! Aber da steckt Blinker dahinter; der Mistkerl hat an Völkner auch die Finger dran ... Wäre doch gelacht, wenn ich nicht doch ein paar Dollars mehr bieten könnte!«

Er lachte empört auf und machte sich daran, hinter Völkner herzulaufen.

»He, Völkner, warten Sie mal! Warten Sie doch mal eine Minute!« Sándor schüttelte den Kopf. Der Mann schien jede Selbstachtung zu verlieren, wenn es ums Geschäft ging. Er zuckte die Achseln und folgte dem Promoter Richtung Straße.

Ja, Rudi Blinker steckte dahinter, und ganz offensichtlich hielt er ebenfalls große Stücke auf seine Neuentdeckung– so große, dass er den jungen Boxer eigenhändig mit dem Sportwagen vor dem Spichernring abholte. Der Freiluft-Promoter aus der Hasenheide schien den Gerüchten vom finanziellen Niedergang der Boxszene eine Nase drehen zu wollen; sein Mercedes SSK Sport II gehörte zu den teuersten Fahrzeugen auf Berlins Straßen, ein Kraftprotz von Auto, das schon mit Standgas so laut war wie ein Doppeldeckerbus. Blinker winkte begeistert hinter dem riesigen Steuer hervor; der zierliche Mann sah aus wie ein glückliches Kind, das mit seinem Lieblingsspielzeug hergekommen war, um sein anderes Lieblingsspielzeug – den Boxer Völkner – einzusammeln. Paul Völkner kletterte auch gehorsam über die Seite auf den Beifahrersitz des Zweisitzers, und Blinker rief durch den Motorenlärm einen fröhlichen Satz zu Zirzow hinüber, der vor dem Eingang des Spichernrings stehen geblieben war und wütend seine Zigarette in den Schneematsch warf:
»Hast Glück, Ernst, heute hole ich nur den besten Boxer raus aus deinem miesen Schuppen. Nächstes Mal hole ich mir den ganzen Ring!«
Mit einem heiseren Hupen, das wie das Brüllen eines Stiers klang, machte der schwere Wagen einen Satz nach vorn. Schnee spritzte; Sándor beschrieb einen kleinen Sidestep, um dem nassen Schwall auszuweichen. Der Mercedes hupte zwei Droschken beiseite, fädelte sich in die Straße Richtung Bundesplatz ein und war in der Nacht verschwunden.
Ernst Zirzow hatte dem Wagen mit zusammengekniffenen Augen nachgestarrt; jetzt fummelte er das Zigarettenetui aus der Weste

und steckte sich eine weitere Muratti an, ohne den Blick von der Straße zu wenden, auf der der verhasste Konkurrent eben verschwunden war. Erst als die Flamme des abbrennenden Streichholzes seine Finger erreichte, ließ er das Holz fluchend fallen, drückte mit der anderen Hand das noch immer offene Zigarettenetui geräuschvoll zu, drehte sich um und stapfte wütend wieder zurück in den Spichernring, ohne Sándor und ein paar umstehende Gäste auch nur eines Blickes zu würdigen.

Sándor Lehmann schlug den Mantelkragen hoch; was es zu sehen gab, hatte er gesehen. Der gelbe Dixi parkte noch um die Ecke in der Schaperstraße; er beschloss, das auffällige Ding noch eine Weile dort stehen zu lassen und stattdessen hinüberzuwandern in die Nürnberger Straße, um bei Mutter Fuhs in der Hausnummer 16 einen starken Kaffee zu trinken und in Ruhe zu sortieren, was er an diesem turbulenten Abend alles gehört und beobachtet hatte.

GERMAN FAUSTKAMPF

Der Papierkram fraß einen auf, und sosehr sich Fräulein Wunder bemühte, ihren Chef zu unterstützen: Sándor Lehmann hatte die meiste Arbeit am Hals. Die Leiche aus Rosis Fliegerbombe hing ihnen allen wie ein Klotz am Bein; der Mann blieb ein Rätsel und lag nun schon seit Wochen auf Eis, ohne sein Geheimnis offenbart zu haben. Also wurden Anfragen in alle Richtungen geschickt, die Herkunft der Kleidung nachrecherchiert, Fotoalben in allen Polizeidienststellen gesichtet, Interpol eingeschaltet, um Funkabfragen zu den internationalen Polizeipräsidien abzusetzen und zu vergleichen, was die Kollegen wussten. Das Ergebnis war schlichtweg: null. Der Tote war ein unbeschriebenes Blatt, wurde nicht vermisst, war niemandem bekannt. Und der oberste Chef, Ernst Gennat, wurde immer verbiesterter in dieser Sache; er konnte nicht glauben, dass es nicht eine winzig kleine Spur geben sollte, die sie bisher nur übersehen hatten, und so triezte und forderte er Sándor bis an die Grenzen des Belastbaren. Und Sándor arbeitete sich auch aus freien Stücken ab an dem toten Mann aus der Bombe und wollte nicht glauben, dass sie nicht weiterkamen, dass sie, wenn das so weiterging, eine Zusammenfassung des Falles in die dünne Akte für unaufgeklärte Todesfälle heften mussten, in einen Aktenordner der Schande, der meist tief unten unter Gennats Sofa lag und in keinem Gespräch je erwähnt wurde – obwohl er, verdammt noch mal, existierte.

So konnte Sándor Lehmann Gennats Aufforderung, zum Boxen zu gehen, nicht mehr Folge leisten, und Zirzows Probleme rückten für ihn eine Weile in den Hintergrund. Nur im Traum, und er träumte sonst nie, sah er manchmal die Fäuste, die Kämpfer und – er ärgerte sich darüber – das Reinigungsgirl. In einem geträumten Fernsehprogramm, das mit seinem Flimmern und Flackern ihre

aufreizenden Posen halb verbarg und so nur umso erregender machte.
Fernsehen! Gennat hatte diese technische Entwicklung mit dem größten Interesse verfolgt, aber Gennat war ohnehin fasziniert von allem, was neu war. Während das ganze Volk sich Radioempfänger zugelegt hatte, um Stimmen, Musik oder Reden aus der halben Welt zu sich in die heimische Stube zu holen, hatte Ernst Gennat schon einen Schritt weiter gedacht und seinen Männern und dem ganzen Polizeipräsidium in einem Vortrag prophezeit, in der Zukunft werde man nicht nur Töne, sondern sogar Bilder in jeden Haushalt schicken können. Der dicke Plötz hatte dumm geglotzt und gefragt, wer denn die Bilder in alle Briefkästen verteilen sollte, aber Gennat hatte die Frage gar nicht gehört und von Fahndungsbildern geschwärmt, Beschreibungen von Straftätern, die nicht mehr mühsam in niemals wirklich aktuellen Fahndungsbüchern von Polizeidienststelle zu Polizeidienststelle geschickt werden mussten, sondern schnell wie das Licht jedermann erreichten, während der Täter noch auf der Straße draußen auf der Flucht war.
Die Versuche waren vielversprechend, seit ein paar Jahren schon, auch wenn die Bildqualität, die mitunter etwas hämisch in den Tageszeitungen vorgeführt wurde, noch keinem Vergleich mit Druckerzeugissen standhielt. Gennat hatte das zugegeben; mit der Fernseherei konnten sie momentan noch dreißig ganz verschiedene Verbrecher in den Äther schicken, und was ankam, sah immer gleich aus: tief liegende Augen, drohende Brauen, ein kurzer Schnurrbart unter der Nase.
»Wie Adolf Hitler!«, hatte Bernhard Weiß, der Vizepolizeipräsident, der Gennats technischem Referat zugehört hatte, unter dem Gelächter der Zuschauer konstatiert, und das stimmte auffallend.
»Wird wenigstens keen Unschuldja vahaftet!«, hatte ein Schutzmann aus dem Wedding zum Vergnügen aller – fast aller – in den Raum gerufen.

Gennat bat um Ruhe; er erläuterte an einer Tabelle, wie schnell dieses neue Medium Fortschritte machte, wie immer mehr Bildzeilen für immer schärfere Bilder sorgten. Sicher, bis wirklich in jedem Haushalt eine dieser kostspieligen Maschinen stand, mochten Jahrzehnte, vielleicht ein Jahrhundert vergehen – aber das technische Wissen, wie man Bilder über Radiowellen verschicken konnte, war entwickelt, und alles andere würde ganz von selbst kommen.

Er hielt die Nummer sechs der *Woche* hoch, der beliebten Illustrierten, die in diesen schweren Zeiten Deutschland und die ganze Erde noch immer für den lebenswertesten Platz im Universum hielt und freudig über alles berichtete, was den Leserinnen und Lesern ebenfalls diesen Eindruck vermitteln konnte.

»Die *Woche* schreibt schon über den Fernseher von morgen. In den USA ist die Technik so weit, dass nicht nur Probebilder, sondern ganze Filme und sogar zeitgleich stattfindende Ereignisse ausgestrahlt werden können. Und was glaubt ihr, fesselt das Publikum am meisten?«

Die Männer im Besprechungsraum, in dem sonst die »Morgenlage« diskutiert wurde, wohl vierzig Mann in Uniform oder Zivil, sahen einander belustigt an und versuchten herauszufinden, ob wohl der Nebenmann eine Idee hatte.

»Pferderennen!«, schlug einer vor, »Striptease«, ein anderer. Spontaner Applaus. Doch Gennat schüttelte den Kopf und blinzelte aus seinen kleinen Augen arglos in den Saal. Er klappte die *Woche* um und präsentierte schmunzelnd die Seite 163. »Modenschau durch Fernseher!«, war dort ein Foto untertitelt, das zwei junge, aber durchaus züchtig bekleidete Damen vor einem monströsen Apparat zeigte. Die an drei Seiten schwarz bemalte quadratische Kiste schien vor allem aus Scheinwerfern zu bestehen, die die Person, die an sie herantrat, mit acht Glühbirnen überaus hell ausleuchtete. In der Mitte gab es einen kleinen rechteckigen Ausschnitt, über dem ein silbern schimmerndes Kondensatormikrofon schwebte: Das war das Fenster, dessen Inhalt in alle Welt gesendet wurde. Eben schienen nacheinander die Modelle einer fernsehbaren Modenschau vor das Fenster getreten zu sein; eine mit Paillettenfedern geschmückte Modezeichnerin erklärte die einzelnen Dessins und hob die Vorzüge der einzelnen Schnitte detailliert hervor.

»Mode, nee danke!«, rief der Witzbold von vorhin in den Raum, »da rennt meene Olle gleich in die Kaufhäuser, wennse dit sieht!«

»Quatsch nicht krause, da kannse doch jetzt zu Hause bleiben und fern-sehen!«

»Aber anprobiern is nich, und det machtse doch am liebsten!«, beklagte sich der Angesprochene, und der andere parierte:

»Na, vielleicht gibt's det Ding denn in vaschiedenen Kleidergrößen, die Glotzkiste!«

Die Männer lachten, und Gennat legte die *Woche* wieder auf sein Vortragspult. Sándor grinste. Vorn auf dem Heft war ein Eislaufpaar abgebildet. Auch der dicke Mann aus der Mordkommission war sich bestimmt sicher, dass es Dinge gab, die dieses neue Fernsehen nie ersetzen konnte; Eislaufen oder auch – Boxen. Niemand würde Boxen jemals anders sehen wollen als in der krawalligen, nach Schweiß und Alkohol riechenden engen Hölle eines richtigen Boxrings.

Der Frühling kam, mehr Zeit, die erste Sonne, die die Leute in die Straßencafés lockte, in die Parks. Sándor nahm sich einen halben Tag frei, ein Luxus, den er dringend brauchte, um den Kopf leer zu bekommen und nicht noch weitere Stunden auf den nackten Leichnam zu starren, auf die langen Verkaufslisten aus den Textilgeschäften, die Passagierlisten der Luftschiffe, der Flugzeuge, der Schiffe. Sándor war nicht religiös, aber er glaubte durchaus an unerklärliche Zufälle, und er konnte damit leben, dass es sie gab. Natürlich musste man sie, gerade als Polizist, ausgiebig erforschen, um alles Übrige auszuschließen, und weiß Gott, das hatten sie getan. Sie kannten diesen Mann zweifellos weitaus besser, als er selbst sich gekannt haben konnte. Wer wusste schon von sich selbst, wie er von hinten aussah, von oben und von unten? Gennat hatte eine Weile einen regelrechten Tourismus inszeniert und alle nennenswerten Besucher anderer Polizeidienststellen immer auch um einen Blick auf den fremden Leichnam gebeten; die Vorschläge und Ideen hatte er akribisch in ein kleines Büchlein geschrieben und später Stück für Stück abgearbeitet. Sie waren vorwärtsgekommen durch diese pluralistische neue Arbeitsmethode, aber ans Ziel gekommen waren sie nicht. Gennat musste als Kind die Geschichten um den Meisterdetektiv Sherlock Holmes gelesen haben; wahrscheinlich hatte ihn die wissenschaftliche Arbeitsweise, die Erklärbarkeit eines ganzen Menschen aus kleinen Detailbeobachtungen seines Körpers oder seiner Kleidung, fasziniert – aber was sie in ihrem Arbeitsalltag in dieser Hinsicht zuwege brachten, war dürftig, sehr dürftig. Immerhin hatte sie ein junger Leipziger Kollege auf eine genauere Untersuchung der Fußsohlen gebracht, was aufschlussreich war, denn die Füße des Mannes deuteten – im Grunde entgegen der teuren Kleidung – auf regelmäßige und andauernde Benutzung hin; der Mann musste viel laufen.

»Im Freien!«, hatte Gennat frohlockend hinzugefügt; er hatte Haut an verschiedenen Körperstellen fotografieren lassen und herausgefunden, dass der Leichnam an Kopf und Händen gebräunter war als überall sonst. Wenn der Mann viel unterwegs gewesen war, musste es – theoretisch! – auch viele Menschen geben, denen er im Tagesverlauf begegnete, aber entweder suchten sie an den falschen Ecken der Stadt, oder der Kerl stammte schlichtweg nicht von hier. Ein Fernseher wäre hilfreich gewesen; wenn sie das Bild des Mannes erst einmal in die ganze Welt strahlen könnten, würde sich doch irgendwo jemand finden lassen, der die Leiche als Bekannten identifizieren konnte, zum Kuckuck!

Doch von diesen kleinen Zwischenergebnissen abgesehen, blieb die Arbeit an der »Bombenleiche« mühsam und ergebnislos; und

Sándor war nur zu froh, den im Lauf ihrer Untersuchungen auch keineswegs schöner werdenden Mann mal für einen halben Tag vergessen zu können.
Also ging er in die Hasenheide, wo Ernst Zirzows ärgster Konkurrent, Blinker, Boxkämpfe inszenierte. Wo die Biergärten schon überfüllt waren und zwischen den Gräbern der Dreifaltigkeits- und Luisenstädtischen Gemeinde die Büsche blühten und kleine, duftende Verstecke für Liebende abgaben. Den hellen, dünnen Gabardinemantel, den die Kriminalpolizisten den Sommer über trugen, zog er nur in der Straßenbahn an; die Klarinette ruhte in der eingenähten Degentasche, die Sándor für ein albernes Relikt aus wilhelminischen Zeiten hielt und die doch noch immer von den altgedienten Offizieren der kaiserlichen Polizeitruppen für ihre kurzen Haudegen verwendet wurde, als wäre ein Mann kein Mann ohne diese armselige Fuchtel, die einem in einem Handgemenge mehr Hindernis war als nützlich.
Als Sándor mit dem Mantel über dem Arm die Hasenheide hinunterging, stand die Sonne schon hoch am Himmel; es war Samstagvormittag, und das erste Grün an den Bäumen ließ die Frühlingssonne vom Tempelhofer Berg in langen Streifenmustern auf die Straße durch. Hinter der Garnisonkirche an der Siboldstraße hatten sie eine Tanzfläche im Park ausgelegt; blank gewetzte, zusammengefügte Holzbohlen; ein schmales Karree von vielleicht acht mal fünfzehn Metern, auf dem sich schon zu dieser frühen Tageszeit an die zwanzig Paare drehten. Auf einem kleinen Podest saß eine Kapelle; wahrscheinlich Ungarn, die das ganze Repertoire der Tänze im Schlaf beherrschten und ohne Pause zwischen den Stücken vom Wiener Walzer zum Foxtrott, Tango oder Slowfox wechselten. Von einem Pferdefuhrwerk herunter wurde Bockbier verkauft; Sándor ließ sich einen Krug geben, setzte sich an den Rand der Tanzfläche und sah zu, wie die Tänzer durch die frische Berliner Frühlingsluft wirbelten. Er machte sich einen Spaß daraus, aus der Kleidung und den Bewegungen der Tänzer auf ihre

Stellung im übrigen Leben zu schließen. In der Ausbildung hatte Gennat das tatsächlich mit ihnen gemacht: sich auf eine Parkbank gesetzt (oder, seiner Schwäche für dezimeterdick belegte Obstkuchen zuliebe, in ein Café) und Leute beobachtet. Das wurde einem zur zweiten Natur; ein schweifender Blick genügte, und ohne sich jedes Detail vergegenwärtigt und es interpretiert zu haben, entstand ein klares Bild eines Menschen, das oft stimmte.

Hier auf den Tanzbrettern sah man eine bunte Mischung an Tanzenden: Neukölln und Schöneberg lagen fast gleich weit entfernt. Vom Kreuzberger Chamissoplatz kamen etwas Bessergestellte herunter; vom Karlsgarten erschienen Gutbürgerliche, Neukölln schickte Proleten und einsame Jungfern. Da, dort drüben, der tanzende Pedant mit der dicken Uhrkette an der hellen Weste und dem akkurat gestutzten Kinnbart: Das musste ein Lehrer sein. Seine Frau hielt sich etwas geistesabwesend an ihm fest; ihre dicken Augenlider deuteten auf Alkohol hin, auf ein trauriges Leben im Schatten eines Despoten, und traurig waren auch die Blicke, die sie in die Runde warf, während ihr Herr und Meister nur streng vor sich hin starrte.

Die aufreizende Person dort drüben, die die Unterröcke fliegen ließ und nun schon mit dem dritten Kerl einen flotten Foxtrott aufs Parkett legte, schien auf der Pirsch zu sein, doch als Bräutigam hatte sich noch niemand angeboten, und an einen zweiten Tanz mit der dominant fordernden Suchenden hatte sich auch noch niemand getraut.

Die zwei, drei Paare mit den hochgekrempelten Armen schienen aus der brandenburgischen Provinz angereist zu sein; die Männer hatten rote Köpfe, was an der ungewohnten Anstrengung liegen mochte – oder am Bockbier. Ihre Frauen versuchten vergeblich, die Contenance zu bewahren; eine lachte zu laut, riss den Kopf auf einem dünnen Hals herum und sondierte die Zuschauer, als wollte sie sagen: »Ja, ich bin mit dem hier gekommen, aber wenn mich einer bittet, dann fahre ich nicht wieder mit zurück, sondern bleibe!«

Mauerblümchen gab es auch, und sie waren meist männlich. Schüchterne Typen, die im Leben noch keine Frau angefasst hatten und wahrscheinlich die ganze Woche diesem Tag entgegengezittert hatten, obwohl schon jetzt klar war, dass sie auch diesmal wieder allein und ohne getanzt zu haben nach Hause gehen würden; vor Aufregung starre Arbeitsmänner in mühsam aufgebürsteten Feiertagsanzügen, die ihre verschwitzten Pfoten ständig an der Hose abstreifen mussten, aus Angst, plötzlich ihre nassen Finger in eine weibliche Hand, auf einen weiblichen Rücken legen zu müssen – und die dann doch plötzlich mitten auf der Tanzfläche im Getümmel waren mit irgendeiner bitter lächelnden Zugehfrau, einer noch nicht ganz alten Verkäuferin, die sich erbarmt hatte.

Gar nicht so leicht, durch das Gedränge der rhythmisch wogenden Körper zu kommen, aber natürlich gehörte auch das zum Plan. Die schneidigeren Typen warfen sich mit imposanten Posen in die Bresche; Schüchternere duckten sich weg, wuselten vorsichtig durch die Lücken und wurden trotzdem getreten und angerempelt.

Sándor konnte sich kaum sattsehen an dem Geschehen auf der Tanzfläche. Bei einer Jazzkapelle hätte er sich wohl schon mit der Klarinette an den Bühnenrand gemogelt und ein paar musikalische Tupfer in die Musik gestreut; den eher der Polka verpflichteten Ungarn überließ er das Feld kampflos.

Zwischendurch, wenn die Tanzfläche sich bedrohlich zu leeren schien und die Gäste erschöpft zum Bierwagen strömten, holte einer der drei Musikanten wahrhaftig einen Dudelsack hervor und schmetterte krähende, stark rhythmische Borduntöne über die sonnige Wiese, die auf Hunderte von Metern Neugierige anlockten und, soweit Sándor wusste, zum ungarischen Verbunkos gehörten, wörtlich übersetzt Werbefanfare, mit der ursprünglich Freiwillige für einen Krieg angeworben werden sollten. Einen Krieg allerdings, der heute nur auf dem Bretterboden dieses

Tanzvergnügens stattfand, einem Kriegsschauplatz für den ältesten, nie gewonnenen, nie mit Waffenstillstand beigelegten Krieg überhaupt: den zwischen den Geschlechtern.
Nach einer halben Stunde entschloss sich Sándor zu gehen. Eben hatte er noch in einem der Tänzer – einem schlaksigen Burschen im hellgrauen Torreroanzug mit einem schnakenbeindünnen Menjoubärtchen, der betont männlich über die Tanzfläche stakste, Muskeln spielen ließ, die er nicht hatte, manchmal mit viel zu heller Stimme ein kollerndes »Ho ho ho« hören ließ – eine verkleidete Frau erkannt, die von ihrer weit dekolletierten, irgendwie somnambul wirkenden Partnerin angeschmachtet wurde. Und eine schwarzhaarige, ernst blickende Frau mit Rehaugen hatte Sándor von der anderen Seite der Tanzfläche aus zwischen den Rücken und wirbelnden Armen der Tanzenden hindurch immer wieder fixiert; eine nachdenkliche Frau, alleine hier, wählerisch, aber einsam, die sich schließlich aber doch beiläufig schlendernd zu ihm auf den Weg gemacht hatte. Sie hatte erst den halben Weg zurückgelegt durch die gedrängt um die Tanzfläche herumstehende Menge, als Sándor den leichten Sommerhut griff, den Gabardinemantel, und sich schmunzelnd und leichtfüßig seitlich in die Büsche drückte und verschwand. Tanzen? Undenkbar, das konnte er gar nicht.

Rudi Blinkers Freiluft-Boxring war am anderen Ende des Parks aufgebaut, in einer heckenumsäumten Ecke, nicht so auf dem Präsentierteller wie das Tanzparkett. Außerdem hatte der Promoter ein Absperrband gespannt, das Neugierige – und davon gab es eine ganze Menge – erst mal zu einem disziplinierten Schlangestehen zwang, hin zu einem bärbeißig aussehenden Hünen im schlecht sitzenden Sonntagsanzug, der alle Eintretenden mit einem gepressten »Herzlich willkommen, Volksgenosse« begrüßte; eine Höflichkeitsfloskel, die er vermutlich lange geübt hatte und die sicher länger war als seine üblichen sprachlichen Äußerungen.

Sándor Lehmann antwortete nicht auf den Gruß; ihm ging die Dreiklassengesellschaft der Nationalsozialisten gegen den Strich, für die jeder entweder Parteigenosse war, Volksgenosse – oder nichts, gar nichts. Schon 1920 hatten die Nazis Juden per Parteiprogramm von ihrem Volksgenossentum ausgeschlossen; Sándor hatte unter den Musikerkollegen so viele jüdische Freunde, dass Hitlers kategorische Sortiererei für ihn vom ersten Tag an ein aggressiv spaltender Angriff auf eine funktionierende Gesellschaft gewesen war, und dieser Eindruck hatte sich Jahr für Jahr verstärkt.

Hitler selbst hatte Sándor bisher eher als großmäulige Jahrmarktfigur wahrgenommen, auch wenn die letzten Jahre gezeigt hatten, dass es sich keineswegs um eine Eintagsfliege zu handeln schien. Gesehen hatte er den Mann noch nie; ganz im Unterschied zu Zigtausenden Berlinern, die für eine Rede des »Führers« im Sportpalast eine stolze Reichsmark in die Parteikasse hatten klingeln lassen. Der »Führer« sprach im Radio; aus Sándors Sicht war das schon ein ausreichender Grund, sich diesen technischen Schnickschnack gar nicht erst anzuschaffen. Der »Führer« dröhnte von den Plattentellern der Grammofone; 50.000 Gratis-Schallplatten hatte die NSDAP vor ein paar Wochen verteilen lassen, um das heisere Geschrei dieses Mannes in alle grammofonbesitzenden Haushalte zu bringen. Hitlers Buch *Mein Kampf* hatte jahrelang wie Blei in den Buchhandlungen gelegen, aber die Leute waren neugierig geworden auf den politischen Aufsteiger, und unterdessen sollten rund 200.000 Exemplare an den Mann oder die Frau gebracht worden sein. Rudi Blinker lag also mit der ideologischen Ausrichtung seiner Sportdarbietung goldrichtig; ob der Mann an die Verrücktheiten Hitlers glaubte oder nur einen geschäftsträchtigen Trend witterte, stand für Sándor noch herauszufinden.

Offenbar hatte Hitler in seinem fabelhaften Buch sogar übers Boxen geschrieben. Sándor versuchte, sich den gedrungenen, ältlich wirkenden Mann in Boxershorts und mit nacktem Oberkörper vorzustellen; es gelang ihm nicht. Wobei der »Führer« nicht von Boxen, sondern vom »Deutschen Faustkampf« geschrieben hatte, einem idealisierten Schlagabtausch, bei dem nicht sich weggeduckt, getänzelt oder ausgewichen wurde – sondern eingesteckt und ausgeteilt. Wie das in der Praxis aussah, konnte in Rudi Blinkers Faustkampf-Arena besichtigt werden. Die Kämpfer liefen hier gar nicht mit nacktem Oberkörper herum, sondern in blütenweißen Unterhemden; sie bewegten sich in langen Reihen, schritten würdevoll und ein bisschen hölzern zum Ring und verbrauchten dort so viel Zeit und Energie mit Höflichkeitsbekundungen, stolzem Recken und athletischen Dehnübungen, dass einer wie Trollmann oder auch Sabbotke sie schon umgehauen hätte, bevor sie ihr Hampelmanngehabe auch nur zu Ende gehampelt hätten.

Rudi Blinker, dem Sándor sich mit knappen Worten vorgestellt hatte, blickte jedenfalls stolz und selbstbewusst über das hinweg, was er »meine Truppe« nannte. Sein jungenhaftes, etwas rundliches Gesicht geriet ins Strahlen, und er hielt Sándor einen kleinen Vortrag aus der Rubrik »Sportpropaganda«:

»Es war doch an der höchsten Zeit, dass der Boxkampf im Kneipenstil in seine Schranken gewiesen wurde. Als ehrbare Männer noch in den Strafgefangenenlagern des Krieges den Faustkampf als Zeitvertreib entwickelten – als moralische Festigung obendrein! –, hatten sie ganz sicher nicht im Sinn, dass korrupte Individuen und kriminelle Elemente diesen Sport mal zum bloßen Geldverdienen entwürdigen würden. Wenn Sie im Spichernring waren, dann kennen Sie ja dieses erniedrigende Milieu. Ein Spektakel für den Pöbel, für degenerierte Künstlertypen und Tagediebe. Aber heute kann ich Ihnen stolz vorhersagen: Damit wird es bald vorbei sein. Denn immer mehr große Talente entschließen sich, diesem rassisch vermischten, kriminellen Sumpf den Rücken zu kehren. Hier bei mir finden sie Kameradschaft, einen Vertrag, auf den Verlass ist, und sehr, sehr bald auch ein Publikum, das ihre Leistungen würdigen wird!«

Sándor brachte den Namen Paul Völkner ins Gespräch, und Blinker nickte.

»Ja, auch Paul Völkner hat seinen Weg hierher zu uns gefunden, zu Kameradentreue und Selbstlosigkeit. Er hat noch ein paar alte Verpflichtungen – eben hat er über den gefürchteten Walter Sabbotke überlegen gesiegt! –, aber bald wird er nur noch hier kämpfen, und viele, viele andere bis hinauf zu den ganz Großen, bis hinauf zu einem Max Schmeling werden seinem Beispiel folgen!«

Sándor lächelte skeptisch und blickte vom Absperrgatter, an dem er mit dem Promoter Rudi Blinker stand, zum Ring hinauf, wo sich zwei Federgewichte aneinander abmühten, ein Sparring ohne ernsthaften Biss, das das Publikum für die nachmittägliche Kampfveranstaltung interessieren sollte und doch nur ein paar spöttische Rufe bei den Zuschauenden provozierte. Andere Boxer standen in leichten Sommerjacken ebenfalls am Ring und studierten die Bewegungen ihrer »Volksgenossen«; insgesamt war die Atmosphäre eher der Leibesertüchtigungsstunde eines Gymnasiums ähnlich als einem packenden Kampf auf Leben und Tod.

Sándor wandte sich wieder dem Box-Promoter zu.

»Und wie helfen Sie Ihren neuen Schützlingen wie Paul Völkner bei den lästigen Verpflichtungen im anderen Lager? Legen Sie die gefährlicheren Kontrahenten wie Sabbotke mit Knockout-Tropfen lahm, damit sie Ihren talentierten Überläufern nur ja kein Haar krümmen?«

Blinker hatte sich eben noch in seiner eigenen sportlichen Rechtschaffenheit gesonnt und geriet angesichts dieses Frontalangriffs außer Fassung. Ohne Übergang schaltete er von selbstsicherer Sonntagsruhe auf harten, geifernden Zorn.

»Solche Anschuldigungen muss ich mir von Ihnen nicht bieten lassen! Was erlauben Sie sich! Kommen ohne irgendeinen

greifbaren Anlass hierher und stänkern herum in einer ehrbaren Sportvereinigung! Frechheit! Raus mit Ihnen!«
Sein wütender Ausbruch hatte die Wochenendidylle im Park empfindlich gestört; die Zuschauer sahen zu ihnen herüber. Einer rief: »Endlich passiert wat! Jieb ihm Sauret, Langer!«
Das klang nach Schlägerei; im Nu waren drei, vier der Faustkämpfer zur Stelle, um ihrem Chef beizustehen. Die Männer waren nicht aggressiv, sie kamen nur ruhig heran wie Bauern auf einem Schachbrett, ohne eigenen Willen. Und sie rochen nicht nach Schweiß, Rauch und Alkohol wie viele von denen, die in Zirzows Spichernring zu später Stunde durch die Seile auf die Kampffläche kletterten. Diese hier rochen nach Seife, nach Talkum, als wären sie gar keine Menschen mit eigener Körperchemie, sondern ein Serienprodukt aus der Spielzeugfabrik. Ein Serienprodukt allerdings, das über federstahlharte Muskeln verfügte und auf Kommando seines Herrn jederzeit zur reißenden Bestie werden konnte. Auch das Walross vom Einlass bewegte sich schwerfällig in ihre Richtung und baute sich dann, umringt von den Boxern, drohend vor Sándor auf. Der schweinsäugige Riese schien geradezu erleichtert zu sein, nicht mehr den höflichen Onkel vom Eingang mimen zu müssen, sondern endlich seiner Physis gemäß zum Einsatz zu kommen. Er schob sich nah an Sándor heran und raunte mit einem Atem, der nach saurer Milch roch oder nach rohem Fleisch:
»Wat willste?«
Sándor grinste.
»Und jetzt, Blinker, was wollen Sie jetzt veranstalten? Einen echten, deutschen Faustkampf? Einer gegen fünf, schwebt das Ihrem Führer vor?«
Blinkers Jungengesicht lief puterrot an; ihm war bewusst, dass der Zwischenfall, zu dem er sich hier hinreißen ließ, in einem scharfen Gegensatz stand zu dem friedlichen Bild kultivierten Trainings; der Schaudarstellung, die er hier vor den Augen des Wochenendpublikums gern abgeben wollte. Dieser Widerspruch

machte ihn erst recht wütend, und für einen Moment schien er seinem geifernden Vorbild trotz des beträchtlichen Altersunterschieds – Hitler war Anfang vierzig, Blinker mochte glatt zehn Jahre jünger sein – regelrecht zu ähneln. Er schrie hasserfüllt:
»Werft den verdammten Kerl raus!«
Muskeln spannten sich, imposante Brustkörbe wurden mit Sauerstoff gefüllt, Fäuste geballt. Einer der durchtrainierten Burschen machte als Erster einen kleinen Schritt nach vorn, doch in diesem Moment wurde unter Sándors weitem Gabardine-Staubmantel, der noch immer über seinem Arm und der verdeckten rechten Hand lag, etwas bedrohlich Längliches sichtbar. Sándors ließ sein Lächeln in eine eisige Grimasse übergehen, und mit einer Stimme, die jede samtene Nachgiebigkeit verloren hatte, riet er:
»Das würde ich nicht versuchen.«
Es war ruhig geworden am Ring. Sándor Lehmann hörte die Vögel zwitschern, in der Ferne rief tatsächlich ein Kuckuck. Rudi Blinker schien unschlüssig zu sein; ein leichter Frühlingswind strich über sein dünnes blondes Haar, und die Gruppe von Männern stand reglos da, ohne dass viel mehr geschah, als dass die Boxer weiteratmen mussten und ruhig ihre mit Luft vollgepumpten Brustkörbe wieder entleerten. Sándor blickte interessiert von einem zum anderen, aber ohne einen nochmaligen Befehl ihres Gebieters schien keiner sich entschließen zu können, anzugreifen oder aufzugeben, und so geschah gar nichts, bis Sándor selbst das Warten satthatte. Er tippte sich an den Hut, drehte sich um und verließ, ohne sich noch einmal umzusehen, den Freiluftring. Die Glocke der kleinen katholischen Garnisonkirche schlug; die nicht vollführte Boxrunde war ganz offensichtlich an ihn gegangen. Es roch nach Bratwürsten, nach Lindenblüten und Pferdemist. Was für ein herrlicher Frühlingstag!

Auf dem Rückweg kam er noch einmal an der Tanzfläche vorbei. Die ungarischen Musikanten hatten eine kurze Brotzeit eingelegt und murmelten in ihrer für ihn selbst komplett unverständlichen Sprache miteinander; nur der Gitarrist hatte schon aufgegessen und zupfte gedankenverloren und leise an seiner Gitarre; das allerdings war eine Sprache, die er verstand. Sándor erkannte den Titel sofort, es war Duke Ellingtons *Jig Walk* aus der Revue *Chocolate Kiddies* – ein Stück, dass der Mann offenbar in der treibenden, üppig dramatisierten orchestralen Fassung von Sam Wooding gehört haben musste, vielleicht 1925, als der Swing-Bandleader eine ganze Reihe von Auftritten im Budapester Rennaissance-Theater gegeben hatte. Der Posaunist Herb Flemming, den Sándor später kennengelernt hatte, war dabei gewesen und hatte jahrelang von diesen denkwürdigen Konzerten erzählt, die ein ganzes Land elektrisiert und für alle Zeiten mit dem Bazillus des Jazz infiziert hatten. Auch dieser kleine ungarische Parkmusiker musste sich diesen Bazillus eingefangen haben; sein Gitarrenspiel war ganz im schwelgerischen Wooding-Stil gehalten, aber eigenwillig synkopisch, spärlich, originell. Sándor klopfte dem Mann anerkennend auf die Schulter, nestelte die Klarinette – die Blinkers blöde Boxer eben noch für einen Revolverlauf gehalten hatten – aus dem Futteral und begleitete die Gitarrenläufe mit einer frühlingshaft flatternden Melodie. Der Gitarrist blickte kurz auf und lächelte; doch wie alle Musiker der Welt hielt er sich nicht mit Fragen und Staunen auf, sondern suchte und fand den gemeinsamen Klang, der Gitarre und Klarinette zu einem einzigen zweistimmigen Instrument machte, das – fast unbemerkt von den Flaneuren und Tanzmüden – wie eine fröhliche Filmmusik über die Kieswege bis hinüber in die Friedhofsbüsche schallte, zu den Liebenden, die vielleicht kurz den Atem anhielten, lächelten. Was für eine wunderbarer Tag! Nur diese talentierten deutschen Faustkämpfer hatten vom Tuten und Blasen keine Ahnung …

Sándor Lehmann mochte den Ermittlungsalltag für einen halben Tag aus dem Gedächtnis drängen können; sein Chef Ernst

Gennat – bei dem sich Sándor weder Tanzvergnügungen noch Parkbummel vorstellen konnte – würde die Last eines ungeklärten Mordes sicher auch am Sonntag nicht aus dem Kopf bekommen und selbst im Schlaf und vor allem beim Essen weiter daran arbeiten. Der Dicke war ein genialer Polizist, ein Mann mit Vorstellungsvermögen, mit Intuition – aber er kämpfte gegen Windmühlenflügel: gegen einen zähen Bürokratieapparat und eine Politik, die die Polizei nur allzu gern benutzte, wenn mal wieder ein Arbeiteraufstand über den Haufen zu schießen oder eine Demonstration zusammenzuknüppeln war, ansonsten aber weder für technische Neuerungen noch für Grundsatzarbeit die Gelder bewilligte. Deshalb hegte Ernst Gennat einen eifersüchtigen Groll auf seinen sächsischen Kollegen Johnny Palitzsch, der eigentlich Friedrich Johannes hieß, aber seit seinem in Polizeikreisen viel beachteten Buch *Die Bekämpfung des internationalen Verbrechertums* nur noch Johnny genannt wurde, jedenfalls von Gennat, weil das internationaler klang. Johnny war letztes Jahr Polizeipräsident in Sachsen geworden; eigentlich eine Aufgabe für treue Vasallen der Herrschenden oder für ehrgeizige Beamte aus der zweiten Reihe. Palitzsch wusste selbst nicht so recht, wie er zu der Ehre gekommen war, aber er schien entschlossen zu sein, das Beste aus der Sache zu machen, und das hieß für einen Neuerer der Kriminalistik wie ihn: das Fortschrittlichste, was er mit dem neuen Rang eines Polizeipräsidenten bewilligen und anschaffen konnte. Als Leiter der Kriminalpolizei hatte er die Basis gelegt, die Weichen gestellt; als Polizeipräsident konnte er die Sache vorantreiben. Gleich im ersten Jahr seiner Amtszeit, 1931, hatte das Sächsische Landeskriminalamt massiv in Technik und Personal investiert; seine Nachrichtenzentrale war deutschlandweit die schlagkräftigste Rechercheeinheit zur Identifikation gesuchter Verbrecher, und wenn die Nationalsozialisten ihm nicht in die Quere kamen, würde er Sachsens Erfolge in der Verbrechensbekämpfung zu einem nationalen Vorbild ausbauen und an-

regen, sein Karteikartensystem in allen anderen deutschen Ländern einzuführen und zu vernetzen.
Sándor Lehmann jedenfalls machte sich – der Chef ordnete es am Montag nach dem Parkausflug an – auf die Reise nach Dresden und ließ sich von Johnny stolz das »hölzerne Herz« der Sächsischen Polizei vorführen. Sándor kannte Telefonistinnenzentralen und große Büros voller Sekretärinnen, die auf ihren Schreibmaschinen oder Telegrafen einen Heidenlärm machten. Die Nachrichtenzentrale im Landeskriminalamt Dresden war ganz ähnlich, ein Großraumbüro mit eifrig arbeitenden Menschen, die hier allerdings fast ausschließlich Männer waren. Und die Wände schienen allesamt aus Holzschubladen zu bestehen, einer unübersehbaren Menge an Schubladen, alle randvoll mit eng beschriebenen Karteikarten. Auf einem langen Tisch standen mehrere Telefone, die von zwei Telefonisten bedient wurden: Das waren die Direktleitungen zur Sächsischen Landeszentralstelle für Fingerabdrücke, Personenfeststellung, Vermisste und Schriftvergleich (FPVS), der Zentralstelle zur Bekämpfung von Mädchenhandel und Falschgeld, der Schriftleitung und Redaktion des Sächsischen Fahndungsblattes und zum Verbrecheralbum im Dresdner Polizeipräsidium.
Die eigenen Bestände der Nachrichtenzentrale waren ganz anders sortiert als im Verbrecheralbum der Kripo. Auf der Grundlage eines einheitlichen Formulars wurden alle Eingänge in eine Hauptkartei einsortiert, die nach dem Modus Operandi, der verbrecherischen Arbeitsmethode, sortiert war. Lustmörder und Panzerschrankknacker, Taschendiebe und Heiratsschwindler wurden auf diese Weise schon im allerersten Schritt voneinander getrennt, und wenn wirklich mal einer in mehreren Disziplinen debütierte, dann tauchte er einfach zweimal in der Kartei auf, bis es jemand merkte. In jeder Hauptkartei gab es die Namenskartei mit regulären, Deck- und Spitznamen, eine Tatortkartei und eine optische Kartei mit sichtbaren Kennzeichen wie Tätowierungen, Muttermalen, Narben.

Johnny Palitzsch war mächtig stolz auf seine Zentrale, und er erklärte Sándor ausführlich, wie sie hier arbeiteten. Das Revolutionärste war eigentlich nicht einmal der unglaubliche Kartenbestand, den sie über die Jahre angehäuft hatten. Sondern die Wände zwischen den einzelnen Mitarbeitern: Die fehlten nämlich. Hier im Sächsischen Landeskriminalamt ackerten keine kleinen Beamten mit Scheuklappen abgeschottet in ihren Büros vor sich hin, sondern ein Team ausgefuchster Experten brütete gemeinsam über jeder Anfrage, brachte unterschiedliche Erfahrungen und Ideen mit ein und knackte letztlich die härteste Nuss als Team.
Sándor staunte, und Palitzsch winkte ab:
»Letztlich ist es doch nur totes Papier, das wir hier in den Schubladen untergebracht haben. Gut sortiert, um es schnell wiederzufinden; einheitlich beschriftet, um es vergleichen zu können – aber trotzdem nur Papier. Jede Kartensammlung ist nur so gut wie derjenige, der sie benutzt. Und deshalb denken hier sechs oder manchmal zehn Köpfe über eine Fragestellung nach, nicht einer. Einer kann sich verrennen; zehn Mann finden jede Fährte – wie eine Windhundmeute im Wald.«
Die nächsten zwei, drei Stunden gehörten ganz dieser Meute. Der tote Mann aus der Fliegerbombe, den Sándor nicht persönlich, aber in Form von Fotos, Stoffproben und genauen Vermessungen mitgebracht hatte, wurde ausgiebig mit allen Kartenbeständen verglichen. Zwei- oder dreimal roch etwas nach einer ersten Spur, hielt aber einer Überprüfung nicht stand; einmal war jemand dem Toten frappierend ähnlich, aber selbst schon seit 1929 nicht mehr unter den Lebenden. Unterm Strich war die ganze Arbeit komplette Fehlanzeige; sie hatten nichts, aber auch gar nichts herausgefunden.
»Doch«, widersprach Johnny Palitzsch, und die Windhundmeute machte ernste Gesichter dazu und nickte, »wir haben durchaus etwas herausgefunden. Wir haben herausgefunden, dass wir nichts herausgefunden haben, und das bedeutet mit ziemlicher

Wahrscheinlichkeit, dass Ihr unbekannter Toter kein Verbrecher war – sondern das Opfer eines Verbrechens.«
»Ungefähr so hatte ich mir das auch selbst schon zusammengereimt«, knurrte Sándor leicht genervt.
Johnny Palitzsch seufzte und breitete ergeben die Hände aus. »Natürlich wäre eine weitaus größere Karteikartensammlung als unsere wünschenswert; glauben Sie mir, Kollege, wir arbeiten daran. Aber bis wir wirklich alle 65 Millionen ...«, er zögerte, und ein Witzbold in dieser erkennbar aus Gegnern der Nationalsozialisten bestehenden Abteilung schlug ironisch vor: »Volksgenossen!«, worauf Palitzsch fortfuhr: »... Deutschen in einer solchen Kartei erfasst haben, können noch Jahrzehnte, vielleicht ein Jahrhundert vergehen. Sicher, dann könnten wir anhand seiner persönlichen Merkmale jeden Einzelnen namentlich bestimmen und festlegen, ob er als Täter infrage kommt oder als Opfer. Oder gerade vom einen zum anderen Status hinüberwechselt.«
Sándor Lehmann fixierte den großen Kriminalisten und Dresdner Polizeipräsidenten, konnte aber nicht sagen, ob der Mann einen Scherz machte. Eine Kartei aller Deutschen kam ihm monströs überflüssig vor; wenn man 65 Millionen Karteikarten durchsuchen musste, um die Identität eines Toten zu ergründen, war man selbst längst Staub und Asche, bevor man den Mann gefunden hatte. Und wer sollte entscheiden, ob einer Täter oder Opfer war – die Windhundmeute, im Jagdfieber? Die Politik? Er selbst? Sollte man die Leute vorsortieren, aufteilen und beschriften als Polizist, Parteigenosse, als Jude?
Auf der Rückfahrt nach Berlin sah er aus dem Zugfenster. Die Villen von Radebeul, Jena, die Ränder der Lausitz zogen vorbei. Auf den Feldern arbeiteten Menschen. Eins zweiundsiebzig, dachte Sándor, achtundsiebzig Kilo, eine Narbe an der linken Wange. Eine Frau, untersetzt, eins sechzig. Ein Mann, vielleicht fünfzig. Ein Kind.

TOD IM RING

Der Rückkampf des Überraschungssiegers Paul Völkner gegen Walter Sabbotke hatte schon im Vorfeld die Gemüter erregt. Die Zeitungen hatten darüber geschrieben; nicht nur der *Box-Sport,* sondern die ganz normalen Blätter, die den Zweiundzwanzigjährigen zum Protagonisten eines neuen deutschen Boxstils hochstilisierten, eines saubereren Kampfstils, mit dem es Völkner nach Ansicht dieser selbst ernannten Experten weit bringen würde. Dass dieser boxende Saubermann seine entscheidende Schlacht nun abermals im Spichernring austragen musste, diesem anrüchigen, abgehalfterten alten Ring, gab der Sache einen zusätzlichen Kontrast. Der *Herold* inszenierte Völkners Duell mit Sabottke zu einem Kreuzzug und brachte ein Interview mit Rudi Blinker, der von »Entscheidungsschlacht« und »glücklicher Wende zu einer anderen deutschen Sportkultur« sprach.

Sándor Lehmann hatte diesen Unsinn im Vorfeld gelesen und den Kopf geschüttelt. Aber immerhin war die Gelegenheit günstig, nachzuprüfen, was an Zirzows Verschwörungstheorien dran war. Wenn Sabbotkes rätselhafter Schwächeanfall, der Völkner den Sieg im ersten Kampf beschert hatte, wirklich kein Zufall, sondern Teil eines geheimnisvollen verbrecherischen Plans war – dann war die Wahrscheinlichkeit groß, dass der Täter versuchen würde, auch im zweiten Kampf einen ähnlichen Ausgang zu erzwingen. Und den kräftemäßig deutlich überlegenen alten Hasen Sabbotke abermals außer Gefecht zu setzen.

Jedenfalls konnte Ernst Zirzow mit der massiven Propaganda überaus zufrieden sein, denn der Spichernring war schlicht ausverkauft. Während der Vorkämpfe fand Sándor sich am Tresen mit dem kleinen, zigarrerauchenden Dramatiker wieder, Bert Brecht, und weil Brecht sich an den Zusammenstoß mit Gennat erinnerte, ordnete er ihn gleich als Polizisten ein und war auf der Hut. Sándor hob die Achseln; er war das gewohnt, und kommunistische Schriftsteller hatten ja auch wirklich wenig Anlass, sich in Anwesenheit der Polizei in Sicherheit zu wiegen.

»Unsere Dreharbeiten für den neuen Film habt ihr jedenfalls nicht geschützt, obwohl wir jeden Tag Prügeltrupps der SA da hatten, die uns die Scheinwerfer zerschlagen und die Komparsen eingeschüchtert haben«, konstatierte Brecht, und Sándor konnte wenig darauf entgegnen.

Der Mann schien ihm, so klein er war, zierlich mit dickrandiger Brille und der belehrenden Stimme eines Intellektuellen, trotzdem keineswegs wehrlos zu sein.

Und in der Tat wussten die Filmleute sich offenbar selbst zu helfen.

»Wir haben die KPD um Hilfe gebeten«, erläuterte Brecht.

Sándor lachte.

»Die ist sicher gern zu Hilfe geeilt.«

Brecht lachte auch.

»Wie heißt denn der Film?«, wollte Sándor Lehmann wissen, und Bert Brecht legte den Kopf zur Seite und schoss den Filmnamen mit blitzenden Augen auf Sándor ab wie ein Werbemann, der die Wirkung einer famosen Reklameidee an einem Testpublikum ausprobierte:

»Kuhle Wampe.«

Sándor sagte einen Moment lang nichts, sprach den Namen dann nach, *Kuhle Wampe, Kuhle Wampe,* und nickte.

»Klingt gut.«

Brecht nickte mit entschlossenem Gesicht, konnte seine heimliche Freude aber kaum verbergen. Sándor wollte noch mehr wissen.

»Geht's ums Boxen?«

Brecht blinzelte, schüttelte grinsend den Kopf.

»Nee, keine Minute. Ich bin sozusagen privat hier. Obwohl ich zugeben muss, dass Boxen für mich immer eine Inspiration ist – als Regisseur, als Schriftsteller muss ich das Echte suchen, das Unverstellte, den Kampf Mann gegen Mann.«

»Neulich hat mir einer einen Vortrag über den Deutschen Faustkampf gehalten«, stichelte Sándor, »das klang so ähnlich.«

Brecht ging auf die Ironie nicht ein.

»Unsinn. Hitlers Faustkampf erlaubt keine Finten, kein Ausweichen, kein Taktieren. Er strotzt nicht vor Kraft, sondern vor Regeln. Aber Regeln und Ringrichter und Punktesysteme machen ja gerade dem Unverfälschten den Garaus. Zwei Männer kämpfen, der Verlierer fällt um: Das ist es, worum es geht. Der Knockout ist das Ziel, nicht der Sieg nach Punkten. Ein unentschiedener Kampf hat zwei Verlierer! Beim Boxen gibt es nur eine einzige Wahrheit, und das ist die des Siegers. Die braucht keinen Ringrichter, sie erklärt sich selbst.«

Sándor verstand genau, was der Dramaturg meinte, und er beschrieb mit seinem Escorial-Glas eine weit ausholende Geste über die Stadt um sie herum, das große, schöne, böse Berlin.

»Und die Stadt, Deutschland, die Welt? Ringen die nicht auch ständig miteinander ... und landen immer nur bei einem Unentschieden?«

Brechts Miene verdüsterte sich, und er zündete sich die erloschene Zigarre wieder an; ein fröstelnder kleiner Mann in einer schwarzen Lederjacke mit einer kalten Zigarre und kurzen Haaren.

»Es gewinnt ja nicht der bessere Mensch, sondern der Stärkere; im Boxen wie im Leben. Das ist die einzige Wahrheit, die der Boxkampf kennt, und keine andere wird sich in der Stadt und der ganzen Welt durchsetzen. Ob es die richtige Wahrheit ist, eine menschliche Wahrheit oder eine unmenschliche: Das zeigt sich erst nach dem Kampf.«

Die Zigarre brannte wieder; Brecht paffte damit, stieß eine bläuliche Rauchwolke aus.

»Und für welche Seite der ›Wahrheit‹ kämpfen Sie, Kommissar?« Sándor blieb die Antwort schuldig. Wessen Wahrheit denn? Er hatte in seinem bisherigen Leben als Polizist viele Absichten, Ziele, Weltbilder kennengelernt; »Wahrheit« hatte an allem drangestanden wie ein schreierisches, buntes Preisschild. Wahrheit war billig zu haben, und gerade die Wahrheit des Stärkeren – die gab es an jeder Ecke. Gerechtigkeit schien ihm ein viel schwerer zu erringendes Gut.

Nicht nur Bert Brecht, sondern die ganze Riege Berliner Filmstars und Künstler gab sich ein Stelldichein, und auf den Rängen drängelten sich die Leute Schulter an Schulter und konnten den Auftritt des neuen Sterns am Berliner Boxhimmel kaum abwarten. Genau diese spekulative Euphorie war es, die das Boxen auch in den derzeitigen schlechten Zeiten über Wasser hielt: dass die Menschen immer auf den nächsten großen Helden hofften, der mit dem Mittelmaß aufräumen würde, klare Verhältnisse schaffen und das Glück zu seinen Gunsten wenden. Und wenn der Held dann gefunden und zwei, drei Kämpfe lang unbesiegt geblieben war, dann warteten sie alle schon auf die Entthronung und jubelten selbst dem schwächsten Herausforderer zu, solange er es nur mit dem »alten« Regenten im Ring aufnahm.
Deshalb war heute Abend das ganze Publikum auf Völkners Seite, obwohl Sabbotke und er eigentlich Vereinskameraden waren und Sabbotke nichts getan hatte, das man ihm als unsportliches Verhalten oder Regelwidrigkeit hätte ankreiden können. Aber das war gleichgültig, er war reif, er musste heute Abend auf die Bretter geschickt werden: von einem Zweiundzwanzigjährigen, der unbekümmert genug war, diese Aufgabe auf sich zu nehmen. Sabbotke selbst – das konnte Sándor Lehmann ihm ansehen, als der Mann aus den Katakomben des Spichernrings kam und in den Ring stieg –, Sabbotke selbst sah seine Rolle ganz anders. Er war beim letzten Mal ohne sein Dazutun um den Sieg gebracht

worden, und den wollte er sich heute unbedingt holen. Als ihm die ersten Pfiffe entgegengellten, sah er sich irritiert um. Was war denn los? Standen seine Anhänger ihm heute Abend nicht bei, teilten sie seinen Wunsch nach Gerechtigkeit nicht, sondern waren mit wehenden Fahnen zu diesem Jungspund übergelaufen? Sekundenlang stand Walter Sabbotke regungslos im Ring und ließ ein Pfeifkonzert über sich ergehen, das er natürlich nicht verdient hatte. Ernst Zirzow, der am Garderobeneingang aufgetaucht war, schien diese Ablehnung dann doch zu weit zu gehen, und er schickte das Reinigungsgirl hinaus, das sich aufreizend nach ein paar zerknüllten Programmen und Zigarettenschachteln bückte und tatsächlich vereinzelt Applaus und einige aufmunternde Rufe ernten konnte, die die schlechte Stimmung in der Halle etwas abmilderten.
Ohnehin kletterte jetzt auch Paul Völkner zwischen den Seilen hindurch in den Ring, und nun kochte der Saal; die Zuschauer schrien wild durcheinander und trampelten rhythmisch auf den Boden, als wäre Max Schmeling höchstpersönlich eben erschienen. Völkner schien der Rummel selbst nicht ganz geheuer zu sein, aber da kam schon die Ansage vom Ringrichter, der Gong, und die erste Runde begann.
Zwei Runden lang boten die beiden Boxer dem Publikum einen ausgewogenen Kampf. Was Sabbotke an Erfahrung mitbrachte – Erfahrung im Ausnutzen von Chancen, im Einstecken von Hieben, im Haushalten mit den eigenen Kräften –, machte Paul Völkner mit jugendlichem Elan wett. Er ließ sich von dem erfahrenen Kämpfer in keine Falle locken und machte dem Gegner das Leben schwer, so gut er konnte.
Das war ein Boxen, wie es das Publikum sehen wollte, und auch wenn die Sympathien zu Beginn so überdeutlich auf Völkners Seite gelegen hatten, wurde jetzt doch jeder geglückte Treffer, jede dynamische Schlagfolge bejubelt, egal von wem sie kam. Die halb nackten Männerkörper rannten ineinander, und das

Publikum schrie begeisterte Zustimmung. Sándor kannte diesen Augenblick nur zu gut aus seiner eigenen Arbeit. Es war der Moment, in dem eine vielköpfige Masse zu einem einzigen hungrigen Wesen wurde, das Blut sehen wollte. Der Moment, in dem Haifische nicht mehr lauerten und langsam herumschwammen, sondern zuschlugen. Der Familienvater, der das Zündholz an die zersägte Gasleitung hielt, der Mörder, der die Hände um den Hals des Opfers gelegt hatte und nicht locker ließ, sondern ein letztes, tödliches Mal fest zudrückte. Es war der Augenblick, in dem etwas ernst wurde, alles möglich war, der Ausgang offen.

Sándor versuchte, auch das Geschehen am Ringrand im Auge zu behalten, wo Ringarzt von der Esche heute Abend noch zwei Kollegen zur Seite gestellt worden waren, Dr. Klein und Dr. Sohrauer, um einem etwaigen Schwächeanfall Sabbotkes gleich begegnen zu können. Doch anders als beim ersten Kampf war es dann nicht Sabbotke, der schwächelte. Die dritte Runde hatte für Paul Völkner gut begonnen, er war beim Gong nach vorne gestürmt in einen furiosen Angriff. Er platzierte eine beschwingte Folge von Schlägen, die aber mitten im Trommelfeuer vollkommen unvermittelt kläglich versiegte und schließlich von einem eher zarten Aufwärtshaken beendet wurde, den sein Gegner ohne große Mühe in eine urplötzlich klaffende, ungedeckte Lücke hinein heben konnte. Sándor Lehmann erstarrte; er sah vorher, was jetzt geschehen würde. Völkner war nicht von Sabbotkes boxerischer Überlegenheit gestoppt worden – er selbst hatte mitten im Angriff urplötzlich mit dem Boxen aufgehört; mit dem Angriff, mit der Deckung, mit dem Kampf insgesamt. Er war, vielleicht unmerklich für den Großteil des Publikums, stehend k. o. gegangen, ohne einen einzigen nennenswerten Schlag abbekommen zu haben.
Völkner schien selbst noch gar nicht zu realisieren, dass der Kampf für ihn vorbei war; er riss den rechten Arm ausholend nach hinten – und fiel um.

Das Publikum raste, und Sándor stand auf, um besser sehen zu können, was jetzt geschah. Der Ringrichter hatte sich neben den reglosen Völkner gekniet und ihn mit »eins, zwei« angezählt und, als der Niedergeschlagene keine Anstalten machte, sich aufzurappeln, weitergezählt. Bei »fünf« schlug Paul Völkner die Augen auf, stützte sich bei »sechs« hoch in eine sitzende Position und brauchte trotzdem noch bis »acht«, um wackelig wieder auf die Beine zu kommen.

Walter Sabbotke hatte sich die Bescherung, etwas abseits stehend, angesehen wie eine Theatervorführung bei einem Kindergeburtstag; ihm schien allmählich zu dämmern, welches lächerliche Bild er selbst bei ihrem ersten Kampf abgegeben hatte. Denn obwohl Paul Völkner jetzt stand, konnte von ernsthaftem Weiterkämpfen kaum die Rede sein. Der junge, athletische Mann bewegte sich wie ein betrunkener Tanzbär, tappte auf Sabbotke zu, versuchte ihn zu treffen und schlug mit den behandschuhten Fäusten nur in die Luft, und als Sabbotke nun seinerseits einen Schritt auf Paul Völkner zumachte und ihm mit der gestreckten Rechten einen kleinen, vorsichtigen Schubser gab, knickte Völkner in den Knien ein und brach auf dem Ringboden zusammen.

Einer der Ringärzte war bei ihm, bevor der Ringrichter auch nur mit dem Zählen beginnen konnte; er fühlte den Puls, hob die Augenlider hoch und machte hinüber zu seinen beiden Kollegen eine Geste, die Sándor Lehmann sofort verstand.

Paul Völkner war eben im Ring gestorben.

Sofort waren alle drei Ärzte im Ring und versuchten es verzweifelt mit einer Wiederbelebung. Dr. von der Esche hatte eine schmale Medizintasche dabei, aus der er jetzt eine kräftige Spritze mit stabiler, langer Nadel herausholte; eine Cordial-Spritze, die er dem reglosen jungen Mann zwischen zwei Rippen hindurch direkt ins Herz stach. Paul Völkner bäumte sich krampfend noch einmal auf; ein Zucken, dass im allgemeinen Durcheinander vom Publikum kaum wahrgenommen wurde. Dann verließ auch diese letzte Anspannung seinen jungen Körper; er war unwiderruflich tot.

Ringärzte verdienten ihr Geld nicht durch unnötige Dramatik. Sie sollten einen Burschen für kampftauglich erklären oder für kampfuntauglich. Wenn einer für kampfuntauglich erklärt worden war, und bei Paul Völkner konnte es da keinen Zweifel geben, ebbte das Interesse des Publikums an ihm schlagartig ab. Es gab erst einen stürmischen Beifall für den gelungenen Knock-out; dann Zwischenrufe und Pfiffe, wenn einer nicht wieder aufstand, und schließlich starb das Interesse, das erst beim nächsten Kampf wiederbelebt werden konnte. Sicher, wenn die Menge geahnt hätte, dass da eben vor ihren Augen auf den Ringbrettern einer seinen letzten Atemzug getan hatte, dann hätte es einen Tumult gegeben. Doch Tumulte mussten unbedingt vermieden werden; der Kampfabend war noch nicht zu Ende, Ernst Zirzow hatte seinen heutigen Umsatz noch nicht gemacht, und der ausverkaufte Saal barg noch eine Menge Umsatzpotenzial, das abgeschöpft werden musste. Den Ringärzten war diese eiserne Maxime hinreichend bekannt. Die Polizei und die Presse konnte man auch danach noch verständigen; erst mal musste der Leichnam des armen Paul Völkner raus aus dem Scheinwerferlicht, runter vom Ring. Die Ringärzte winkten eine Trage herbei, und von der Esche – offenbar der Abgebrühteste der drei – sprach zum Schein auf den toten jungen Mann ein, den sie da unter dem Hohngelächter des Publikums in Richtung Garderobe trugen. Die Ringreinigerin wurde rausgeschickt, um die Blicke abzulenken, aber Sándor sah, wie sie einen verstörten Blick auf die Trage warf und ein paar Sätze mit einem der Ärzte wechselte, bevor sie erschreckt, aber routiniert ihre Arbeit aufnahm.
Niemand hatte groß auf Walter Sabbotke geachtet, der nach dem Knock-out vom Ringrichter zum Sieger des Kampfes erklärt worden war. Der Mann hatte sich erst gebührend feiern lassen

und auf allen vier Ringseiten mit Siegerpose seinen Beifall einkassiert. Nach und nach merkte er, dass er Paul Völkner ganz offenbar ernster erwischt hatte, als er selbst es geglaubt hatte, und als der Gegner nun sogar von drei Ärzten aus dem Ring getragen wurde, wich seine anfängliche Siegesfreude offenbar einer zunehmenden Verunsicherung. Was war da passiert? Sándor Lehmann, der sich zum Ring vorgearbeitet hatte, stand neben ihm, als er schließlich ebenfalls den Ring verließ, und der Boxer erkannte den Mann, den er neulich schon nach dem ersten Kampf unten in den Garderoben gesehen hatte.

»Sie schon wieder, he? Was ist denn mit Paul? Ich hab' ihn doch kaum angefasst!«

Sándor wandte sich zu Sabbotke, wählte seine Worte mit Bedacht und beobachtete genau ihre Wirkung:

»Den hast du totgeschlagen.«

Sabbotke riss die Augen auf, eine spontane Schreckreaktion, die einer verzweifelten Empörung wich über die Anschuldigung, die Sándors Worte enthielten. Er schnappte nach Luft und wollte dem Polizisten offenbar eine wütende Erwiderung entgegenschleudern; stattdessen klappte er das Karpfenmaul wieder zu und stapfte aufgeregt hinter den Ärzten und der Trage mit dem toten Paul Völkner her.

Die Idee, Presse und Polizei erst nach dem Kampfabend über den schrecklichen Zwischenfall zu informieren, war naheliegend, aber undurchführbar, denn die Polizei, der Hauptkommissar der Mordkommission Sándor Lehmann, war ja schon da. Und er hatte keine Lust, sich auf später vertrösten zu lassen, sondern rempelte und schnauzte sich hinunter bis in den ärztlichen Behandlungsraum, in dem die Ringärzte Völkners Leiche bewachten, ratlos über die mögliche Todesursache fachsimpelten und aufschraken, als Sándor mit Schwung eintrat. Sándor fixierte die drei mit feindseligem Blick und deutete dann auf die Trage mit dem toten Boxer.

»Meine Herren, Sie haben da etwas, das mir gehört. In zehn Minuten ist ein Wagen vom Morddezernat da, und Sie drei begleiten mich zum Präsidium am Alexanderplatz.«
Von der Esche brauste auf:
»Entschuldigen Sie, Herr ... Wir sind Ärzte, wir haben Verpflichtungen draußen am Ring!«
»Ja«, knurrte Sándor, »Sie haben die Verpflichtung, Leben zu retten. Nicht Straftaten zu vertuschen und Mordopfer vor der Polizei zu verstecken.«
»Moment mal«, das wollte von der Esche nicht auf sich sitzen lassen, »wer redet denn hier von Mord?«
»*Ich* rede von Mord«, befand Sándor in einem Ton, der keinen Widerspruch zuließ, »und glauben Sie mir, ich erkenne einen Mord, wenn ich ihn sehe.«

Für die Morgenzeitungen war der Tod des jungen Paul Völkner ein gefundenes Fressen. Über Nacht hatten die Zeichner aus den wenigen Vereinsfotos, die es von ihm gab, ein paar dramatische Boxszenen komponiert, auf denen der junge Mann athletischer, aber auch weicher und verletzlicher aussah, als er es in Wirklichkeit gewesen war. Jede Mutter sollte in diesen Bildern ihren eigenen Sohn wiedererkennen, und jeder Vater sollte zusammen mit den Redakteuren der Sensationspresse ein sofortiges Verbot des Berufsboxens fordern.
Ernst Gennat hatte die fraglichen Artikel aus seinem morgendlichen Zeitungsstapel heraussortiert und auf Sándors Schreibtisch gelegt, aber Sándor brauchte die dramatisierten Zusammenfassungen des Kampfverlaufs nicht nachzulesen; er war ja dabei gewesen, und die Leiche des jungen Völkner lag in der Gerichtsmedizin der Charité auf Eis, sicher nur ein paar Schubladen von dem rätselhaften Toten aus der Fliegerbombe entfernt.
Die drei Ärzte hatte er gestern Abend tatsächlich mit aufs Präsidium karren lassen; weniger, um von ihnen irgendwelche sach-

dienlichen Hinweise zu bekommen, mehr, um sie einzuschüchtern und unter Druck zu setzen für ihren laxen Umgang mit diesem Todesfall im Ring. Immerhin hatten die Männer, allesamt gestandene Ärzte mit viel Erfahrung in Sachen Sportverletzungen, einen direkten Treffer Sabbotkes als Ursache für Völkners Tod ausgeschlossen. Sándors Beschuldigung dem Boxer gegenüber entbehrte also jeder Grundlage; aber die hatte er auch nur als Provokation aufs Geratewohl hin abgeschossen, um eine Reaktion zu bekommen, die Sabbotke als Tatbeteiligten ein- oder ausschloss.

Stattdessen begann, vielleicht ausgelöst durch die großmäulige Pressekampagne gegen den Boxsport, im Tagesverlauf ein wütendes Tauziehen um den Leichnam. Während die Polizeibehörde den Körper Völkners von eigenen Amtsärzten und Gerichtsmedizinern untersuchen lassen wollte, legten die Boxverbände – Peter Eycks Berufsboxerverband, aber auch der BBV, der Berliner Boxverband, dem Völkner noch bis zu einem Übertritt ins Profilager 1931 angehört hatte – großen Wert auf umgehende Untersuchung durch selbst beauftragte Ärzte. Schnell wurden ein paar kostspielige Koryphäen angeheuert, deren Einsatz mit dem Druck namhafter Anwaltskanzleien durchgesetzt wurde. In einem eindeutigen Mordfall hätten Polizei und Staatsanwaltschaft die Herausgabe des Toten verweigern können; einem Medizinalrat Dr. Freiherr von Marenholtz und Professor Dr. Fraenkel – beide ohnehin ebenfalls Gerichtsärzte in Charlottenburg – die Kompetenz zur Untersuchung dieses Todesfalls abzusprechen war sinnlos.

Sándor Lehmann war trotzdem wütend darüber, dass Gennat die Boxverbände zum Zug kommen ließ; es war nur zu klar, was sich die Auftraggeber von der medizinischen Untersuchung erhofften. Jedenfalls fuhren Paul Völkners sterbliche Überreste – die am Boxabend quer durch Berlin hinüber in die Charité geschafft worden waren – noch einmal in einem schmucklosen Lieferwagen westlich durch die Stadt nach Charlottenburg und, nachdem die Untersuchungen stattgefunden hatten und die Meister der medizinischen Kunst zu ihrem Ergebnis gekommen waren, für eine allerletzte Fahrt hinauf in den Wedding, wo in der Gerichtstraße der schmale Schornstein des Krematoriums in einen regnerischen Frühlingstag ragte.

»Nein, nein, nein«, von der Esche ließ Sándors Einwand nicht gelten, »glauben Sie mir, ich habe mit dem Mann studiert, er ist der gründlichste Sachverständige, den man sich vorstellen kann – ein Pedant, wenn ich ehrlich sein soll –, und wenn Freiherr von Marenholtz etwas ›Herzlähmung‹ nennt, dann war es kein Giftmord und kein Totschlag, sondern eine Herzlähmung.«
Sándor nickte resigniert. Sie standen in der unübersehbar großen Menschenmenge, die vor dem Weddinger Krematorium dem jungen Boxer das letzte Geleit geben wollte; Sándor Lehmann hatte den Ringarzt in der Menge entdeckt und angesprochen, um Details über die Obduktion zu erfahren, die er auf dem Dienstweg erst morgen früh auf dem Schreibtisch haben würde. Paul Völkner würde in einer guten Stunde in Rauch aufgehen; die Charlottenburger Gerichtsmedizin hatte den Leichnam zur Bestattung freigegeben und die Todesursache »natürlich« genannt, eine »Herzlähmung« – und damit den Boxverbänden ein ideales Stichwort für die eigene Reinwaschung geliefert. Denn eine plötzliche Herzlähmung konnte jeden treffen, den gesundesten Menschen, und dieser hier, dieser unglückliche Paul Völkner, war so gesund, wie man nur sein konnte. Der Herzspezialist Dr. Hirsch hatte ihm das noch letztes Jahr attestiert, als Völkner ins Profilager wechselte und bei dieser Gelegenheit auf Herz und Nieren geprüft und untersucht wurde. Das Schicksal hatte mitten unter ihnen zugeschlagen, grundlos, und es hatte nicht das Geringste mit dem Boxkampf zu tun. Völkner hatte nicht beim ersten Knockout eine Hirnblutung erlitten, die dann im Kampfverlauf schnell den Hirndruck erhöht und schließlich das Atemzentrum oder das

zentrale Nervensystem gelähmt hatte. Und auch die danach vermutete Halswirbelsäulenverletzung hatte sich als nicht zu haltende Hypothese erwiesen. Und ... Drogen?
Sándor bohrte nach. Hatten sie den Mann auf Gifte und Drogen untersucht?
Von der Esche wurde an einer Antwort gehindert, weil sie vorrückten; die Menschenmenge, mehr als 1.500 Boxer, Boxanhänger, Funktionäre und schlichte Schaulustige, passte womöglich gar nicht in die große Aussegnungshalle des Krematoriums, aber sie standen weit genug vorn, um hereingelassen zu werden. Von hinten wurde geschoben, aber Sándor Lehmann hatte Gelegenheit, den kleinen, kompakten Arzt neben sich mit ein, zwei Blicken zu begutachten. Aus der Nähe wirkte der Mann nicht mehr so schwerfällig wie am Rande des Rings, wo der Kontrast zu den Kämpfern beträchtlich war; und er schien auch jede Frage des Polizisten bestens zu verstehen und keineswegs schwerhörig zu sein, wie Sándor bereits beim Hinkampf gedacht hatte. Im Grunde war von der Esche ein hellwacher, eloquenter Gesprächspartner; ein Mann, der eine eigene Meinung hatte, einen leichten Unterton von Ironie, von Distanz seiner eigenen Rolle gegenüber. Er war Sándor nicht unsympathisch, auch wenn der Doktor ganz offensichtlich nicht an Mord oder Totschlag glaubte, sondern der Meinung der honorigen Kollegen den Vorzug gab.
Als sie in der Aussegnungshalle Sitzplätze gefunden hatten, kam endlich die Antwort des Arztes, gedämpft herübergetuschelt, um die lähmende Stille in dem ehrfurchtheischenden Bau nicht zu stören.
»Nach Giften und Drogen gesucht? Wozu? Wenn Sie auch nur ein bisschen über dererlei Substanzen wissen, muss Ihnen klar sein, dass Gift hier keine Rolle gespielt haben kann. Ein Gift, das einen durchtrainierten jungen Mann innerhalb weniger Sekunden tot zusammenbrechen lässt – das wäre eine verteufelt starke Dosis. Glauben Sie, dass man mit einer solchen Dosis vorher noch

zwei Runden gegen einen wie Sabbotke boxen kann, ohne dass irgendjemand etwas merkt?«

Von der Esche lachte lautlos und schüttelte wieder und wieder den Kopf.

»Ich habe auch nicht gesehen, dass er zwischen den Runden aus dem Ring geklettert wäre und sich an der Bar einen starken Drink bestellt hätte. Da hat er nur in seiner Ecke ganz brav Wasser getrunken – aus demselben Krug übrigens, aus dem auch Sabbotke getrunken hat. Wenn da ein tödliches Gift drin gewesen wäre, dann hätte es beide von den Beinen gehoben und umgebracht. Nein, nein, nein, ich fürchte, Sie müssen sich daran gewöhnen, dass es auch in einem so gefährlichen Beruf wie dem des Boxers Leute gibt, die eines ganz natürlichen Todes sterben. Eines traurigen, viel zu frühen Todes in der Tat, aber ganz sicher nicht eines Vergiftungstodes. Wenn Sie wirklich beruflich hier sind und nicht nur als Boxbegeisterter, dann sind Sie umsonst gekommen.«

Sándor Lehmann hatte den Arzt bei dessen Ausführungen nicht angesehen, sondern den Blick durch die weihevolle, nur mit großen Kerzen und einem nicht sehr hell strahlenden Lüster in der Deckenmitte beleuchteten Halle schweifen lassen. Hier saßen einige Hundert Jahre Zuchthaus einträchtig zusammen, einige Zigtausend Faustschläge – ein Publikum, das außerhalb dieses Raums eher aufeinander einprügelte oder fragwürdige Geschäfte miteinander machte, als in Demut mit zwischen den Händen gerollter Schiebermütze wie hier bei den ersten Orgeltönen den Kopf zwischen die Schultern zu ducken. Aber was hatte der *Box-Sport* salbungsvoll geschrieben?

»Dieser Freitag im Jahre 1932 wird, solange in Deutschland Boxhandschuhe geschwungen werden, nie der Vergessenheit anheimfallen können. Ein furchtbares Unglück ist geschehen, das uns allen das Herz zerreißt.«

Sandor sah sich um; und er sah in der Tat bedrückte, erschütterte Mienen. Er sah auch ein paar erleichterte Gesichter; Funktionäre, die offenbar die Nachricht von der Todesursache schon erhalten hatten und froh waren, dass man nun nicht mehr dem Boxen insgesamt einen Strick aus dieser leidigen Angelegenheit drehen konnte.

Sándor Lehmann drehte sein Gesicht zu Dr. von der Esche und wollte eben etwas auf die Frage antworten, ob er beruflich hier sei oder nicht, als der Pfarrer der evangelischen Nazarethgemeinde vor die Boxgemeinde trat und die nächste Runde begann.

MOABIT

Moabit war etwas wie der Blick in die eigene Unterhose, etwas peinlich, aber vertraut; etwas, was man Fremden nicht zeigen würde und womit man Freunde nicht wirklich schockieren konnte. Moabit war ... Moabit. Wenn man im Wedding geboren war wie Sándor, war Moabit eine Zumutung, weil es so ähnlich war wie das, was man kannte, nur weniger eng, weniger stickig. Und trotzdem eine Zumutung. Pankow war lichtdurchstrahlt, Biergärten, Parks; Reinickendorf war ein Kaff, wo die Stadt längst aufgehört hatte. Aber Moabit war vertraut und feindlich zugleich. Jedenfalls für einen Elfjährigen, der in Moabit mal böse verdroschen worden war und seitdem bei etwaigen Familienausflügen – was hieß schon Familienausflug, wenn man mit der eigenen Mutter mal eine Tante besuchte, die nicht im Wedding wohnte, sondern in der Birkenstraße – immer damit rechnete, angegriffen zu werden, sein Leben verteidigen zu müssen. In Moabit konnte er sich nicht entspannen; selbst heute, Jahrzehnte nach seiner Kindheit im Wedding, noch nicht. In Moabit fanden Verbrechen statt, die rätselhaft blieben, als spielten sie auf einem anderen Planeten – die unglaubliche Sache im Westhafen, damals, 1927, oder der Mord an der kleinen Berta Kolotzki erst letztes Jahr. In Moabit war das Bier teurer als im Wedding (nicht dass Sándor Bier tränke, aber Escorial Grün kannten sie wahrscheinlich gar nicht, die Moabiter), und als Jazzmusiker konnte man in Moabit nix werden, weil es keine Tanzdielen und Musikbühnen gab, auf denen man auftreten konnte. Na gut, das Café Vaterland in der Turmstraße vielleicht, Ecke Stromstraße, der etwas schmuddelige, schlecht belüftete Laden von George Ansbach ... Sándor war zwei-, dreimal da gewesen, aber mit Moabit hatte ihn das Café Vaterland nicht versöhnt.

Natürlich hatte er regelmäßig Auftritte im Moabiter Kriminalgericht; jeder Polizeibeamte hatte die; als Zeuge war er fast monatlich hier in diesem düsteren, reich verzierten Gebäude, für das das Wort »Justizpalast« wohl erfunden worden war. Die Justitia am Eingang, die geschnörkelten Treppenaufgänge, wenn man am strengen Pförtner vorbeigekommen war: Einschüchterungsversuche, die einen mürbe machen sollten für das, was dann im Gerichtssaal vor sich ging. Wenn man erst mal ein paar Hundert Stunden in den langen, gebohnerten Gängen auf den Bänken zugebracht hatte, wartend auf den Aufruf, den Gerichtsdiener, der die Tür öffnete und erst in die Liste sehen musste, obwohl er einen schon ein paar Hundert Mal gesehen hatte in ein paar Hundert ähnlichen Fällen – »Herr ... Lehmann, bitte, Ihre Zeugenaussage« –, dann wurde das Kriminalgericht zum Inbegriff Moabits, verschmolz für immer mit dem Klang des Namens zu einer wenig erfreulichen Melange.

Deshalb hatte Sándor Lehmann schon schlechte Laune, als er die Bugenhagenstraße hinunterstiefelte, westlich hinüber zur Bremer Straße, und zwischen Eckkneipen, Kohlenhändlern und Frisiersalons nach der richtigen Hausnummer suchte. Sándor studierte die Ladennamen; Plätterei Backhaus, Friseur Meyer, Gastwirtin Wöhlbier, Innereien Ambrosius, Kneipe und Milchladen Richter, Hedwig Ehingers Zigarrenladen, Wanda Arlt Konfitüren, Borowskys Schneiderei, Buchhandlung Dombrowski, Ida Rosenhahn Zigarren, Fleischermeister Rydellek: Im Wedding hatten sie das alles auch, aber auf den ganzen Stadtteil verteilt. Hier in Moabit war alles in einer Straße. Prasserei!

Klar, im Grunde war Sabbotke einer wie er selbst, einer, der rauswollte aus dem Mief. Hier an der Stromstraße konnte man das Wort »Mief« sogar wörtlich nehmen; die Schultheiss-Brauerei auf der anderen Straßenseite atmete einen feuchten, heißen, malzigen Dunst aus, der beim ersten Mal vielleicht noch entfernt nach Bier roch, mit der Zeit aber zu einer lastenden, schwülen

Wolke wurde, die sich drückend auf alles legte – auf die Wäsche an den Leinen, in die Haare der Frauen, die faltigen Gesichter der Männer. Und aufs Gemüt. Die Stromstraße hoch zog noch ein ganz anderer Geruch; in der Hausnummer 56 waren E. Sökeland & Söhne seit Jahrzehnten mit der Herstellung von Pumpernickel beschäftigt, dem zähen, schwarzen westfälischen Brot, das seinen eigenen vergorenen Getreidegeruch mitbrachte. Er vermischte sich mit den Bierdünsten aus dem Sudhaus gegenüber zu einem einzigartigen, charakteristischen Mief, den es nur hier in Moabit so geben konnte. Brot und Bier in der Luft, man wurde schon satt vom Atmen. Vollkommen klar, dass Sabbotke hier rauswollte, so wie er selbst, Sándor, rausgewollt hatte damals aus dem Wedding. Man wurde Polizist, oder man stieg in den Boxring; die Wege waren verschieden, aber die Gründe waren sehr ähnlich.

Sándor glaubte nicht an Intuition; er hatte noch nie an Intuition geglaubt. Man wusste Dinge – oder man wusste sie nicht. Wenn man noch nicht genug wusste, um etwas wirklich zu wissen, musste man zusehen, dass man mehr erfuhr. So einfach war das. Wenn man Fragen hatte, verschaffte man sich Antworten. Die Fragen lauteten: Gab es einen Zusammenhang zwischen dem toten Mann in der Fliegerbombe, Ernst Zirzows düsteren Ahnungen von der Beeinflussung der Kämpfe, Sabbotkes Schwächeln im ersten Kampf gegen Völkner und Paul Völkners tragischem Tod? Die Ärzte sagten: Nein. Sándor sagte: Ich weiß es nicht. Und Gennat, der alte Fuchs, sagte gar nichts, sondern schickte ihn zum Boxen; arglos und ohne Hintergedanken. Oder weil auch er nur Fragen und keine Antworten hatte.
Sabbotke jedenfalls spielte in der Hälfte dieser Fragen eine Rolle; das war Grund genug, ihm mal auf den Zahn zu fühlen. Und anders als bei der Leiche aus der Bombe hatten die Karteikarten in Dresden – und auch die eigenen Unterlagen der Berliner Po-

lizei – über den Mann einiges zu berichten. Mit dreizehn, vierzehn Jahren war Walter Sabbotke schon bei mehreren Razzien in der Arminiusmarkthalle gleich hier um die Ecke festgenommen worden. Da hatte ein findiger Geschäftsmann in einer dunklen Ecke illegale Kämpfe veranstaltet. Die Jungs aus dem Kiez hatten sich mit blanken Fäusten die Nasen blutig gehauen, und das Fußvolk hatte darauf gewettet und allerhand Geld beim »Promoter« gelassen, bis die Polizei den ganzen Verein hochgenommen hatte. Walter Sabbotke war einer der Minderjährigen, deren Personalien wiederholt festgestellt worden waren; einer der jungen Boxkämpfer, die hier für die Ehre oder ein paar Pfennige zeigten, was sie draufhatten – während ganz andere deutlich mehr Geld mit den wütenden Schlägen verdienten, die sie austeilten. Kneipenschlägereien betrafen die nächsten Einträge in Sabbotkes Polizeiakte. Unten im Zwingli-Kiez, hoch bis zum Unionplatz: Wann immer in einer Bierhalle oder einer kleinen Eckkneipe eine nennenswertere Menge Mobiliar zertrümmert worden war, war Sabbotke dabei gewesen, weil ihn offenbar eine der beiden Seiten für diesen Zweck angeheuert hatte.

Von da an, Sándor wusste das, gab es normalerweise nur noch zwei mögliche Richtungen für einen Lebensweg. In den Knast oder auf den Friedhof. Immerhin hatte Walter Sabbotke einen dritten Weg für sich gefunden; er war zwar ein ziemlich schlichter Geist in einem kleinen, wendigen Körper von zuletzt 77,6 Kilo – aber ganz blöde war er nicht. Er hatte aus dem, was er am besten konnte, dem Boxen, einen Beruf gemacht. Mit einer Energie, die nur einer haben konnte, der wirklich rauswollte aus dem Mief, hatte er sich von der Bezirksklasse in die Verbandsliga hochgeboxt und dann ohne jedes Bedauern den Absprung ins Berufsboxerlager geschafft, und dort hatte er seine Anhänger, seine Erfolge und seine Zukunft und wollte sich auch nicht die Butter vom Brot nehmen lassen, schon gar nicht von der Schmiere.

Dass Sándor Lehmann nicht einer der üblichen Idioten in Uniform war, die er in seiner bisherigen Laufbahn kennengelernt hatte, schien Walter Sabbotke relativ schnell klar zu sein. Sándor merkte, dass der drahtige Boxer ihn intuitiv als seinesgleichen einordnete, als harten Burschen von ganz unten – und deshalb kein Blatt vor den Mund nahm und erst mal in ziemlich derben Worten das Boxen im Allgemeinen und das Boxen im Spichernring im Besonderen abkanzelte.

»Et is doch wahr!«, schimpfte Sabottke. »Ick hab's doch allet durch, von der Pieke auf ha'ck mir hochjekämpft und weeß, wie der Hase looft.« Er wurde fast zutraulich. »Ihn' brauch ick det sicher nich zu erzählen, wie't is für een kleen' Piepl hier in Moabit. Kannste dir abstrampln, kannste arbeetn und wirst doch nischt. Da is det Boxen – ick meen, det Boxen, wie't früher mal war – is da die eenzje Schangse für manch ein'. Ick hattse noch, die Schangse, aber denn kam' Typen wie Burda oder Zirzow und wie'se alle heißen ... Und denn war't aus.«

Sabbotke bugsierte Sándor in den Teil des Zimmers, der als Küche diente. Dort stand eine dunkelbraune Flasche mit Porzellanverschluss, aus der der Boxer sich einen gehörigen Schuss in eine Kaffeetasse kippte und, als Sándor ablehnte, noch einen draufgoss.

»Jekapert hamse die BBD, jekapert und aus dem Boxen eine Jahrmarktsnummer jemacht. Da kämpfste nich mehr als Mann, da kannste dir gleich 'ne Clownsmaske uffsetzen und da den Affen machn.«

Sándor hörte wortlos zu, während der Mann sich in Rage redete.

»Wer am meisten rumkaspert, kricht die größte Kohle, so isset doch. Een wie Trollmann hau'ck alle zwei Minuten um, wenn er wie 'n Boxer boxen tät und nich wie 'n Schießbudenzigeuner. Aber so krichst'n ja nich in die Finger, so springter weg, der Dreckszigeuner.«

Sándor wurde die Tiraden langsam satt; er senkte den Kopf, sah an dem kleinen Boxer herunter und hob ihn dann wieder, mit einem konzentrierten, harten Blick, der Sabbotke für einen Moment verstummen ließ.

»Und Völkner, hauste den auch in zwei Minuten um? Beim ersten Kampf sah es ja nicht so aus, beim zweiten ging's dann etwas schneller.«

Das stopfte Walter Sabbotke für einen Augenblick das Maul, er musste erst mal empört Luft holen und drückte beim Einatmen die muskulösen Schultern nach hinten, als wollte er gleich losspringen.

»Watt hab' ick? Wen? Den Paule?«

Sabbotke wurde schlagartig sehr ernst und wedelte mit dem Zeigefinger vor Sándors Nase herum.

»Nee, nee, nee, Momentchen jetzt mal. Der Paul Völkner und icke, ja, meine Wenichkeit, wir war'n Freunde. Kameraden im Ring und außerhalb. Wir war'n im gleichen Verein, wir kenn' uns seit Jahren. Ick mache im Ring saubere Arbeit, da kann mir keener watt anderes sarjen – und bei einem wie Paul mach ick besonders saubere Arbeit, eben weil et 'n Kumpel is'. Eh Keule, ha'ck immer zu ihm jesacht, Paul, Keule, ick werd' dir nich wehtun, wo'ck dir nich wehtun soll, ick schwör's dir.«

Sándor drehte noch einmal an der Schraube: »Na, jetzt tut ihm ja ganz sicher nichts mehr weh.«

Sabottke war blass geworden, blass und hart und scheißernst. Er schimpfte nicht mehr, er stellte klar.

»Na und wenn? So isset beim Boxen nun mal, det is' det Risiko, man kricht nix umsonst. Er'sn Boxer, ich bin'n Boxer, und wenn einer von uns 'ne Schangse sieht, denn nutzt er die ooch, wat soll'n sein? Aber eens sach ick Dir, Kumpel …«, jetzt stellte sich der kleine Boxer fast auf die Zehenspitzen, um so nah wie möglich an Sándors Gesicht mit der krumm gehauenen Nase heranzukommen, Sándors ausdrucksloses Gesicht mit den kräuseligen blonden Haaren obendran, dem man nie ansehen konnte, was er hinter dem Gesicht gerade dachte, »… eens sach ich dir: Totjeschlahng ha'ck Paule deshalb noch lange nicht. Geh raus, frag die Ärzte, die Ringärzte war'n nah jenuch dran: Die sagen auch nicht, ick hätt'n totjeschlagen. Und wer watt anderes behauptet«, Sabottke machte sich breit, und seine Oberarme sahen imposant aus, wie er so angriffslustig in seiner kleinen Moabiter Wohnküche stand, »wer watt anderes saacht – den hau'ck um!«

Sándors Gesicht war noch immer ausdruckslos, aber er wollte sicher sein, dass es dem drahtigen Moabiter ernst war mit seinem heiligen Zorn.

»Paul haste umgehauen, und nun ist er tot.«

Sabottke hielt kurz inne, eine Sekunde lang, als müsste er erst mal den Groschen fallen lassen und noch mal nachsehen, ob es wirklich das war, was er eben gehört hatte. Dann explodierte er.

»Und det war's jetzt, du Affenarsch. Raus mit dir aus meener Bude, du Penner, dir wer'ck eene vaplätten, dasste ...«

Bei den letzten drei, vier Silben hatte Sabbotke wahrhaftig weit ausgeholt, um Sándor seine schnelle Rechte ins Gesicht zu dreschen, aber weil die Bugenhagenstraße 17 kein Boxring war, sondern eine enge Wohnung mit einer kleinen Küche, gab es auch nur wenig Platz für einen echten Boxkampf. Dafür gab es allerhand rustikales Küchenmobiliar, und Sándor hatte schon vor ein paar Minuten tiefe Zuneigung zu einer gußeisernen Bratpfanne gefasst, die er jetzt mit einer einzigen fließenden Bewegung von der Wand riss und dem losspringenden Faustkämpfer vollkommen regelwidrig ins wütende Gesicht schlug; ein eiserner Pausengong mit unmittelbarer Wirkung. Sabbotke verzichtete auf das ringübliche Angezähltwerden und ging zu Boden.

Sándor Lehmann trat wieder hinaus auf die belebte Bugenhagenstraße; Ambrosius' Innereien sahen wenig einladend aus, aber bei Rydellek, dem Fleischermeister, gab es eine Bockwurst im Brot für zehn Pfennige, und die aß er mit viel Senf und ließ sich auch noch eine große Gurke aus der Salzlake im Fass fischen.

GROSCHENKELLER

So war es eigentlich jedes Mal, wenn Sándor Lehmann ermittelte oder, wie hier, einfache Antworten auf einfache Fragen suchte: Die Leute wurden aufbrausend oder verstummten vollständig. Ernst Zirzow, Rudi Blinker, Walter Sabbotke, Dr. von der Esche, ja, sogar der Boxromantiker Bert Brecht – der diese Bezeichnung sicher gar nicht gern gehört hätte –, sie alle konnten wenig oder gar nichts beitragen zu dem, was Sándor umtrieb. Weil sie etwas zu verbergen hatten oder schlicht nichts wussten.
Aber wie an jedem Ort der Welt, gab es auch im Spichernring Nebenquellen, Seitenarme des Informationsflusses – Individuen, die keine eigenen Interessen verfolgten außer denen, die ein paar schnelle Mark einbrachten; Leute, die vieles sahen und einiges auch weitersagten, wenn man sie fragte und dem Antworten etwas nachhalf. »Spitzel« wäre ein zu grobes Wort dafür gewesen; sie waren ja nicht von irgendwem bezahlt und angesetzt, um etwas herauszufinden. »Denunzianten« wäre beleidigend gewesen, denn diese Menschen hatten kein Interesse daran, irgendjemanden hereinzureiten, ihn an die Polizei auszuliefern. Im Normalfall wussten sie ja gar nicht, um was es überhaupt ging, und meist interessierten sie sich auch gar nicht dafür. Sie kannten Sándor, und sie wussten, was eine Flasche Schnaps kostete oder auch ein Laib Brot, und wenn beides zusammenkam, Sándor Lehmann und eine Frage, deren Beantwortung eine Flasche Schnaps einbrachte, ein Viertel der Miete oder eine Kiepe Kohlen: Dann war das ein Geschäft auf Gegenseitigkeit, bei dem man nicht lange überlegte.

Schon beim ersten Besuch im Spichernring, an Gennats Geburtstagsabend, hatte Sándor gleich eine ganze Reihe dieser stillen

Beobachter am Ringrand beobachtet. In diesem hochkarätigen Mix aus Verbrechertum, Hehlern, Sportfunktionären und Kulturschaffenden gab es für jemanden, der sich umtat in der Welt, der die Leute kannte, immer etwas zu tun. Einer suchte als haftentlassener Schränker einen neuen Wirkungskreis; ein anderer suchte einen Abnehmer für einen Stehimbiss auf dem Bahnhof Nollendorfplatz, ein Dritter vier kräftige Kerle zum Umladen einer Lkw-Ladung nachts um drei am Wannsee: Das ließ sich alles machen, alles beantworten. »Frag doch mal Atze, ick hab' da was jehört« – »Sonnabends bringe ich zwanzig Mann auf die Beene, aber dienstags wird's schwierig, generell« – »Wie viel Geld ist da drin?«: Das waren so die Sätze, aus denen die kleinen, gemurmelten Dialoge am Tresen, auf dem langen Gang zu den Toiletten oder draußen vor dem Eingang in der Nacht geschnitzt waren. »Wie viel ist drin?« war der bei weitesten am häufigsten gehörte Satz, denn um Geld, meist sehr kleine und nur selten etwas größere Beträge, drehte sich das alles.
Natürlich konnte Sándor Lehmann nicht einfach im Spichernring auf einen dieser scheuen Menschen zustolpern und ihm geradeheraus seine Fragen stellen; dazu war er in dieser Szene zu bekannt, und alle beobachteten einander sehr genau und notierten akribisch, wer wann mit wem gesprochen hatte. Aber die meisten Informanten waren Gewohnheitstiere mit festem Verhaltensmuster, und wenn man wie Sándor einige Jahre in diesem nächtlichen Strudel mitgeschwommen war, dann wusste man so ungefähr, wann und wo man wen treffen konnte. Jeder hatte seine typischen Reviere, seine nächtlichen Anlaufstellen, und schon viele Jahre war der Groschenkeller in der Kantstraße 126 eine sichere Adresse für diese Kontakte. Franz Jung, der schillernde Inhaber, hätte sich wahrscheinlich schön bedankt, wenn ihm klarer gewesen wäre, was da neben den kleinen musikalischen Einlagen und den permanenten großen Besäufnissen in seiner Kellerbar noch lief. Vielleicht wäre es ihm auch egal gewesen, vielleicht wusste

er sogar davon: Da war man bei Franz Jung nie ganz sicher; der Mann war ja selbst auch alles Mögliche gleichzeitig, Kommunist, Schriftsteller, Gastronom, aber auch Pirat, Schwindler, Revolutionär und wer weiß, was noch alles. Seine krawallige, verrückte Kneipe war nur irgendwann Mitte der Zwanziger als kleines Nebenprojekt begonnen worden; überhaupt schien der ganze Mann immer zehn Sachen gleichzeitig in der Luft zu haben wie ein Jongleur mit zu vielen Bällen – aber sie lief. Sie lief und war jede Nacht knüppelvoll.

Der Groschenkeller war kein Tanzsalon, obwohl praktisch ununterbrochen Livemusik gespielt wurde; Musiker ganz unterschiedlicher Kapellen kamen gern hierher, um Kollegen zu treffen, ein neues Instrument frei zu pusten oder einfach nur unbeschwert das Ohr an den hüpfenden Puls der Zeit zu legen. Ein bisschen Publikum fand sich immer, und wenn ein paar Musiker ein Publikum fesseln und zum Bleiben animieren konnten, dann sprang auch für sie selbst Freibier heraus.

Seinen roten Bühnenschnurrbart hatte Sándor Lehmann immer im Futteral der Klarinette stecken; den klemmte er sich nun unter die Nase und vertrötete eine wilde Stunde mit ein paar neuen Jazznummern, die eben über den großen Teich gekommen waren und die der Pianist und der Schlagzeuger auf der mikroskopisch kleinen Bühne dringend üben wollten. *How Deep Is the Ocean? (How High Is the Sky?)* hatte Irving Berlin eben geschrieben; doch Duke Ellington, der andere große Lieferant genialer neuer Musik, hatte sich über Irvings quälende Frage hinweggesetzt, Jahre bevor sie überhaupt gestellt wurde, und kategorisch konstatiert: *It Don't Mean a Thing (If It Ain't Got That Swing)*. Sándor Lehmann und die unbekannten Musiker im Groschenkeller spielten beide Titel wohl zehn Mal, aber Sándors wirbelnde Klarinette und ein nah am Wahnsinn gespieltes Klavier machten die Songs für die zehn, zwölf Leute im Publikum jedes Mal neu spannend.

Franz Jung war auch da, und Sándor schob sich neben ihn auf den Barhocker und kühlte seine sirrenden Lippen mit einem klirrend kalten grünen Escorial.

Jung hatte mit seinem letzten Roman, *Hausierer,* wieder eine Menge politischen Ärger bekommen, und jetzt, nach anderthalb Flaschen Rotwein, grübelte er darüber nach, ob es das wert war oder ob er nicht die ganze Schriftstellerei kurzerhand an den Nagel hängen sollte.

»Aufhören mit dem Schreiben und mich ertränken: Das wäre konsequent!«, sinnierte er, und Sándor, der nie wusste, wann Jungs großspurige Ankündigungen ernst gemeint waren und wann bloße Metapher, fragte:

»Worin denn, Franz? Willst du dich in diese braune Brühe werfen, die Spree?«

Franz Jung blickte auf und dachte offenbar einen Augenblick nach. Richtig, Wasser kam nicht infrage. Absinth wäre eine Option, der roch besser. Sich in Absinth ertränken: ein würdiger Abgang für einen wie ihn.

»Oder geht's um Geld?«, wollte Sándor wissen und bot an, ein paar Flaschen Escorial auf Vorrat zu bezahlen und erst nach und nach leer zu trinken. Doch Jung winkte ab; Geld war kein Problem, Geld war noch nie ein Problem gewesen, auch wenn er gerade mal keines gehabt hatte. Solange man Ideen hatte, kam das Geld schon auf die eine oder andere Weise hinterher, und Ideen hatte er heute mehr denn je. Etwas sehr Großes bahnte sich an, ein kapitales Projekt – und notfalls könne man ja auch eine Bank überfallen oder ein Telegrafenbüro, es wäre ja nicht das erste Mal.

Jung schwadronierte eine Weile über das neue Leben in den Gartenstädten, die revolutionären Visionen der großen Architekten, und Sándor hatte den Eindruck, als wollte der schillernde Literat wahrhaftig mit dem Schreiben ganz aufhören und sein weiteres Leben einem Baugeschäft widmen, für das zunächst mal ganze

Schrankkoffer voller Geld illegal über irgendeine Grenze gebracht werden mussten.
Sándor konnte man so was erzählen; der interessierte sich nicht für Geld, solange es nicht in den Hosentaschen einer Leiche steckte oder in seinen eigenen. Und Franz Jung, der Verrückte, führte sowieso ein anderes Leben als alle anderen Menschen auf diesem Planeten, ein wilderes, abenteuerlicheres. Es gab ja einfältige Menschen, die Schriftsteller wie ihn als Stubenhocker, als »Schreiberlinge« verspotteten; Franz Jung hatte gezeigt, dass er mit einem durchgeladenen Revolver ebenso gut umgehen konnte wie mit einer Schreibmaschine. In der Novemberrevolution 1918 hatte er eine Handvoll Soldaten rekrutiert und mit ihnen mit vorgehaltener Pistole ein Telegrafenbüro besetzt; er war wieder und wieder verhaftet worden und hatte in den letzten zwanzig Jahren so viele verschiedene Irrenanstalten, Zuchthäuser und Arrestzellen von innen gesehen, dass er einen Reiseführer darüber hätte schreiben können. Stattdessen schrieb er Bücher, die kein Blatt vor den Mund nahmen, und Bert Brechts Theaterstücke brachte er gerade für Piscator mit Schmackes auf die Bühne, wo seine eigenen Arbeiten keinen rechten Erfolg hatten. Aber was war schon Erfolg für einen, der im Halbjahrestakt Bücher schrieb, eine Künstleragentur, mehrere Wirtschaftsinformationsdienste und eine Theaterproduktionsfirma betrieb und unlängst noch in Russland eine, buchstäblich, abgebrannte Zündholzfabrik wieder aufgebaut hatte?
Natürlich war Franz Jung nicht der Mann, den Sándor hier heute treffen wollte. Aber wenn er ihn traf, war es immer etwas Besonderes – als würde man das Leben selbst treffen, einen tosenden, gurgelnden, reißenden Fluss, der einen in der nächsten Minute hierhin und dorthin reißen konnte und gegen den sich das eigene Leben, ja, sogar das, das Sándor Lehmann in dieser Stadt führte, banal, langsam und ereignislos anfühlte.
Sándor wechselte noch einmal hoch auf die Zwerg-Bühne; ihm ging ein Song im Kopf herum, ein schräges kleines Stück von Don

Redman, frisch aus den USA: *Chant of the Weed* – auf dem Schellackmitschnitt, den Sándor gehört hatte, von einem unerhörten jungen Klarinettisten gespielt, Budd Johnson. Der Pianist hatte das freche, schwebende, suggestive kleine Stück noch nie gehört, aber die Klarinette gab die Melodie vor, die Tasten folgten.

Drei grüne Escorials später – irgendwann würde sich das süße, scharfe Zeug durch Sándors Magenwände ätzen, er wusste es genau – tauchte die Kontaktperson endlich auf, ein schräger, drogensüchtiger Vogel namens Machninger, den Sándor sicher schon fünf Jahre als schwankende Randfigur des Geschehens kannte. Machninger lief in einem dreiteiligen Anzug durch die Berliner Nacht, der irgendwann mal weiß und maßgeschneidert gewesen sein musste – und beides schon lange nicht mehr war. Trotzdem verlieh das fleckige, verfilzte Etwas, das aus der Nähe betrachtet aussah, als wäre sein Träger mit Schimmelpilz überwachsen, Machninger noch immer einen letzten Hauch noblen Dandytums, den er mit einem Monokel, Wildlederhandschuhen und einer hohen Falsettstimme zu unterstreichen versuchte.
Allerdings hatte der schimmelige Dandy ernste gesundheitliche Probleme, die kaum zu verstecken waren und die keineswegs nur seinen Körper betrafen. Alle paar Minuten schien ein böser Dämon über seinen vogelhaften Kopf hinwegzufliegen, und der ganze Mann duckte sich furchtsam zusammen, als wäre er Prometheus, über dem ein grässlicher Raubvogel auf Beutezug war. Zwischendurch rappelte er sich auf, entblößte lächelnd ein paar Zahnreste in erbärmlichem Zustand und gab den weltgewandten Charmeur – eine traurige Parodie.
Sándors klassische Strategie, einem Informanten zunächst mit ein paar Glas Hochprozentigem die Zunge zu lockern, war bei Machninger wenig zielführend. Der Mann war in den Minuten zwischen seinen Anfällen so gelockert, wie man nur sein konnte, und wahrscheinlich hätte ihn ein einfaches Glas Schnaps jetzt

schlichtweg umgehauen. Stattdessen bekam der Mann einen Pfefferminztee – eine Marotte von Franz Jung, der von seinen zahlreichen Russlandaufenthalten immer auch säckeweise Tee mitgebracht hatte, wenn er konnte; grusinischen Rauchtee, den hier im Groschenkeller niemand trinken wollte, weil selbst der stärkste Schnaps darin den brandigen Rauchgeschmack nicht übertönen konnte. Pfefferminztee gab es immer; kalten Pfefferminztee gossen die Damen in den Champagner und andersherum; für Machninger war schnell ein frischer zubereitet – aus Pfefferminzblättern, die der Wirt eigenhändig hinterm Haus am Bahndamm der Ringbahn pflückte und vor dem Aufbrühen einen ganzen Tag in Wasser einlegte, um den Ruß der Eisenbahnen wegzubekommen. Machninger wollte – nachdem er sich unter einem weiteren Dämon im Tiefflug weggeduckt hatte – von Drogengeschäften im Spichernring nichts wissen. Natürlich gab es kleinere Zirkel, die geringe Mengen von was auch immer untereinander verteilten, aber Drogenhandel in einem nennenswerten Stil, den gab es nicht. Drogenhandel, der die Boxer mit einbezog, der Todesfälle verursachte, Rivalitäten heraufbeschwor, die zu Giftmorden führten? Unvorstellbar, selbst für einen geübten Paranoiker wie ihn.

Sándor konnte das nicht auf sich beruhen lassen; dazu hatte er zu viele alte Bekannte am Boxring beobachtet, die Drogenszene machte sich alles andere als rar am Spichernring. Er baute sich breitbeinig vor Machninger auf und zählte die Namen all der Wracks und Abhängigen auf, der kleinen Zustecker und großen Dienstboten, die er selbst bei seinen Besuchen am Ring gesehen hatte. Natürlich wusste auch Machninger ganz genau, wer da war und wer nicht, doch er hatte eine ganz andere Erklärung dafür.

»Natürlich sind sie alle da, schwirren da rum wie die Motten ums Licht. Nicht weil es da was zu holen gibt, sondern gerade weil es nichts zu holen gibt und sie weiter warten müssen, dass der Markt sich verändert. Die Jungs lungern rum und harren auf bes-

sere Zeiten. Wenn sie Stoff hätten, wären sie unsichtbar; sehen kann man sie nur, weil sie da sind ... und warten.«
Sándor Lehmann blieb skeptisch. Wenn es in einer Kneipe kein Bier gab, zogen die Säufer woanders hin, sie blieben nicht da und warteten. Das konnte nicht der einzige Grund sein. Was war denn mit den seltsamen Zusammenbrüchen im Ring, Boxern mit weichen Knien, Knock-outs ohne jeden Schlag?
Machninger antwortete nicht, und als Sándor Lehmann den Blick hob, um seinen Gesprächspartner zu inspizieren, sah er in ein verzücktes, verblödetes Lächeln. Der Mann hatte sein zerfurchtes Gesicht zu einem debilen Grinsen verzogen, die Augen träumten im Wachzustand feucht vor sich hin, und eine kleine, bläuliche Zunge leckte über die rissigen Lippen. Sándor schlug mit der flachen Hand auf den Tisch; die Gläser klirrten.
»Machninger, wach auf, ich spreche mit dir!«
Der Angesprochene reagierte kaum; immerhin geriet sein kleiner Kopf in aufgeregtes Schaukeln; ein Nicken, mit dem er ganz offenbar Sándors Beobachtungen nachdrücklich bestätigen wollte. Denn Sándor hatte ins Schwarze getroffen, in den Mittelpunkt einer Aufregung, die seit einigen Wochen das Lumpenproletariat des Spichernrings ergriffen haben musste wie ein plötzlich ausbrechendes Fieber. Wie Sándor selbst konnten auch die Randfiguren der Boxnächte eins und eins zusammenzählen, und wie Sándor hatten sie aus den rätselhaften Schwächeanfällen und Zusammenbrüchen nur eine einzige, naheliegende Schlussfolgerung ziehen können. Dass im Dunstkreis von Ernst Zirzows Boximperium eine neue Droge im Umlauf war, deren Wirkung durchschlagend sein musste und vor allem: ganz anders als alles, was man bisher kannte. Doch während Sándor Lehmann nach dem Warum fragte, herausfinden wollte, wer da wem mit welcher Absicht – und vor allem auch: auf welchem Wege? – ein geheimnisvolles Gift unterjubelte, trieb die nächtliche Szene, zu der Machninger gehörte, eine ganz andere Frage um: Wie kam man ran an den neuen Stoff?

Gerüchte kursierten, Räuberpistolen, und je mehr spekuliert wurde, umso mehr Interessenten wurden angezogen wie die Geier vom Aasgeruch. Allabendlich lungerten sie im Spichernring herum, krank vor Begierde, voller Angst, ihren Beobachtungsposten zu verlassen und vielleicht nicht dabei zu sein, wenn der Markt endlich einen ersten Überschuss anbieten würde von diesem neuen Teufelszeug. Machninger, in Drogenbelangen weit emsiger als in Fragen der Körperhygiene, hatte sogar schon einige mögliche Namen für die Wunderdroge zusammenfabuliert, die er kichernd vor sich hin murmelte: Outknocksan, Penn-Total, K.-o.-subito ... Ein seliges Lächeln breitete sich auf seinem Gesicht aus wie ein letzter Feuerschein auf erlöschender Asche, und Sándor Lehmann nahm es stoisch hin, dass der Mann über den Tisch langte und an seinem Unterarm rüttelte:

»Das müssen Sie mir versprechen, Herr Sándor, nach all den Jahren, die wir uns schon kennen, dass Sie mich wissen lassen, wenn Sie das Zeug gefunden haben. Ich meine, man muss ja schon zum Schutze unserer Jugend schnellstmöglich herausfinden, was es mit dieser Wirkung auf sich hat, die Boxer tötet oder schlafend zusammenbrechen lässt. Und um mich ist's nicht schade, ich bin ja schon tot, mehrmals sogar – deshalb stelle ich mich selbstlos der Polizeiwissenschaft als Versuchskarnickel zur Verfügung und probiere die geheime Droge. Jederzeit, Tag und Nacht, Herr Sándor. Sie wissen ja, wo Sie mich finden ...!«

Frauennamen waren für Sándor eins der wenigen Orakel, an die er glaubte. Mit den Kirchgängen hatte er Schluss gemacht, als ihn nicht mehr die befehlende Stimme seiner Mutter zwang, hinzugehen; und selbst beim dicksten Durchmogeln durch sein Leben, kleinen Abkürzungen und Vorteilsnahmen oder den Leichen, die alle paar Jahre an seinem Weg lagen, hatte er keine nächtliche Stimme an irgendeinen Gott dort oben gerichtet und um Vergebung gebeten. Er glaubte schlichtweg nicht daran, dass das, was die Menschen in den letzten zwanzig Jahren an Hunger, toten Angehörigen und Verlust aller Zukunftspläne erlebt hatten, mit Duldung und Wissen eines wohlmeinenden Gottes hätte stattfinden können. Und so, wie die Dinge standen, war die Welt gerade nicht im Begriff, besser zu werden. Gott, wenn es ihn gab, schritt nicht ein, und solange das der Fall war, war Gott Luft für ihn. Luft oder weniger als Luft.

Frauennamen dagegen schienen – so banal das auch klang und so billig und durchschaubar sein eigenes Interesse daran auch sein mochte –, Frauennamen schienen einer übergeordneten Gesetzmäßigkeit zu folgen. Elisabeth, Wilhelmine, Auguste: Das waren ganz andere Frauen als Bella, Rosi, Liese. Rosalind klang nach Feldblumen, nach Getreide und Wald; Gertrude und Eulalie klangen nach dem Geschmack von Silberlöffeln mit Buttercremetorte darauf.

Ja, das alles war vielleicht Humbug, aber die unfreiwillige Marotte befähigte Sándor, sich Frauennamen weit besser einzuprägen als andere Dinge des täglichen Lebens. Wo er ein Auto aus der Wagenmeisterei des Polizeipräsidiums abgestellt hatte, fiel ihm mitunter schon in derselben Nacht nicht mehr ein, was mehrmals schon zu unangenehmen nächtlichen Suchexpeditionen geführt hatte. Zu schlafen, zu essen vergass er mitunter ebenfalls für ganze Tage. Aber einen Frauennamen, den hatte Sándor Lehmann, so lange er zurückdenken konnte, noch nie vergessen.

Deshalb war er sich auch sicher, dass die gertenschlanke junge Frau, sie sich mit halb geschlossenen Augen auf der winzig kleinen Tanzfläche drehte, Martha hieß. Martha, das Ringreinigungsgirl – wer hatte ihm ihren Namen genannt, Zirzow, von der Esche? Oder hatte er ihren Namen in den Katakomben unter dem Spichernring aufgeschnappt? Martha jedenfalls war hier im Groschenkeller, wo die Luft immer dicker wurde und die Gäste immer betrunkener, und sie tanzte. Oder besser: Sie umtanzte einen jungen Kerl, der sich, gutmütig und etwas verunsichert lächelnd, ebenfalls auf der Tanzfläche drehte; unübersehbar ein junger Boxer, den Sándor aus einem der Vorkämpfe kannte: Emil Dahlmann, ein Fliegengewichtler. Guter Mann eigentlich, kein Ausnahmetalent, aber gar nicht schlecht. Martha schien den Kleinen, der sich bewusst breit zu machen schien, um männlich zu wirken, sogar richtig toll zu finden, jedenfalls umgarnte und umgurrte sie den Burschen mit vollem Körpereinsatz; ein Sparring, das Dahlmann offensichtlich nicht gewöhnt war und das ihm zu ungefähr gleichen Teilen peinlich oder lästig zu sein schien – und gefiel.

Aus dem lärmigen Laden ins Freie zu treten war wie ein plötzlicher Filmriss im Lichtspielhaus. Auf dem Kurfürstendamm war um diese späte Stunde nichts mehr los; ein paar Nachtschwärmer torkelten um die Gaslaternen herum, Limousinen mit zugezogenen Fenstervorhängen fuhren langsam und fast geräuschlos vorbei, eine Polizeistreife patrouillierte. Sándor schlenderte, etwas benommen vom Lärm und vom Escorial, den langen Boulevard hinunter in Richtung Tauentzien. Er mochte diese nächtlichen Spaziergänge; man bekam den Kopf wieder frei, konnte sortieren, was man gehört und gesehen hatte, und die Klamotten stanken am nächsten Morgen nicht ganz so furchtbar nach dem Rauch der Kaschemmen. Andere Polizeibeamte erledigten ihre Routinearbeit am Schreibtisch; er selbst verfolgte Spuren gedanklich auf diesen nächtlichen Wanderungen, wog Für und Wider einer These ab, bewertete den Wahrheitsgehalt einer Zeugenaussage und die Wahrscheinlichkeit eines Zufalls.

So kam er zügig voran. Als die Kaiser-Wilhelm-Gedächtniskirche in Sicht kam, traf er auf andere Menschen, die auch noch – oder schon wieder – an der Arbeit waren: Reklameleute, die mitten in der Woche die haushohen Reklametafeln an den Lichtspielhäusern für die nächsten Vorführungen wechselten oder mit reißerischen Papptafeln verzierten, auf denen »Seit vier Wochen ausverkauftes Haus!« stand oder »Der Publikumserfolg nur noch drei Tage!«. Eine dieser Reklamewände wurde ganz abgetragen, »Kuh« las Sándor auf einem der Plakatelemente. Während er noch herumrätselte, welcher Tierfilm denn hier auf dem Kurfürstendamm laufen mochte, kam einer der Reklamearbeiter auf ihn zu, las ebenfalls laut lachend »Kuh«, schüttelte dann aber missbilligend den Kopf.

»Den Dreck soll'n wir runternehmen!«

Sándor verstand plötzlich, was er da sah. Es handelte sich um den Film *Kuhle Wampe* des kleinen Boxfreundes Bert Brecht oder, genauer, des Regisseurs Slátan Dudow; Brecht hatte ja nur an Teilen des Drehbuchs mitgewirkt. Den Beteiligten hatte der Film offenbar kein Glück gebracht; die Produktionsfirma, »Prometheus«, hatte gar die Premiere nicht mehr erlebt und war schon vorher pleitegegangen; das war auch eine Antwort auf die Frage im Untertitel des Films: *Wem gehört die Welt?* Bevor der Spielfilm auch nur einen Teil seiner Kosten wieder einspielen konnte, war schon die Berliner Filmprüfstelle eingeschritten, die darin einen wüsten agitatorischen Propagandafilm sah, geeignet, Unzufriedenheit mit diesem Staat zu schüren und das einfache Volk zu einer kommunistischen Revolution anzustacheln. Bert Brecht mochte sich von dieser Einschätzung geschmeichelt fühlen, für den Film selbst bedeutete sie das vorläufige Aus, denn solange die Anforderungen der Zensur nicht umgesetzt waren, blieb die Vorführung verboten. Deshalb wurden hier auf dem Kurfürstendamm und zu nachtschlafender Zeit die Filmplakate abgeräumt.

»Wem gehört die Welt?«, murmelte Sándor Lehmann vor sich hin; er setzte seinen Weg fort, ließ eine Pferdedroschke vorbei und bog schließlich links zum Bahnhof Zoologischer Garten ein, wo die Luft nach Frühling roch und nach Kamel- und Elefantenmist aus dem benachbarten Zoo. Zwei Fischreiher zogen einen Kreis über der Joachimstaler Straße, es war wie im Urwald hier in der Stadt. Im Urwald gehörte die Welt dem Hungrigsten; alle anderen wurden aufgefressen.

Apropos Hunger; Sándor spürte seinen leeren Magen, das war ein gutes Zeichen. Seine Lebensgeister erwachten; ganz langsam wurde ein ganz normaler Mordfall aus dem verworrenen Durcheinander zwischen Boxring und Fliegerbombe. Damit kannte er sich aus; wenn die Welt nicht vorher unterging, würde er bis zur letzten Runde durchhalten. Hungrig genug dafür war er.

DIE KATAKOMBEN AM NÜRNBERGER PLATZ

Vor allem der Geruch – eine Mischung aus Schweiß, feuchten Wänden, ranzigem Massageöl, Jod und Bier – machte aus den Nebenräumen des Spichernrings eine stinkende Vorhölle, in der man es nur schwer aushielt.

So musste es im alten Rom in den Kellern und Ställen der Gladiatorenkämpfe schon gerochen haben, dachte Sándor, der sich vom Reichsbauamt einen Lageplan besorgt und die Räume, Gänge und Keller gründlich studiert hatte.

Früher wurden hier Industrieteile per Eisenbahn angeliefert; vom Potsdamer Güterbahnhof am Gleisdreieck führte damals ein Nebengleis, das heute nicht mehr benutzt wurde, unterirdisch bis in diese Hallenkeller. Heute waren dort die Aufenthaltsräume für die Boxer, Techniklager, der Behandlungsraum der Ringärzte und ein muffig riechender Salon für die Ringrichter untergebracht. Ein endlos langer Gang, den Sándor schon kannte, verband die Räume mit der steilen, breiten Treppe hoch in die Ringhalle; für Boxer war dies der erbarmungslose Weg in die Gladiatorenarena, in den Triumph oder die Niederlage. Vor dem eigenen Auftritt mussten die Kontrahenten hier auf der Treppe das Ende des jeweiligen Vorkampfes abwarten; der Putz an den Wänden war zerritzt von Monogrammen, obszönen Zeichnungen und derben Witzen.

Doch Sándor hatte heute keinen Blick für diese Kleinkunst; er war – endlich! – beruflich hier und verbrachte die Zeit bis zu seinem Einsatz in einer kleinen Nische am Gangende. Oben in der Halle war nicht viel los; Zirzow hatte Schwierigkeiten, werktags ein attraktives Programm auf die Beine zu stellen, und die noch mal erhöhten Eintrittspreise taten ein Übriges. Eben ging ein müder, ereignisloser Kampf über die Bretter; zwei lasche Kerle, die sich nicht wehtaten, sondern mit Klammern und Deckung über die Runden kamen unter den Pfiffen des Publikums. Sándor musste warten, aber das machte ihm nichts, Warten war Erholung, war Halbschlaf, ein träges Dastehen ohne körperliche Regung, das man sich angewöhnen konnte, wenn man musste. Wie ein Krokodil am Amazonas, das reglos unter Wasser auf Beute wartete, mit geschlossenen Augen, nur die Nasenlöcher aus dem Fluss ragend – so wartete Sándor Lehmann auf das, was heute Abend geschehen sollte.

Endlich war oben der Kampf vorbei; und die Ringreinigungskraft Martha stöckelte in knapper Arbeitskleidung aus der Garderobe, stürzte an Sándor vorbei, ohne ihn zu bemerken, und fauchte Sekunden später einen die Treppe herunterkommenden Ringarzt an; es war Dr. von der Esche, der ein Tablett mit Schwämmen und Wasserflasche und eine Medizintasche zurück in den Arztraum trug und nicht zuzuhören schien. Sándor hatte sich ganz in seine Nische zurückgezogen und spähte um die Ecke, aber von der Esche blickte ohnehin nicht in seine Richtung; der Arzt verfolgte Martha mit einem langen Blick, der sexuelles Begehren, aber auch eine geduckte Angst und Unterwürfigkeit zu enthalten schien. Sándor zog die Stirn kraus; er registrierte jede Nuance, soweit das Schummerlicht im Gang das zuließ. Dann schlug hinter von der Esche die Tür zu, und Marthas kurzer Rock verschwand am oberen Ende der Treppe: Ruhe kehrte ein.

Hier unten im Gang unter dem Boxring waren die Geräusche in der Halle nur sehr gedämpft zu hören. Das Gelächter und Geschrei des Publikums; die scheppernde Musik der Pausenkapelle; Ansagen, die vom Ring aus gemacht wurden und mit denen die folgenden Programmpunkte annonciert wurden. Sándor hatte das Gefühl, in einer Höhle tief im Erdinnern Zeuge des Geschehens auf der Erdoberfläche zu sein. Was hatte er mit dem Irrsinn dort oben zu schaffen? Sein Fall, seine Vermutungen, die Menschen, die er mit dem Geschehen in Verbindung brachte: Sie alle waren

weit weg, waren unwichtig geworden. Vielleicht sollte er einfach alles auf sich beruhen lassen – und nach Hause gehen?
Blödsinn! Sándor riss sich zusammen. Er wäre fast eingeschlafen, das war es. Im Halbschlaf verlor er mitunter aus den Augen, was im Wachsein wichtig war. Wach bleiben: Das war jetzt die Devise.

Nach zehn Minuten wiederholte sich der Trubel im Gang in umgekehrter Richtung: Martha kam mit wütenden Schritten angewidert und erschöpft von oben herunter; sie schleppte den Sack mit Abfall, den sie rund um den Ring eingesammelt hatte, und stellte ihn jetzt nicht gerade behutsam an einer Lattentür mit der Aufschrift »Abfallraum« ab. Fast gleichzeitig öffnete sich die Tür des Arztzimmers, und die Ärzte – heute hatten offenbar nur Dr. Sohrauer und von der Esche Dienst – strebten durch den Gang Richtung Hallentreppe. Sándor Lehmann gab mit einem fließenden seitlichen Schritt seine Wartehaltung auf und versperrte den Ärzten den Weg. Von der Esche erkannte ihn augenblicklich und schüttelte missbilligend den Kopf; Dr. Sohrauer – ein dicker, blonder Mensch mit schweißglänzender Stirn – studierte indigniert Sándors Polizeidienstmarke und hob schließlich die Schultern in die Höhe.
»Und nun? Was haben wir verbrochen oder, wenn Sie unbedingt wollen: Wie können wir Ihnen helfen?«
»Was wollen Sie von uns?«, fragte auch Dr. von der Esche, als hätte er Sohrauers Frage nicht gehört.
Sándor Lehmann zog die linke Augenbraue hoch und fixierte die beiden Ärzte fast augenzwinkernd; die beiden Quacksalber würden gleich selbst sehen, was der Anlass seines Auftritts war.
Oben im Ring hatte der Ansager die Namen des Ringpersonals für den nächsten Kampf verlesen; offenbar wurden die Ringärzte schon vermisst, jedenfalls kam ein Laufbursche durch die Tür am Gangende hereingeschossen, polterte ein paar Stufen herunter, sah die Dreiergruppe und rief irritiert:
»Oh, Doktor, Sie werden oben ausgerufen!«

Sándor Lehmann drehte sich nicht zu dem Bengel um, sondern entgegnete:
»Sag Bescheid, dass die beiden gerade ... unpässlich sind.«
»Unpässlich?« Dr. Sohrauer schnaubte wütend auf. »Sie haben Nerven, Mann! Sehen Sie nicht, dass wir im Ring zu tun haben? Wir sind die Ringärzte, wir kontrollieren die Gesundheit der Boxer, sorgen für ausreichend Erfrischung.«
Er hob die lederne Medizintasche und den Kanister mit Leitungswasser, das von den Ärzten in den Ring gebracht wurde, um Manipulationen durch die Trainer der Boxer zu verhindern.
»Großartig«, nickte Sándor, »genau dieses Zeug brauche ich heute dringender als Sie.« Er griff sich die Ausrüstung des verdutzten Sohrauer und nötigte auch Dr. von der Esche, abzugeben, was er eben hinaustragen wollte.
Die beiden Ärzte waren sichtlich wütend. Wie sollte oben der Kampf über die Bühne gehen, solange sie hier unten von diesem verrückten Polizeibeamten an ihrer Arbeit gehindert wurden? Von der Esche konnte sich einen Reim auf Sándors Beschlagnahmung machen; er schüttelte mit grimmigem Grinsen den grauhaarigen Schädel und knurrte:
»Kommissar Lehmann, Sie sehen Gespenster, das sage ich Ihnen als Wissenschaftler, und nicht zum ersten Mal. Was wollen Sie in unseren Wasserflaschen finden? Den hochgeheimen Knock-out-Trunk? Mit diesem Schwachsinn knocken Sie nur sich selbst aus, das verspreche ich Ihnen. Aber nur zu, walten Sie Ihres Amtes, nur zu!«
Er hielt Sándor noch einen Tablettenstreifen entgegen, den er in seiner Jackentasche gefunden hatte, und Sándor, der sich durch die Tiraden nicht aus der Ruhe hatte bringen lassen, machte kurzen Prozess und stellte beide Ärzte mit den Armen nach oben an die Gangwand und durchsuchte nicht nur diese eine, sondern alle Taschen.
»Normalerweise greifen diese Krähen nur uns anderen in die Tasche. Jetzt sind sie selbst mal dran!«, hörte Sándor eine trium-

phierende weibliche Stimme neben sich. Er blickte in das fröhliche Gesicht von Martha, der Ringreinigerin, und knurrte:
»Mischen Sie sich besser nicht ein, wir reden auch noch!«
Martha schien starke Männer und ihr Imponiergerede gewöhnt zu sein. Sie riss die Arme über den Kopf, reckte die Brust heraus und machte anderthalb Drehungen.
»Filzen? Sie? Mich? Na wo denn, großer Mann, es sind ja keine Taschen dran!« Sie spuckte aus.
Sándor ließ die beiden Doktoren für einen Augenblick stehen, wo sie waren, und wandte sich nun doch vollends zu Martha um; fixierte sie ausdruckslos von oben bis unten und sagte dann in das abschätzig lächelnde Mädchengesicht hinein nur ein Wort:
»Doch.«
Martha schien nicht zu begreifen, was der Kommissar von ihr wollte; dann kam ein blinzelndes Verstehen in ihren Blick. Sie schlug die Wimpern nieder, und ihre rechte Hand flatterte von unten herauf an ihr Dekolleté, wo ein vernickelter RiRi-Reißverschluss die zwei Hälften eines mit Pailletten besetzten Fantasie-Boxershirts zusammenhielt. Sie zog den Zipper eine gute Handbreit herunter und hauchte:
»Hier?«
Sándor hatte sich das Angebot zur Leibesvisitation ohne weiteren Kommentar angesehen; jetzt deutete er an dem Ringreinigergirl vorbei zur Lattentür in der Gangmitte, wo der abgeworfene Müllsack mit dem Unrat aus dem letzten Kampf stand.
»Nein. Dort.«
Martha brauchte ein paar Sekunden, um zu begreifen, dass der Kommissar den Inhalt des Müllsacks offenbar interessanter fand als das, was sie ihm anbieten konnte, und lachte verächtlich auf. Dann stolzierte sie hinüber zur Abfalltür, beugte sich ebenso routiniert wie am Ring hinunter, hob den Beutel auf und warf ihn mit einer schwungvollen Geste vor Sándors Füße.
»Ihr Sack, Herr Kommissar!«

Draußen auf der regennassen Straße stand der Polizeiwagen, mit dem Sándor Lehmann ausnahmsweise einmal hergekommen war, und der dicke Plötz war am Steuer eingeschlafen und wurde erst wach, als sein Chef – den wütenden Ernst Zirzow im Schlepptau, der gegen die »unrechtmäßigen Beschlagnahmungen« protestierte und wütend hinter Sándors langen Beinen herstolzierte – die Beifahrertür aufriss und das Bündel mit dem Besitz der Ärzte und den Abfallsack von vorn auf den Rücksitz warf.

»Plötz, ins Prüflabor mit dem Zeug. Wenn die Untersuchungsergebnisse da sind, kommen Sie her und holen mich ab – und wenn's so aussieht wie besprochen: mit Verstärkung!«

Plötz grinste Sándor an, tippte sich als Gruß an den schäumenden Zirzow an die Polizeimütze und fuhr los.

Ernst Zirzow sah kopfschüttelnd und mit in die Seiten gestützten Armen Plötz' Abfahrt mit an. Dann blickte er zu Sándor und fragte bitter:

»Und jetzt wollen Sie mir den Kampfabend kaputt machen, ja?«

Sándor lachte auf.

»Reden Sie doch keinen Unsinn, Mann. Irgendjemand macht Ihnen den Kampfabend kaputt, das glaube ich inzwischen auch. Und ich werde den Burschen finden. Wenn Sie etwas dagegen haben, sagen Sie's – dann lasse ich Sie liebend gern allein mit Ihren Problemen, Sie Pfeife!«

Ernst Zirzow starrte sein Gegenüber immer noch wütend an, aber als Boxpromoter konnte er eins und eins zusammenzählen, und das schien er gerade zu tun. Sándor zählte in Gedanken bis acht, dann klopfte Zirzow ihm mit einer halben Entschuldigungsgeste auf den rechten Oberarm und sagte nur knapp:

»Sie haben recht. Lassen Sie uns reingehen, da drinnen spielt die Musik.«

Oben auf der Galerie musste mal Staub gewischt werden, aber die Mühe machte sich niemand an so einem schlecht besuchten Tag

wie diesem Mittwoch. Sándor Lehmann setzte sich an einen der vielen freien Tische mit Blick auf den Ring und sah wenig interessiert hinunter auf das Kampfgeschehen. War das Emil Dahlmann, der Fliegengewichtler, den er mit Martha im Groschenkeller gesehen hatte? Der kleine Kerl war wendig, kämpfte verbissen, und Martha hatte tatsächlich den Ring nicht verlassen, sondern sah von der Tür zum Gang aus aufgeregt zu.
Zirzow schickte einen Kellner hoch zu Sándor Lehmann, ein Friedensangebot offensichtlich, mit Champagner, Schnaps, einem Bier. Sándor wedelte den operettenhaft gekleideten Burschen beiseite und verlangte eine Flasche Wasser, schlichtes Fürstenbrunner, sonst nichts.
»Eine Flasche Leichenwasser, der Herr?«
Sándor Lehmann blickte auf. Das war nicht der Kellner, der ihm da das Mineralwasser auf die Galerie trug, es war Dr. von der Esche, der mit einem ironischen Lächeln die Wasserflasche und zwei Gläser auf einem Tablett balancierte. Der Arzt schwitzte; die Treppensteigerei war nicht sein Ding, aber für den alten Fürstenbrunner-Witz schien die Luft noch zu reichen. Unterm Luisenkirchhof im westlichen Charlottenburg verlief der Fürstenbrunner Weg, wo seit zweihundert Jahren schon eine der wenigen Mineralquellen Berlins sprudelte. Und weil von oben, vom Hügel, bei Regen Wasser durch den Friedhof sickerte und unweigerlich im Grundwasser der Mineralquelle landete, hatte der Berliner Volksmund das sprudelige etwas in den nicht ganz durchsichtigen Flaschen kurzerhand »Leichenwasser« getauft – was dem Umsatz und der Beliebtheit des Gesöffs keinen Abbruch tat.
Sándor zog einen Mundwinkel zur Seite und machte einen Scherz.
»Na, Doc, wollen Sie uns beide umbringen?«
Dr. von der Esche deutete auf die Wasserflasche und machte ein skeptisches Gesicht, als hätte er Sándors Bemerkung nicht gehört.
»Habe ich Sie nicht unten an der Bar schon ganz andere Sachen trinken sehen? Aber richtig, ich habe ganz vergessen, dass Sie

einem geheimnisvollen Giftmörder auf der Spur sind und vielleicht auf Nummer sicher gehen wollen mit dem Zeug hier. Sie erlauben, dass ich mich ebenfalls bediene?«

Sándor sagte nichts und sah zu, wie von der Esche die beiden Gläser randvoll goss und sein eigenes gleich gierig an die Lippen setzte.

»Aaaaah ... Ich glaube, Gift schmeckt anders. Aber wissen Sie was, Kommissar, ich habe mir unser Gespräch neulich zu Herzen genommen und mir gedacht, wenn der blöde Bulle deiner ärztlichen Kompetenz nicht traut, musst du nachsitzen, musst büffeln. Hab' mir meine alten Fachbücher wieder rausgesucht; seit der Universität lagen die ganz unten im Kleiderschrank ... Und alles noch mal nachgelesen. Auf Spanisch! Wussten Sie, dass ich in Saragossa studiert habe? Gott, jahrelang habe ich mich in Magdalenas Paraninfo geschleppt, Anatomie, die langen Listen der Muskeln, die Nervenbahnen. Gifte, auch Gifte, natürlich. Der Übergang zwischen Medizin und Gift ist ja oft fließend, wissen Sie? Alles eine Frage der Dosis. Nehmen Sie acht Tropfen bei Ihren, lassen Sie mich schätzen, neunzig Kilogramm, dann geht es Ihnen blendend, besser als je zuvor. Ein Tropfen mehr, und Sie sind mausetot. War's dann ein Gift? Oder nur zu viel Medizin?« Er lachte.

Sándor fragte einsilbig: »Werden Sie nicht unten am Ring gebraucht?« Er hatte sich auf ein paar stille Wartestunden eingestellt und kein großes Interesse an von der Esches Monologen; aber dem Arzt schien es egal zu sein, ob der Polizist seinem Vortrag zuhörte; er wollte reden, als hätte er nicht Leichen-, sondern, wie sie im Wedding gesagt hätten, Quasselwasser getrunken.

»Vor allem«, fuhr der Doktor, ohne auf die Frage zu antworten, fort, »ist doch zu klären, wie ein solches Gift verabreicht werden könnte. Ich habe Ihnen ja schon erklärt, dass einer wie Völkner nicht zwei Runden putzmunter ist und dann in der dritten umfällt und stirbt. Wenn Gift im Spiel gewesen wäre – und glauben

Sie mir, ich habe sie mir alle noch mal angesehen, die Barbiturate, die Hypnotika –, dann hätte er's zwischen den Runden injiziert bekommen müssen. Oder schlucken müssen. Aber wie? Alle Boxer trinken das gleiche Wasser, kein Fürstenbrunner wie wir hier, simples Kraneburger aus dem Wasserhahn, und die Trainer, der Ringrichter«, er lachte, »auch wir Ringärzte stehen schließlich unter tausendfacher Beobachtung bei allem, was wir tun. Glauben Sie, ich hätte dem Völkner eine Spritze in den Allerwertesten stechen können, ohne dass es dem Publikum aufgefallen wäre? Wie hätte das gehen sollen?«
Sándor wusste auch nicht, wie das gehen sollte, und genau diese Frage beschäftigte ihn seit Tagen, ach was, seit Wochen immer wieder, ohne dass er eine Antwort gefunden hätte.
»Ich weiß es nicht, Doktor, aber für meinen Geschmack sind zu viele Zufälle im Spiel; ich habe noch keine Erklärung – aber ich bin sicher, es gibt eine.«
»In den Allerwertesten? Wie?«, echote von der Esche, und Sándor fragte sich erneut, ob der Mann einfach nur schwerhörig war oder ihn provozieren wollte. Er mochte den Arzt nicht; das selbstgefällige, saturierte Grinsen; die dauernde Ironie in den Worten: Dieser hochwohlgeborene, in Saragossa studierte Mediziner hatte die Weisheit mit Löffeln gefressen, und war doch hier in einem erbärmlichen Boxzirkus stecken geblieben. Und war darüber zum Verlierer, zum Zyniker, zum Nihilisten geworden. Er heilte nicht die Reichen und Schönen, sondern nähte verprügelten Boxern stümperhaft die Augenbrauen wieder an den Kopf und erteilte ihm, Sándor, nebenbei Nachhilfe in Sachen Giftmord. Für was hielt der Bursche sich? Sándor trank nun auch einen Schluck und starrte über den Tisch in das abfällige Lächeln des Arztes. Der Mann sah aus wie ausgestopft, wie gefangen von einer inneren Zwiesprache, einer Stimme, die ihm etwas Faszinierendes zu flüstern schien. Jedenfalls ging, während Sándor noch zusah, ein seltsamer Wandel mit von der Esches Physiognomie vor sich. Der

Mann schien plötzlich von einer tiefen Entspannung geflutet zu werden; er atmete tief aus und nicht wieder ein, stattdessen blieb der Mund weit offen stehen, und die sowieso leicht basedowschen Augen öffneten sich zu wild zuckenden Kugeln, während von der Esche sich mit der einen Hand an den Hals griff, mit der anderen das Wasserglas greifen wollte, es umriss und vom Tisch stieß. Beide Männer sprangen gleichzeitig auf, doch bevor Sándor irgendetwas tun konnte, war der korpulente Ringarzt mit einem pfeifenden Atemgeräusch wieder zurückgestürzt auf den lederbespannten Stuhl und mitsamt dem Sitzmöbel polternd auf den Galerieboden gefallen, wo er tot oder ohnmächtig liegen blieb. Sándor fluchte; seine Zunge klebte am Gaumen, und das Schlucken fiel ihm schwer. Er machte einen wackeligen Schritt auf von der Esche zu, wollte sich bücken, um dem Zusammengebrochenen zu helfen, doch als er den Körper vornüberneigte, merkte er, dass auch er selbst nicht mehr Herr über seine Muskulatur war, dass ihm seine Hände und Beine nicht mehr gehorchten, sondern fahrig ruderten, ihn nach unten zu ziehen schienen. Er fluchte noch einmal, ohne noch groß zu wissen, warum. Etwas war vorgegangen; er hatte … keine Ahnung. Was hatte er eben noch gedacht? Er musste, er wollte … Sein Kopf war schwer, schwer wie Gusseisen. Und atmen … atmen war nötig, aber dazu musste man den Mund öffnen, die Lungen weiten, Luft holen. Den Mund öffnen, das ging, aber für alles andere war es längst zu spät; ihn verschluckte die Schwärze.

IM TUNNEL

Herrgott, wo war er? Für eine Ewigkeit schien alles, was Sándor »Ich« nennen konnte, auf einen pulsierenden, schmerzenden Punkt zwischen seiner Nasenwurzel und den zusammengezogenen Augenbrauen konzentriert zu sein, ein wehrloses, verängstigtes, schmerzendes »Ich«, blind und taub und stumm. Das heißt: Blind war es nur, weil er die Augen so krampfhaft zusammengekniffen hatte, als wollte er die Pupillen vor einem gleißend hellen Licht dort draußen in der Außenwelt schützen. Doch als er die verklebten Augenlider auseinanderzog – Wimpern rissen ab, als hätte ihm einer die Augen mit Heftpflaster zugeklebt –, war die Schwärze dort draußen vor seinem Kopf genauso undurchdringlich wie vorher. Es gab keine Helligkeit, wo er war; es gab nicht mal ein kleines, fernes, flackerndes bisschen Licht. Sándor Lehmann – das, was früher auf den Namen gehört hatte, jetzt auf nichts mehr hörte, keinen Namen mehr hatte –, Sándor drehte den Kopf leicht nach rechts, aber schon diese leichte Drehung bereitete ihm unglaubliche Qualen; ein rumorender Kopfschmerz polterte in seinem Schädel herum, und die Schultern, der Nacken waren steif, als hätte er ein paar Wochen hier gelegen. Hatte er das? Und wo war hier, verdammt, wo war er bloß? Er versuchte eine weitere Drehung, die besser funktionierte, auch wenn sie ihm einen Schmerzensschrei entlockte, dem er lange nachhorchte. Er war nicht taub, er konnte nicht taub sein, wenn er sich selbst schreien hören konnte. Der Schrei schlug rechts und links von ihm gegen harte Wände, wurde zurückgeworfen und formte sich über ihm zu einem runden, hallenden Gewölbe.

Ein Tunnel; die Erkenntnis durchzuckte ihn so plötzlich und mit so kalter Gewissheit, dass er erneut aufschrie. Ein Tunnel, ausgerechnet das. Ein verfluchter Tunnel. Sándors Hände krochen an

seinem Körper hinauf, fanden seinen Hals, sein Gesicht, tasteten über aufgerissene Lippen, ein leidlich glattes Kinn. Allzu lange konnte er hier noch nicht liegen, wenn man ihn nicht zwischendurch rasiert hatte. Oder war er tot? Aber auch Toten wuchsen die Fingernägel und Barthaare noch eine Weile weiter.
Quatsch. Er war nicht tot; er musste pinkeln, und der Schmerz in allen Gliedmaßen war nur das Blut, das dahin zurückströmte, wo es gebraucht wurde. Er war ohnmächtig gewesen, vergiftet worden zusammen mit diesem verdammten Idioten von Ringarzt, von der Esche, den es sogar noch vor ihm erwischt hatte. Irgendjemand hatte ihn hierhergeschleppt, seine Kleidung fühlte sich schmutzig an, zerrissen, und er hatte Schürfwunden an den Händen und am Gesicht. Aber das Blut strömte; es war eine Freude, zu fühlen, wie der rote Wasserfall in immer neue Gefäße im Körperinnern stürzte, sie füllte, weiterfloss, tosend, rauschend.
Oder war da noch ein anderes Geräusch, das sich mit dem Tosen mischte? Ein zweites Tosen, tiefer, singender, vibrierender? Ein Tosen, das lauter wurde und lauter und lauter, den ganzen Tunnelraum mit Hall füllte und jetzt auch mit Licht, heller werdendem, gleißendem Licht – dem Licht aus zwei elektrischen Frontleuchten eines schnell heranrasenden U-Bahn-Zugs, der jetzt um eine nicht mehr weit entfernte Kurve gerattert kam, auf ihn zuschoss, ihn, Sándor Lehmann, der zerschmettert und geschwächt auf den Schienen der U-Bahn lag, zentimeternah an einer blank polierten Stromschiene, Sándor Lehmann, der plötzlich wieder »ich« und »hier« und in äußerster Gefahr war, von dem Zug, an dessen beleuchtetem Stirnschild er nun schon den Bestimmungsort »THIELPLATZ« lesen konnte, zermalmt zu werden.
Blut strömte schnell, und seins wurde von einem wieder kräftig pochenden, die Schlagfrequenz jetzt verdoppelnden Herzen dorthin gepumpt, wo es nun dringendst gebraucht wurde. Linker Hand war keine Stromschiene, sondern nur das leicht abschüssige Gleisbett und die steinerne Tunnelwand. Ob der

Lokführer sah, was vor ihm im Tunnel geschah, ob er den schemenhaften schwarzen Körper, nur ein weiterer Schatten in den vielen Schatten zwischen den Schienen, für eine große Ratte hielt? Wahrscheinlich sah er gar nicht, wie Sándor Lehmann mit einem dritten lauten Schrei, der allerdings vom Donnern des Stahls und dem Widerhall im Tunnel verschluckt wurde, alle Kraft zusammennahm, mit einer seitlichen Rollbewegung in allerletzter Sekunde über die Schiene hinwegrollte und noch kurz mit einem Mantelende vom Zug erfasst wurde. Ein Ruck, der Stoff riss, und Sándor blieb mit dem Gesicht nach unten im wieder dunkel werdenden Tunnel liegen und versuchte, nicht wieder die Besinnung zu verlieren, sondern weiter zu atmen, zu denken, zu planen, was jetzt zu passieren hatte.

Ein zweiter Zug rollte heran, leuchtete die Tunnelwände aus und zerrte an Sándors Trommelfellen mit seinem Grollen und stählernen Kreischen. Aber da war der Kommissar der Mordkommission schon wieder wach genug, um das vorbeirasende Licht zu nutzen, die Nische in der Wand zu entdecken, nicht mal sehr weit von hier. Behutsam tastete er sich danach an der ausgemauerten Geraden entlang dorthin; vermied hochkonzentriert die Berührung mit der Stromschiene, die ihn, verschwitzt, wie er war, mit einem einzigen harten Schlag getötet hätte. Fand schließlich die Nische, ein paar staubige Stufen, die höher führten, hinauf zu einem Nebengleis, das viel weiter hinten von der Hauptstrecke abzweigen musste: dem alten Werksgleis der Industrieanlage, die früher mal dort, wo jetzt der Spichernring war, was auch immer produziert und in Güterwaggons verladen haben musste. Diesem Gleis folgte Sándor; einem staubigen, offensichtlich unbenutzten Gleis mit stellenweise fehlendem Schotter unter dem Stahlband, das schon nach nicht mal zwanzig Metern vor einer großen Stahltür endete, die einen Spalt weit offen stand. Dämmeriges Licht fiel hindurch; und als Sándor sich durch die Tür schob, ging das Gleis drinnen gar nicht weiter, sondern war überbetoniert worden mit einem rauen Material, das er gut kannte: dem Fußboden des Kellergeschosses unter dem Spichernring.

Dort oben waren die Boxkämpfe längst zu Ende, und Sándor registrierte, dass es tiefste Nacht sein musste. Kein Mensch war mehr da. Nicht mal irgendeine Reinigungskraft war aufzutreiben, wenn es so etwas in Zirzows Schmuddelpalast überhaupt gab, und als Sándor die Galerie absuchte, um zu sehen, was aus dem noch vor ihm kollabierten Dr. von der Esche geworden war, fand er die übel stinkende Galerie ebenfalls menschenleer vor. Wahrscheinlich hatten sie den Mann gefunden und, wenn er noch lebte, ins Krankenhaus geschafft. Sonderbar, dass das Gebäude nicht längst von Polizeibeamten auf den Kopf gestellt wurde … Oder wollte Zirzow von der Esches Tod oder Zusammenbruch und sein eigenes, Sándors, Verschwinden vertuschen?

Hier blieb für ihn nichts zu tun; und weil er selbst einigermaßen mit dem Leben davongekommen war, sah er auch keine Veranlassung, nun seinerseits großen Alarm zu schlagen, nur um dann hier stundenlang auf die Kollegen warten zu müssen oder auf einen Krankentransport, den er nicht brauchte.

Draußen fuhren Kraftdroschken vorbei; er fand Geld in seiner Manteltasche, sogar die Klarinette war unversehrt. Und als wäre es sein Glückstag, war der Chauffeur ein alter Bekannter aus früheren Jahren, Puschmann, der genau wusste, wo Sándor Lehmann wohnte, und den verschmutzten, erschöpften Kommissar, der auf dem Rücksitz des Wagens sofort in Tiefschlaf gefallen war, ohne viel Federlesens nach Hause expedierte.

So erfuhr er erst am Tag darauf, dass in Charlottenburg die Nacht über durchgearbeitet worden war. Im dortigen Polizeipräsidium am Kaiserdamm 1 – einem unfreundlichen grauen Bau mit hohen Fenstern und dem Charme einer Familiengruft – hatte Sándor, noch bevor er selbst dem Gift zum Opfer gefallen war, am Nachmittag um Schützenhilfe gebeten. Infolgedessen hatten über Nacht zwei Chemiker und Mediziner die Proben, die der dicke Plötz am frühen Abend vorbeigebracht hatte, einer eiligen Inspektion unterzogen, die offenbar im Wesentlichen daraus bestand, dass man in einem vergitterten Kastenwagen ein paar arme Hunde aus dem Tierasyl herbeigeschafft hatte, an denen die beschlagnahmten Substanzen und ess- oder trinkbare Reste aus dem Müllbeutel von Martha getestet worden waren. Ein wirkungsvolles Gift, da war man sich sicher, hätte einen Hund ebenso umgebracht oder mindestens narkotisiert wie einen Menschen. Allerdings hatte sich die ganze Sache wegen der unerfreulichen bürokratischen Protokollierung hingezogen – Sándor schmunzelte, als er die gallige Fußnote im Bericht las –, und als den beiden Chemiker gegen vier Uhr morgens endlich hieb- und stichfeste Ergebnisse vorgelegen hatten, war der dicke Plötz längst todmüde nach Hause gefahren, und im Polizeipräsidium am Alexanderplatz war Sándor trotz telefonischer Nachfrage nicht aufgetaucht oder jedenfalls nicht zu erreichen gewesen. So hatte man die ganze Sache einfach auf den folgenden Tag verschoben; es war ja – zumindest den Hunden, von Sándor und Dr. von der Esche hatte man ja hier nichts geahnt – nichts Gravierendes passiert; die Tölen erfreuten sich bester Gesundheit und waren an weiteren Leckereien aus dem Abfallbeutel überaus interessiert gewesen. Gift hatte man in den beschlagnahmten Proben nicht nachweisen können; vielleicht hatte der Kollege vom Alexanderplatz sich das Ganze nur eingebildet.

Ja, sie hatten Doktor von der Esche gefunden, das erfuhr Sándor am nächsten Tag im Spichernring, in den er fuhr, noch bevor er im Polizeipräsidium durch den Untersuchungsbericht blätterte. Von der Esche hatte sich die Seele aus dem Leib gekotzt, noch oben in der Galerie, aber entweder hatte er die stabilere Konstitution, was Sándor bezweifelte, oder er hatte weniger von dem Gift getrunken, das sich in der Flasche »Leichenwasser« befunden haben musste. Doch die Flasche war und blieb verschwunden, und wer diese einzelne Flasche unten an der Bar für den Doktor auf dem Tresen bereitgestellt hatte, ließ sich angeblich nicht mehr ermitteln. Sándor wütete und tobte und hätte am liebsten den ganzen verdreckten Boxstall eigenhändig mit blanken Fäusten ausgemistet, aber es führte alles zu nichts. Als sie den ohnmächtigen Arzt oben auf der Galerie gefunden hatten – Zirzow selbst hatte noch mal mit Sándor sprechen wollen, war hinaufgestiegen und hatte ihn entdeckt –, war von ihm, vom Kommissar der Mordkommission, nichts zu sehen gewesen. Niemand konnte wissen, dass der unbekannte Täter ihn zu diesem Zeitpunkt wahrscheinlich gerade unten in den Katakomben übers Abstellgleis schleifte, um ihn vor die U-Bahn zum Thielplatz zu werfen. Vielleicht wäre mit von der Esche noch das Gleiche gemacht worden, wenn Zirzow den korpulenten Arzt nicht gefunden und mit ein paar kräftigen Ohrfeigen und einem Eimer Eiswasser wieder zu den Lebenden zurückgeholt hätte. Wenn der Giftmörder noch einmal aufgetaucht war, hatte er die Galerie geräuschlos über eines der beiden Nottreppenhäuser betreten, die auf Druck der Feuerwehr nie abgeschlossen wurden – und dann hatte er gesehen, dass der ohnmächtige von der Esche entdeckt worden war, und er hatte sich, wie sie im Wedding immer gesagt hatten, »verdünnisiert«. Sándor hatte den ganzen Tag pochende Kopfschmerzen, an denen er den Ringarzt, dem es schon wieder weit besser zu gehen schien als ihm selbst, liebend gern hätte teilhaben lassen. Aber da war fürs Erste nichts zu machen. Also drückte er sich an der Bar herum, trank vier Tassen Kaffee und, als das nichts half, einen grünen Escorial, der alles nur schlimmer machte.

»Zirzow: Knock-out in Runde drei«, titelte der *Box-Sport* frech ein paar Tage später. Denn natürlich war, während Sándor und Dr. von der Esche aus dem Verkehr gezogen waren, wieder ein Kampf aus dem Ruder gelaufen, hatte wieder ein Gegner ohne erkennbaren Grund weiche Knie bekommen und in der dritten

Runde die unerwartete Engelschar singen gehört. Diesmal hatte ausgerechnet Emil Dahlmann, der Fliegengewichtler, davon profitiert – Dahlmann, der talentiert war, gegen erfahrenere Gegner aber nicht das Geringste ausrichten konnte, und einen erfahrenen Gegner hatte er an diesem lausig besuchten Boxabend vor den Fäusten gehabt. Wer sich im Boxen auskannte wie das Gros des Publikums – und natürlich der Kommentator des *Box-Sports* –, der konnte eigentlich keinen Zweifel am Ausgang dieses Kampfes haben und nur hoffen, dass der kleine Dahlmann sich wenigstens nach Leibeskräften wehren und seine Haut so teuer wie möglich verkaufen würde.
Das hatte der Newcomer auch wirklich geschafft, aber was dann in Runde drei passierte, lief genau so ab wie schon die übrigen »nebulösen Kämpfe, die neuerdings im Spichernring das Publikum einnebeln und schwächeren Fightern einen Titel zusprechen sollen, denn sie nur anhand ihrer Leistung nie errungen hätten«, wie der *Box-Sport* es formulierte. In dieser typischen Runde drei jedenfalls hatte Dahlmanns Gegner das Boxen offenbar schlagartig und vollständig verlernt, glotzte nur noch dämlich in der Weltgeschichte herum – und wurde zuletzt von Emil Dahlmann mit einem respektablen, aber letztlich doch eher fliegengewichtigen Schwinger schlicht umgehauen.
Den *Box-Sport* brachte dieser unbefriedigende Ausgang des Kampfes maßlos auf die Palme. Hatte Ernst Zirzow das Promoter-Glück derart restlos verlassen, dass er keine ansehnlicheren Paarungen mehr auf die Ringbretter brachte? Zweit-, sogar drittrangige Männer, die gegen Favoriten kämpften, die plötzlich umfielen: Das sah für das Publikum nach einem abgekarteten Spiel aus, nach Schiebung, und man konnte in diesen schwierigen Zeiten, in denen jeder vernünftige Mensch Sorgen genug hatte, seiner Familie das nötige Geld nach Hause zu bringen, seinen Arbeitsplatz zu erhalten und den Glauben an dieses Land nicht vollends zu verlieren –, man konnte in diesen schwierigen Zeiten den Leu-

ten nicht noch mehr Geld aus der Tasche ziehen und dann nichts bieten, was auch nur einen ungefähren Gegenwert zu den schon wieder erhöhten Eintrittsgeldern darstellte.
Und so weiter.
Sándor Lehmann, der das schwadronierende Boxblatt nicht in der Pressestelle des Präsidiums ausgeliehen, sondern selbst gekauft hatte, hätte die Tiraden am liebsten zusammengeknüllt und in den Papierkorb befördert, der stets wohlgefüllt in der Ecke seines Büros stand. Stattdessen las er noch die letzten Zeilen des Artikels, in denen ein weiteres Mal auf Ernst Zirzow herumgehackt wurde, gefolgt von dem Hinweis, dass der ernsteste Konkurrent des Spichernrings, Rudi Blinker, mit seinem immer beliebter werdenden Freiluft-Boxring in der Hasenheide einen ganz anderen, sympathischeren Weg eingeschlagen hatte, der zunehmend von der Anhängerschaft sauberen Boxens honoriert wurde – und das zum halben Eintrittspreis. Ein Konzept, das nach Abenden wie diesem Zirzows Drogenwracks fraglos überlegen war. Wenn Ernst Zirzow früh ins Bett gehen wollte, sollte er sich selbst gleich in Runde drei ebenfalls auf die Bretter legen; seinen angeschlagenen Boxring würde er, wenn es so weiterging, ohnehin kaum mehr retten können.

DER AMERIKANER

So war das mit Rosi aus der Fliegerbombe: Wenn man am tiefsten im Schlamassel steckte, keine richtige Idee hatte, selbst schon die ersten Schläge auf die Mütze bekam und vor lauter Verrücktheiten nicht mehr wusste, wo einem der Kopf stand – dann rief sie an. Sándor hatte die Kopfschmerzen hinter sich gelassen, aber das Kopfzerbrechen hatte nicht aufgehört; nicht zu wissen, wie das Gift – und es musste doch Gift im Spiel sein, verdammt, es hatte ihn doch selbst umgehauen, das war der wirksamste Beweis! – in den Blutkreislauf der Verlierer kam, machte ihn wahnsinnig, raubte ihm den Schlaf und brachte trotzdem keine Lösung. Und genau da rief Rosi an, fast arglos, einfach so im Büro, mit ihrer schlichten Mädchenstimme, die Fräulein Wunder, seine Sekretärin, die den Hörer des Fernsprechers abgenommen hatte, sicher hasste.

»Ein Fräulein Rosi aus der Luisenstraße, ich habe den Nachnamen nicht ganz verstanden«, vermittelte Fräulein Wunder etwas gestelzt, und Sándor schmunzelte und soufflierte:

»Fliegerbombe vielleicht?«

Fräulein Wunder schnappte nach Luft, ein kleines bisschen nur.

»Aber so heißt doch keiner!«

»Doch, doch«, beruhigte Sándor sie, »so kennt sie jedenfalls jeder: Rosi aus der Fliegerbombe!«

Die Wunder schüttelte fast tadelnd den Kopf; das alles war im Grunde gespielt, denn Rosi meldete sich regelmäßig – oder eigentlich nicht regelmäßig, sondern unregelmäßig, aber eben doch ab und zu. Und die Wunder beobachtete schon ein paar Jahre, dass die Anrufe dieser, dieser ... Fliegerbombe ihm keineswegs egal waren, obwohl er ihr gegenüber immer eine demonstrative Gleichgültigkeit an den Tag legte.

Rosi also, die sich wahrscheinlich insgeheim doch manchmal nach ihm erkundigte, auch wenn sie's nie zugeben würde und immer behauptete, etwas zufällig aufgeschnappt zu haben von irgendeinem Gast. Diesmal mussten »die Jungs vom 106er« wieder dafür herhalten; die Jungs hatten ihr erzählt, dass Sándor in dieser Boxersache aus dem Spichernring ermittelte. Ganz unvermittelt fing sie an zu weinen; Sándor hasste es, wenn Frauen in seiner Gegenwart heulten, und am Fernsprecher war es kein bisschen besser. Zumal die resolute Rosi alles andere als eine Heulsuse war. Aber Rosi hatte Paul Völkner gekannt, nicht gut, ein Gast eben wie viele andere auch, aber ein netter, ein ehrlicher Kerl und ein großes Boxtalent, nach dem, was sie so gehört hatte. Was hatten sie dem Jungen angetan mit seinen 22 Jahren! Sie schluchzte wieder, schnäuzte sich dann deutlich hörbar die Nase an ihrer Schürze – das war die Rosi, die er kannte! – und kam zur Sache. Sie hatte nämlich etwas beobachtet, das mit dem Spichernring in Verbindung stand, und das musste sie ihm unbedingt erzählen.

»Mach es nicht so spannend, Rosi«, mahnte Sándor Lehmann, »wir sind hier nicht im Kintopp, du sprichst mit der Kriminalpolizei.«

»Ich spreche mit dir«, verbesserte Rosi tadelnd, »aber nicht am Telefon. Ich bin in der Bombe, und da haben die Barhocker Ohren, und du bist im Polizeipräsidium, und da hört die Vermittlungszentrale mit oder zumindest dein ganz fabelhaftes Fräulein Wunder.«

»Nonsens!«, knurrte Sándor und wedelte mit der rechten Hand zur Tür hin, wo Fräulein Wunder tatsächlich noch stand und ihren Chef mit einem nachdenklichen Blick betrachtete. Er lenkte ein.

»Also gut. Wann, wo?«

»Im Café Braun.«

»Du machst Witze.«

»Find's selbst raus«, entgegnete Rosi entschlossen, »heute Abend halb acht. Sei pünktlich, du Schuft – einmal im Leben.« Sie legte auf. Sándor rieb sich die Schläfen und blickte auf. Fräulein Wunder beobachtete ihn von der Tür aus, immer noch. Sie nickte grimmig; wahrscheinlich hatte sie schon vorher gewusst, was die Frau fordern würde. Weil sie selbst eine Frau war.

Am Alexanderplatz hatten sich alle schon mal versucht; Sándor Lehmann hatte die Läden kommen und gehen gesehen; irgendwie war der Platz zu groß, der Braten zu knusprig, um wirklich auf einen einzigen Teller zu passen. Tagtäglich strömten Hunderttausende über die endlos weite Fläche zwischen Landsberger, Alexander- und Königstraße; Reisende aus aller Herren Länder, staunende Gaffer aus der Provinz und hungrige Proleten, die ihre Zeit totschlugen ohne Arbeit und ohne Zukunft.

Die Gastronomie wollte verdienen an diesen Menschenmengen, und die Bars und Restaurants überboten sich gegenseitig mit Billigpreisen oder Noblesse, mit deutscher Bierhausstimmung oder Internationalität, waren krachledern, typisch Berlinerisch oder klandestin wie ein britischer Club. Aber egal, wie sie es auch anstellten: Nach ein, zwei Jahren waren sie alle nicht mehr da, ersetzt durch ganz andere Ideen, neue Superlative, neue Fassaden und schreiende Leuchtreklamen. Für den Alexanderplatz musste eine Vision her, ein großer Plan, und in den letzten paar Jahren hatte dieser Plan allmählich Gestalt angenommen. Peter Behrens, der Stararchitekt, hatte dem Platz zum Bahnhof hin eine imposante Rückwand gezimmert, das Alexander- und das Berolina-Haus, zwei achtgeschossige Blöcke, die der unseligen Weite Einhalt gebieten sollten. Sándor Lehmann war das ganz recht; er saß auch in Kneipen immer gern mit dem Rücken zur Wand, und einem Platz einen Anfang und ein Ende zu geben und ihn nicht in die Unendlichkeit ausufern zu lassen, das war eine Idee, die ihm einleuchtete.

Doch auch die beiden neuen Behrens-Häuser brauchten ihre gastronomischen Anziehungspunkte, und das Café Braun im ersten Stock des Berolina-Hauses war von vorne herein auf Erfolg hin konzipiert: So was musste ja schiefgehen. Immerhin war der Laden mit einer soliden Bühne ausgestattet, und weil die amerikanischen Investoren auf Nummer sicher gehen wollten, hatten sie mit Heinrich Braun ein Urgestein der Berliner Kaffeehausszene angeheuert. Braun hatte das Piccadilly am Potsdamer Platz aufgezogen, das Café Europa am Anhalter Bahnhof, und mit den spendablen Amerikanern hatte er sich den größten Fisch seiner Laufbahn an Land gezogen, konnte finanziell aus dem Vollen schöpfen und jeden Tag eine andere Kapelle im verglasten ersten Stock des Berolina-Hauses auftreten lassen. Die meisten Gäste kamen sowieso aus dem Ausland oder dem restlichen Deutschland; für sie machte es keinen Unterschied, wer in dem mondänen Schuppen auf der Bühne stand. Sie wollten seicht berieselt werden, bevor sie mit einem der vier Paternoster nach oben schwebten, auf die Dachterrasse im achten Stock, wo die Kajüte, eine Bar mit völlig unpassender Hafenbar-Ausstattung, »intimes Berliner Nachtleben« annoncierte und damit vor allem die nachts von Fackelschein beleuchtete »Liegewiese« unter Berlins trübem Sternenhimmel meinte.

Immerhin hatte Heinrich Braun, weil heute Freitag war, Juan Llossas mit seinem Orchester verpflichtet; Berlins selbsternannten Tangokönig, und Juan – den Sándor von seinen allerersten Auftritten 1925 auf dem Dach des Eden-Hotels an kannte und in der Femina oder dem Delphi unzählige Male begleitet hatte – gab dem Publikum Schmiss und Schmalz und manchmal auch eine Prise Swing. Der Wahlberliner aus Barcelona freute sich riesig, unter all den »Fremden« ausgerechnet seinen alten Freund Sándor wiederzutreffen, der sich schnell zu ein wenig Begleitmusik überreden ließ und, geschützt von seinem roten Schnurrbart, von der Höhe der Bühne aus umso besser nach Rosi Ausschau hal-

ten konnte, während seine Klarinette der imposanten Strenge des Tangos ein paar quirlige Tupfer verlieh.
Mit den ersten Tönen seiner Klarinette kamen ihm Bilder in den Kopf, die er zunächst zu verdrängen versuchte; schreierische Szenen in flackerndem Licht; Kintoppszenen. Die dazugehörigen Kinofilme hatte er nicht mal selbst gesehen, aber man kam ja gar nicht mehr ungeschoren durch die Stadt, ohne Paul Grasnicks reißerische Plakate zu sehen für die UFA oder die Terra-Film. Liebesfilme, Abenteuerfilme, vor allem Kriminalfilme schlugen das Publikum in ihren Bann; sogar der Alte selbst, Ernst Gennat, war schon Hauptfigur in einem Kriminalfilm geworden. Und in mehr als einem dieser Streifen kam genau die Szene vor, die er jetzt selbst erlebte: das lange Warten auf eine wichtige Zeugin – die nicht kam und dann meist ermordet in der Damentoilette lag. Ob er die Damentoiletten inspizieren sollte?
Die Klarinette in seinen Händen zitterte, und er blies ein turbulentes Tremolo, um die albernen Ahnungen zu verscheuchen. Sándor kannte das. Normalerweise kamen ihm solche Gedanken gar nicht erst in den Kopf; normalerweise konnte er zwischen »wahrscheinlich« und »Humbug« genau unterscheiden – doch beim Klarinettespielen war alles anders, da öffneten sich Schleusen seines Unterbewusstseins, verschlossene Türen in seiner Brust, die in Räume führten, in denen der Name »Rosi« noch immer und lange nachhallte. Als die Fliegerbombenwirtin nach einer ganzen Stunde noch immer nicht aufgetaucht war, verabschiedete sich Sándor mit einem Kopfnicken beim Tangokönig und streunte suchend durch das Hochhaus, mit dem diese Stadt sich noch einmal als modern, weltoffen und luxuriös präsentieren wollte – und in dem es doch Damentoiletten geben musste, in denen schreckliche Dinge geschehen konnten.

Letztlich fand er Rosi dann in keiner der Damentoiletten, nicht unten in den gläsernen Gängen zwischen den mondänen Geschäften und auch nicht im Paternoster oder auf der mehrspurigen Rolltreppe, die ins erste Stockwerk hinaufführte. Rosi saß oben in der Hafenbar Kajüte und war in den spektakulären Blick über die beleuchtete Stadt versunken.

»Café Braun, Café Braun«, sagte sie abwiegelnd, als sie Sándors erboste Miene sah, »ich konnte mir nicht vorstellen, dass du wirklich mit mir tanzen wolltest da unten. Du hast noch nie mit mir getanzt, ich meine, früher jedenfalls nicht. Oder soll ich dir den Foxtrott beibringen? Lang, lang, schnell, schnell, sieh mal, so einfach.«

Sie stand auf, warf die leere Sektflöte um, aus der sie in der zurückliegenden Stunde offenbar schon eine ganze Flasche Kessler brut getrunken hatte, und begann mit halb geschlossenen Augen ein paar Tanzschritte auf den rustikalen Schiffsplanken vorzuführen – eine große, etwas eckig wirkende, gertenschlanke Person mit der Spannkraft einer Stahlfeder; vielleicht romantisch berührt durch den Sekt und den grandiosen Ausblick, aber im Grunde doch eine unbeirrbare, zielstrebige, eine starke Frau.

Sándor, der sich ihr gegenüber auf die schlichte Holzbank geschoben hatte, sprang wieder auf, legte ihr die Hand auf die Schulter und drückte sie zurück auf ihren Platz. Sie spottete:

»Ja, das ist nix für dich, das Tanzen, habe ich recht? In der Öffentlichkeit bewegst du dich so wenig wie möglich, oder wenn, dann schnell weg von da, wo du bist.«

Dann lächelte sie, und er sah ihr geradeaus ins Gesicht. Ganz entfernt hinter diesem Lächeln war ein weicher Punkt, ein trauriger Schatten. Frechheit! Sie war es, die ihn verlassen hatte, nicht umgekehrt. Wobei er, zugegeben, vielleicht nicht in dem Maße zur Verfügung gestanden hatte, das ihr vorgeschwebt hatte, und sie ... egal. Egal, da waren sie, achter Stock im Berolina-Haus, Schlossblick, Domblick, Unter-den-Linden-Blick: genug Gegenwart, um die Vergangenheit auf die Zukunft zu verschieben. Sándor unterdrückte den Wunsch nach etwas 56-Prozentigem, orderte eine zweite, sündteure Flasche Kessler, und sie sprachen.

Rosi erzählte von einer Beobachtung, die sie in der letzten Woche in der Fliegerbombe gemacht hatte. Nicht, dass sie bei der Arbeit viel zum Beobachten käme; die Abende in ihrem kleinen Laden fingen harmlos an, ein paar frühe Stammgäste trudelten ein, aber dann ging es plötzlich hoch her, und sie brauchte acht Arme gleichzeitig, um all das Bier zu zapfen, die Weinflaschen zu köpfen, Aschenbecher zu leeren und Schmalzstullen zu schmieren, die den Betrieb am Laufen hielten. In der Fliegerbombe war noch nie eine Schmalzstulle vorgeschmiert worden, es kam immer alles frisch aus dem Schmalztopf, das war Ehrensache. Trockene Zwiebeln draufgestreut, Pfeffer, Salz, fertig. Sonntags gab's eine Salzgurke gratis als Beilage, sonst zehn Pfennje Aufschlag.

Jedenfalls kam die Bombe nach zwei, drei Stunden Hektik ans »Fliegen«, wie Rosi selbst es nannte; das Ding hob ab und schwebte von selber weiter, alle waren versorgt, schrien durcheinander, aber es gab keinen Stau bei den Bestellungen, der abgearbeitet werden müsste, und sie hatte Zeit, ein paar Gläser zu spülen, ein neues Fass anzustechen, ein paar Flaschen Weißen auf Eis zu legen, um sie schneller kalt zu kriegen.

In dieser Zeit war sie selbst nicht mehr das Zentrum ihres Ladens, sondern eine unsichtbare Randfigur, und sie konnte den Blick schweifen lassen, erst jetzt wirklich registrieren, wer da war – wer mit wem da war, wer mit wem sprach.

Zu dieser Zeit sah sie Ernst Zirzow an einem der engen Zweiertische am Fenster sitzen, und er sprach mit einem Mann, den sie vorher noch nie gesehen hatte. Ja, richtig, Zirzow war früher am Abend aufgetaucht, hatte wortlos genickt und ihr erst, als sein Gast oder seine Verabredung aufgetaucht war, die beiden Mäntel hinter den Tresen gereicht. In der schmalen Küche, die von den Gasträumen nach hinten in den engen Hinterhof führte, hatte sie nämlich eine Art Garderobe an der Wand hängen, und dort hängten Geert, das Faktotum der Kneipe, oder sie selbst die Mäntel der Kundschaft auf: Dort waren sie sicher vor

Taschendieben – die sich, wohl wegen der Jungs vom 106er, sowieso selten in die Bombe verirrten, aber man wusste schließlich nie –, und vor allem: Dort waren sie weniger der Kneipenluft ausgesetzt und rochen, wenn man sich dann auf den Heimweg machte, nicht so furchtbar nach Suff, Bratfett und Zigarren. Die Maßnahme hatte sich in der Fliegerbombe eingebürgert; kaum ein Stammgast saß noch in Mantel und Jacke in der Kneipe, und Fremde wurden schnell in den Brauch eingeführt.
Der Mann, mit dem Zirzow sprach, musste ein Engländer oder Amerikaner sein, denn die Männer sprachen englisch. Und der große Bursche in dem hellen Anzug ließ sich auch, als ihre Unterredung beendet war und sie aufbrachen, von ihr den Mantel von Herrn »Zörr Zouh« gleich mit aushändigen und sprach den Namen des Boxpromoters dabei unverkennbar englisch aus. Zirzow hatte von seinem Platz aus zustimmend genickt, und sie hatte die Mäntel um den Tresen herum herausgereicht und sich weiter nichts dabei gedacht, als der Amerikaner in die Tasche seines eigenen Mantels gegriffen und ein schmales Etui herausgeholt hatte, in dem Glaskolben klirrten; ein Etui, wie sie es von Tierärzten kannte, wenn die für die Pferde ihre Spritzen auspackten. Dieses Etui hatte der Amerikaner dem Zirzow in die Tasche gesteckt und vermutlich gedacht, sie sähe es nicht. Zirzow hatte ohne große Abschiedsworte seinen Mantel übergezogen, die Zeche bezahlt und war gegangen. Zusammen mit dem Amerikaner oder gleichzeitig mit ihm, aber jedenfalls: mit dem schmalen Etui in seiner eigenen Manteltasche, nicht in der des Besuchers.

NACHTGEDANKEN

Rauchen war eine weitere Beschäftigung, die sich für die Dunkelheit eignete. Sándor saß auf der Kante von Rosis Bett im ersten Stockwerk über der Fliegerbombe. Die Nacht war mild und still, so still, dass er durch das geöffnete Fenster die Stimmen gegenüber im 106er-Polizeirevier hören zu können glaubte; ruhige Männerstimmen, die murmelnd Fragen stellten oder beantworteten, vielleicht Witze machten, über die nicht gelacht wurde, sondern die mit weiteren Witzen beantwortet wurden. Gelassene, knurrige Polizistensprache.

In den frühen Zwanzigern, als für so etwas noch Geld da war, hatten die Polizeireviere leuchtende Schilder mit der Aufschrift »Polizei« bekommen; nicht elegante Neonröhren-Schriftzüge, wie sie jetzt mehr und mehr an den Filmtheatern und großen Kaufhäusern auftauchten, sondern einfache Blechkästen mit ausgesägter Schrift. Gegenüber am 106er gab es das auch, und so wie überall waren auch hier längst nicht mehr alle Glühbirnen intakt; das Wort »Polizei« schimmerte nur noch schwach gegen die Berliner Nacht an. Mehr war aber auch nicht notwendig; hier in der Luisenstraße wusste schließlich sowieso jeder, wo das Revier war, und wer's nicht wusste, konnte fragen, fand Sándor.

Als junger Mann, bevor er Rosi überhaupt kennengelernt hatte, war er selbst dort drüben auf der anderen Seite der Straße gewesen. Er hatte selbst hinter dieser staubigen Fassade und diesen Fenstern gearbeitet; im zweiten Stock irgendwo in der Mitte war sein Fenster gewesen, an dem er manchmal abends rauchend gestanden hatte, wenn die Dämmerung in Dunkelheit übergegangen war und er am Schreibtisch schließlich gemerkt hatte, dass es zum Weiterarbeiten zu dunkel geworden war. Dann hatte er das Licht noch einen Moment aus gelassen und stattdessen am geöffneten

Fenster hinaus auf die Straße gesehen; auf die Straße und hinüber zu genau der Wohnung, in der er sich gerade jetzt befand. Er hatte die junge Frau gesehen, die spätnachts erschöpft nach Hause gekommen war; manchmal allein, manchmal in Begleitung. Er hatte nicht weggesehen bei dem, was es mitunter zu sehen gab, aber es war auch nicht wichtig gewesen, es geschah hinter Glas, nicht ihm selbst, sondern drüben in einem ganz anderen Leben, in das er noch nicht eingetaucht war. Von dem er damals noch nicht wusste, ob er jemals in dieses oder irgendein anderes fremdes Leben eintauchen oder auch nur eintauchen wollen würde. Doch die Luisenstraße hatte ihre ganz eigenen Regeln gehabt; wer wann wo eine Boulette aß, mit Kollegen ein Bier trank; wer unten an der Schreibmaschine Zeugenaussagen aufzunehmen hatte und zu welcher Zeit, von wem man auf der Straße gemieden wurde oder gegrüßt oder angesprochen – das folgte eigenen Gesetzen, auf die sein eigenes Wollen und Wünschen wenig Einfluss hatten. Also hatte er Rosi geradezu zwangsläufig kennengelernt; die Fliegerbombe, ihr Publikum – die Boxer, deren Kämpfe er bald regelmäßig besucht hatte – und Rosi selbst. Ihr Bett über der Kneipe. Ihre Träume.

Rosi schlief tief und fest, und das war vielleicht das größte Kompliment, das sie einem machen konnte: sich auszuliefern, zu vertrauen, nicht auf der Hut zu sein, nicht wachsam. Als sie noch zusammen gewesen waren – oder besser gesagt, als sie noch versucht hatten, zusammen zu sein –, waren solche Momente sehr selten gewesen. Sie hatte ihm nicht getraut, hatte mit Verletzungen gerechnet, war sich wahrscheinlich nie sicher gewesen, ob er den starken Beschützer, den sie für ihren Weg durch dieses Leben so zielstrebig gesucht hatte, wirklich abgegeben hätte. Vor allem: wirklich hätte abgeben wollen. Und im Nachhinein gab Sándor ihr recht; er war sich selbst nicht sicher gewesen, war es bis heute noch nicht.

Die noch immer junge Frau schlief, aber Sándor hatte auch gar nicht vor, mit ihr darüber zu reden, warum es nichts geworden war mit ihnen, nichts Richtiges. Wenn es das überhaupt gab, das »Richtige«.

Rosi war nun mal jünger als er, sie hatte was von der Welt sehen wollen, und weil es eine wilde, wütende Welt war, hatte sie nach dem überlegenen Gewinnertypen gesucht, der sich ohne Wenn und Aber vor sie geworfen hätte, wenn ihr die Kugeln des Schicksals um die Ohren gepfiffen wären.

Ein bisschen materielle Sicherheit hätte auch dabei sein dürfen; ein schmuckes Anwesen, mit dem sie endlich rausgekommen wäre aus dem Elend; vielleicht eine Villa in Bad Saarow, wie Schmeling sie hatte, der Weltmeister.

Jedenfalls hatte sie immer so getan, als wäre das ihre Sehnsucht. Ihm gegenüber. Hatte Zuversicht, Selbstbewusstsein, stählerne Härte von ihm gefordert. Und er? Er selbst war indifferent gewesen, stahlhart vielleicht, aber ganz ohne Weltmeisterambitionen. Er war ja auch kein Boxer, sondern ein Polizist, auch da musste er bis zur letzten Runde durchhalten, unbedingt. Aber es gab keine Pokale dafür und erst recht kein Preisgeld, wenn man nicht unterwegs irgendwem in die Tasche griff oder sonst wie zusah, wo man blieb. Andere vor dem Kugelhagel des Schicksals schützen – dafür war er ganz sicher nicht der Richtige. Im Gegenteil, er schien die Kugeln selbst anzuziehen, und in diesen Momenten konnte er alles Mögliche gebrauchen, nur nicht jemanden, den er beschützen musste. Das war ihm mehr als einmal klar geworden im Leben, und Rosi war ihm zu wichtig gewesen, um auch sie dieser Gefahr auszusetzen. Um erneut zu scheitern für eine Frau, die er liebte.

Sándor warf einen langen Blick auf die schlafende Frau hinter sich im Dunkel des Raums. Rosi hatte die Decke beiseitegestrampelt, und er staunte über das merkwürdige Ornament, das ihre langen Beine, die schmale Hüfte mit dem kleinen Po und der im

Kontrast dazu rund gekrümmte Rücken und die vor der Brust eng verschränkten Arme abgaben. So schliefen Babys, Kleinkinder; so schliefen Menschen, die nicht wussten, ob sie sich verstecken wollten oder behaglich breit machen. So schlief Rosi; jeder Quadratzentimeter dieses Schlafs war ihm vertraut, und sie heute wieder so neben sich liegen zu sehen, gab ihm das seltene Gefühl, dass zur Abwechslung mal alles richtig war, dass er die Fragen beiseiteschieben konnte, warum er hier war, wo sie doch nicht »das Richtige« füreinander waren. Warum der Faden zwischen ihnen doch nie abgerissen war.
Zur Abwechslung war mal alles richtig. Und von hier, von der anderen Straßenseite her, sah das Leben dort drüben, sein Alltag als Polizist, erbärmlich anders aus. Das Sortieren von Indizien, das Abwägen von Beweisen: Von hier aus führte es zu nichts. Hier hatte er genau den Abstand, den er sich im Alltag immer wünschte, während er in Wahrheit in einem Netz aus Vermutungen, Verdächtigungen, Aussagen zappelte. Er konnte aus dem dunklen Fenster des dunklen Raums auf die Welt da draußen blicken wie von einem anderen Planeten. Wie einfach und einleuchtend von hier aus alles aussah – eindeutig und wohlproportioniert standen sie dort alle, die Figuren eines Schachspiels. Er selbst, belastet und gebückt von seinem aktuellen Fall. Zirzow stand da, neben ihm auf dem Boden: der tote Boxer. Der Amerikaner aus der Fliegerbombe. Drei Ringärzte, Konkurrent Rudi Blinker, das Pausengirl Martha mit ihrem Schwarm Emil Dahlmann. Bert Brecht, Hans Albers, der taubstumme Boxer Knöpnadel, Walter Sabbotke, Machning. Und ein Unbekannter.
Alle zusammen gaben sie ein statisches Gruppenbild ab, aber anders als sonst ging es ihm mit dem neu gewonnen Abstand nicht mehr darum, zu beobachten, Beziehungen zu verstehen oder mit angehaltenem Atem darauf zu warten, dass einer eine Bewegung machte. Im Gegenteil. Er selbst war es, der sich bewegen musste; sein eigenes Handeln musste die anderen dazu bringen, den Kreis

der Verdächtigen zu verlassen oder sich erst recht die Schlinge des Verdachts um den Hals zu legen. Bewegung war, was hier fehlte!

Sándor Lehmann blickte lange auf dieses bewegungslose, imaginierte Gruppenbild, und seine Finger spielten lautlos ein swingendes Solo – von Louis Armstrong und seinen Hot Five: *Don't Forget to Mess Around.* Es war höchste Zeit, sich endlich einzumischen!

ZIRZOW IM ZOO

Zirzow zu vernehmen war gar nicht so einfach, und allmählich verlor Sándor die Geduld. Dreimal hatte er versucht, den Boxpromoter vorzuladen, ihn kurzerhand einzusacken und zum Alexanderplatz ins Polizeipräsidium schaffen zu lassen – aber wann immer Hansen oder der dicke Plötz am Nürnberger Platz aufgetaucht waren, war der Manager des Spichernrings nicht da oder ließ sich verleugnen. Das konnte so nicht weitergehen; wenn Ernst Zirzow sich vor Sándors dringenden Fragen verstecken wollte, würde er eben den ganzen Laden hochnehmen müssen und eine große Razzia auf die Beine stellen: ein Medienspektakel, das der angeschlagene Promoter besser nicht riskierte. In der gegenwärtigen wirtschaftlichen und politischen Lage hatten die Leute sowieso andere Sorgen als den Ausgang drittklassiger Boxkämpfe, und wenn die Presse nach einer Razzia erst mal gehörig im Dreck rühren würde, war fraglich, ob sich Berlins traditionsreicher Boxring nach ein paar Tagen Schließung jemals wieder erholen würde. Schon jetzt musste der Laden für seinen Betreiber ruinös sein; Rudi Blinker dagegen veranstaltete unter freiem Himmel wahre Boxfeste, die so viel Volk in die Hasenheide lockten, dass der Verkehr bis hinüber zum Hermannplatz zum Erliegen kam, weil die Schaulustigen sich auf den Fahrdamm drängten.

Letztlich gab Martha, das Ringreinigungsmädchen, den entscheidenden Tipp, wo man den unsichtbar gewordenen Boss antreffen könnte. Sándor hatte die junge Frau ein zweites Mal abends im Groschenkeller getroffen und kurzerhand zur Rede gestellt, und Martha hatte nicht gerade den Eindruck erweckt, als läge ihr viel am Schicksal des Spichernrings im Allgemeinen und an dem ihres Chefs im Besonderen. Im Gegenteil, ihr verschwörerisches Kichern und andeutungsvolles Augenrollen schienen sagen zu

wollen, dass sie selbst es überfällig fand, dass Sándor mit Ernst Zirzow endlich den Hauptverantwortlichen der ominösen Vorgänge im Ring zu packen bekäme. Sie hatte sich schließlich regelrecht in eine Empörung hineingeredet, die ihrem maulfaulen, mit flammend roten Ohren zuhörenden Begleiter Emil Dahlmann, sichtbar peinlich gewesen war. Schließlich hatte er selbst ja ebenfalls von einem dieser unheimlichen Zusammenbrüche profitiert, unlängst erst, und einen eigentlich um Klassen besseren Boxer auf seinem mühsamen, von Zweifeln untergrabenen Weg nach oben überwunden. Martha hatte wie Sándor auf den verlegenen Fliegengewichtler gesehen, und ihre aufgebrachte Stimme war plötzlich ganz weich geworden; sie hatte Emil an einem seiner roten Ohren gepackt, ihm einen zarten Kuss auf die Wange gedrückt und zu Sándor hinübergeflüstert:
»Ist er nicht süß?«
Das hatte Emil Dahlmann in Rage gebracht, und die Röte hatte nun sein ganzes zorniges Gesicht überzogen. Aber Martha hatte nur gelacht und noch einmal hinzugefügt:
»Süß!«

Jedenfalls hatte Martha gewusst, wo man Ernst Zirzow zuverlässig treffen konnte, und ihre Prognose stellte sich schon am nächsten Morgen als richtig heraus. Sándor hatte zu nachtschlafener Zeit einen reservierten Wagen aus der Wagenmeisterei geholt, um halb sechs; die Stadt war, weil Samstag war, noch nicht auf den Beinen, nur Trambahnen und Busse schafften die blassen, mit dunklen Augenringen verzierten Frühschichtler zu ihrer Arbeit, eine schweigende Kolonne von Unglücklichen, die mit gesenkten Köpfen durch die Stadt fuhren, als ginge es zu ihrer Hinrichtung. Froh sollten sie sein, fand Sándor, froh, überhaupt Arbeit zu haben in einem Land mit Millionen Arbeitslosen, in dem die Nerven blank lagen und sich machtlose Politiker gegenseitig mit Heilsversprechen überboten. Aber zugegeben, er selbst als

Nachtmensch, als Jazzmusiker, als einer, der selten vor zwei, drei Uhr morgens seine Ruhe fand – er selbst sah vermutlich kaum anders aus, und auch er hasste diese Tageszeit aus vollem Herzen. Ernst Zirzow war da ganz anders, und das machte ihm den Boxpromoter fremder, als eine fremde Sprache oder selbst Hörner auf dem Kopf es gekonnt hätten. Ernst Zirzow schien den frühen Morgen zu lieben, sogar zu brauchen, für ein Ritual, das Sándor albern fand, überflüssig, exaltiert.

In der Waldschenke des Zoologischen Gartens – in der künstlichen Urwald-Welt mitten in den Häuserschluchten und dem Verkehrsgewirr der Stadt – fand nämlich zwischen Bärenbrunnen und Kaskadenteich alljährlich im Sommer ein Brunnenausschank statt. Das heißt, eine trinkbare Quelle oder einen Brunnen gab es dort nicht, nur plätscherndes Wasser aus dem Landwehrkanal, das in die Tümpel und Teiche vor den Tierhäusern gepumpt wurde und das man besser nicht trank. Nein, die Zoodirektion ließ den ganzen Sommer über in großen Mengen alle deutschen und viele ausländische Heil- und Mineralwässer herschaffen, die gratis verkostet werden konnten. Die grandiose Reklameaktion verschaffte den deutschen Heilwasserherstellern neue, gläubige Kundschaft und dem Zoo zu früher Stunde eine Schar zahlender Besucher. Von sieben bis zehn Uhr war die Waldschenke ein bizarres Refugium seltsamer Käuze. Gebrechliche Alte, die sich von einer Heilwasserkur die Linderung ihrer Prostataprobleme oder das Fortspülen von Nieren- oder Blasensteinen erhofften, fachsimpelten untereinander über die Bestandteile dieses oder jenes Minerals in diesem oder jenem Wasser. Es gab dürre Asketen, die den Hunger, unter dem große Teile der Bevölkerung litten, freiwillig auf sich nahmen und sich in einer lebenslangen Fastenkur nur von einem Tropfen Heilwasser zu ernähren schienen. Und korpulente Lebemänner, die das Wasser angewidert schluckten wie Rhizinus und sich mit der Zwangsdiät offenbar für vergangene Völlereien selbst bestraften.

Zirzow, der sich seine Nächte in Rauch, Schweißgeruch und Alkoholdünsten um die Ohren schlug, schien hier den ganzen Sommer über tagtäglich um sieben Uhr der erste Gast zu sein und sich in all den Heilwässern und Wundertropfen schlichtweg ertränken zu wollen. Sándor Lehmann hatte den Mann als agilen Boxpromoter, als risikofreudigen Unternehmer kennengelernt; hier in der Waldschenke mutierte er zum demütigen Gesundheitsapostel, der sich sogar regelrecht zu freuen schien, in Sándor einen frühen Zuhörer zu finden, dem er seine selbstgezimmerte Heilslehre auftischen konnte. »Innere Reinigung« war das Schlüsselwort dazu; Zirzow beschrieb seinen eigenen Körper mit düsteren Worten, als spräche er von einem fauligen Stück Fleisch aus der Freibank, einem madigen Kadaver, in dem sich tödliche Bakterien, zersetzende Säuren und gärender Sud zu einem ekelerregenden Cocktail mischten, bis, Wunder des Heilwassers, Blei und Zink als reinigende Metalle auf den Plan traten, um die üblen Giftstoffe in seinem Körper an sich zu binden und auszuscheiden. Zirzows Herz war, wenn man seinen Worten folgte, ein zitterndes, gebrechliches Vögelchen mit Atemnot und geknickten Flügeln; Selen und Magnesium päppelten das sterbenskranke Geschöpf wieder auf, gaben seinen kleinen Muskeln neue Kraft, seinem dünnen Schlag neuen, festen Takt. Gerade als Manager, als Boxpromoter, jemand, der sich in einer dunklen Welt aus Schweiß, Adrenalin und Aggression bewegte, musste er seinen Körper mit dieser sommerlichen Erfrischungskur heilen und stärken; anders, da war sich Zirzow sicher, würde er den aufreibenden Belastungen seines Alltags kaum gewachsen sein.
Sándor beäugte den schwelgerisch schwadronierenden Boxpromoter kommentarlos. Wenn es nach ihm ginge, könnte der euphorische Wassertrinker auch im Vogel- oder Affenhaus gleich rechts und links neben der Waldschenke einquartiert werden, um vor seinen Alltagsbelastungen in Sicherheit gebracht zu werden, und vor allem, um bei dem Versuch, seinen zerrütteten All-

tag in den Griff zu bekommen, anderen nicht weiter schaden zu können. Denn – und genau das erklärte er jetzt dem versonnen lächelnden Ernst Zirzow – letztlich stellte sich doch mehr und mehr heraus, dass keineswegs Trainingsdefizite oder bloße Zufälle für die Zusammenbrüche im Ring verantwortlich sein konnten. Sabbotke und Völkner oder Dahlmanns Gegner hätte noch ein plötzliches Formtief den Knock-out verschafft haben können; doch dass ein gesunder Boxer wie Völkner im Ring starb, dass schließlich Dr. von der Esche und er selbst mit einem tückischen Gift betäubt oder sogar aus dem Weg geschafft werden sollten: Das alles folgte einem infamen Plan, und viel sprach dafür, dass er, Ernst Zirzow, hinter diesem Plan steckte. Sándor entwickelte die Theorie beharrlich weiter, während Ernst Zirzows Lächeln immer dünner wurde, aber nicht verschwand.

»Die Leute wollen nun mal sehen, wie einer vor die Hunde geht, das wissen Sie so gut wie ich. Wenn der Spichernring schwächelt, vor dem Konkurs steht, und wenn die alten Zugpferde nicht mehr ziehen, dann muss nun mal neues Personal her, neue Helden müssen in den Ring geschickt werden. Und wenn man keine hat, dann muss man sich welche selber machen und Luschen wie Emil Dahlmann ein bisschen unter die Arme greifen, indem man ihre starken Gegner besiegbar macht, damit bloß nichts schiefgeht und die neuen Helden sich in ihrem plötzlichen Ruhm sonnen können. Nur schade, wenn die neuen Helden dann gar nichts von Ihnen wissen wollen, Zirzow, habe ich recht? Wenn einer wie Paul Völkner Ihnen einen Korb gibt – widersprechen Sie mir nicht, ich bin selbst dabei gewesen, ich habe gesehen, wie fassungslos Sie waren! – und zur Konkurrenz überläuft, ausgerechnet zum verhassten Rudi Blinker, dann droht Ihr feiner Plan plötzlich in die Brüche zu gehen. Und das kann Sie sehr, sehr wütend machen, Zirzow, geradezu rachsüchtig! Ironie des Schicksals, dass genau das Mittelchen, dass Ihrem neuen Schützling Völkner zum glorreichen Sieg gegen Sabbotke verholfen hatte, ihm schließlich selbst zum Verhängnis wurde und ihn im nächsten Kampf vor versammeltem Publikum ins Jenseits geschickt hat, nicht wahr, Zirzow? Für Sie ist das vielleicht ›ausgleichende Gerechtigkeit‹, aber ich nenne es Mord.«

Ernst Zirzow schien das Heilwasser zu einem sanften, lächelnden Lamm zu machen oder zu einem selbstzufriedenen Buddha; jedenfalls hatte er Sándors wütende Beschuldigungen mit Gleichmut angehört und war auch nicht explodiert, als der Polizeibeamte ihn geradeheraus des Mordes an Paul Völkner bezichtigt hatte. Er schüttelte den Kopf.

»Da haben Sie sich verrannt, Kommissar. Ich glaube an die Durchsetzungskraft gut trainierter Fäuste; ich lähme keinen Gegner mit einem dubiosen Gift, das habe ich nicht nötig. Meine Boxer können boxen, und genau damit gewinnen sie ihre Kämpfe auch. Ich habe noch keinen Boxer kampfunfähig gespritzt; ich wüsste gar nicht, wie.«

Sándor hatte eine Idee, er versuchte es mit dem Gegenteil.

»Oder ist es genau andersherum, Zirzow: Soll irgendein Wundermittelchen Ihre Leute stärker machen, als sie sind, und Sie haben Dosierungsprobleme? Die Wunderdroge macht die Leute nicht leistungsfähig, wie Ihnen versprochen wurde – sie haut sie um?«

Ernst Zirzows Blick bekam wieder etwas Missionarisches; er hob von dem kleinen Kaffeehaustisch vor sich, das mit Dutzenden von Fläschchen und Probiergläschen bestückt war, willkürlich ein Glas hoch und prostete Sándor damit lächelnd zu.

»Heilwasser, mein Lieber, Heilwasser ist die einzige Wunderdroge, an deren Wirkung ich glaube. Sie sollten es mal an sich selbst ausprobieren. Man wird klarsichtig und wach davon, und man erkennt, wenn jemand im Trüben fischt und keinen Treffer landet. Und das tun Sie; Sie packen hier einen Wust an Beschuldigungen auf den Tisch, aber von Beweisen für all den Unsinn kann keine Rede sein.«

Sándor Lehmann hatte nun selbst mit dem Lächeln angefangen; er konnte es fast ebenso gut, auch wenn sein eigenes Lächeln mit dem transzendenten, seligen Grinsen des Boxpromoters wenig gemein hatte. Sándors Lächeln – die Kollegen vom Präsidium hatten ihn aufgezogen mit dem Gesicht, das er auf dem Gruppenbild zur Weihnachtsfeier gemacht hatte –, sein Lächeln war das Lächeln eines Haifischs, der vom Schub seiner eigenen Flossenschläge reglos auf die Beute zuschwebte. Er schoss ins Blaue hinein:

»Beweise, Zirzow? Für Sie, für einen, der an Humbug wie diese Wunderwässerchen hier glaubt? Lassen Sie mal sehen; was trinken Sie denn da? Prag, Wien, Karlsbad ... Heppinger, Fachinger, Gerolsteiner ... Teinachtaler Hirschquelle, oho, teuer, teuer. Wissen Sie, was mir da fehlt? Die Neue Welt, nein, nicht die Rummelbude an der Hasenheide, ich meine: Amerika! Gibt es kein Heilwasser aus Amerika? *Das* hätte allerdings durchschlagende Wunderwirkung! Da könnte all der restliche Ramsch hier einpacken. Amerikanisches Wunderwasser, geliefert im schlanken Lederetui, nicht in schnöden Wasserflaschen, oh nein: in eleganten Glasampullen, fünf oder sechs Stück pro Etui, Zirzow. Das wäre ein Heilwasser, das Ihre verrottete Boxhalle wieder gesunden lassen würde, habe ich recht, Sie Wasserkopf?«

Zirzows Augen hatten sich bei Sándors Worten zu schmalen Schlitzen verengt; er wollte offensichtlich etwas entgegnen, fand aber keine Worte, während die Affen nebenan, die auf ihrem Felsen auf Sándors lauter werdende Stimme mit einem aufgeregten Geplapper geantwortet hatten, anfingen, sich selbst und die wenigen Zuschauer mit Unrat zu bewerfen.

Doch da stand Sándor schon auf, ließ den ganzen Berg an Flaschen und Gläsern auf Zirzows Tisch mit einem einzigen Wischen des Ärmels auf den Boden klirren und strich mit langen, aber konzentriert ruhigen Schritten über den knirschenden Kiesweg Richtung Raubtierhaus.

Ernst Zirzow blieb reglos auf dem Stuhl sitzen; ein Kellner eilte in der Fantasiemontur eines Mönchs herbei und begann aufgeregt, die Glasscherben unter dem Tisch einzusammeln, aber da verlor Zirzow doch noch die Fassung und fauchte den Bediensteten wütend an:
»Hauen Sie ab, Mann!«

Drohen und einschüchtern war das eine; Gennat oder dem noch strengeren Vizepolizeipräsidenten Bernhard Weiß echte Beweise auf den Tisch legen: Das war das andere, der weitaus schwerere Teil der Arbeit, und Sándor Lehmann bereute schon beinahe, dass er Zirzow so direkt angegangen war. Was nützte es, den Mann zu warnen, ihm zu signalisieren, dass man ein Auge auf ihn hatte, ihn für verdächtig hielt – solange man sonst nichts in der Hand hatte als eine einzige Beobachtung, die Rosi in der Fliegerbombe gemacht hatte und die Schlussfolgerungen nahelegte, aber beileibe noch keine Verhaftung?

Immerhin, morgen war Kampftag, der 20. Juli, ein Mittwoch. Vielleicht würde Zirzow seine Pläne so kurzfristig nicht umwerfen können, vielleicht sah er auch keine Notwendigkeit dafür, weil er ahnte, dass Sándor nicht die geringste Idee hatte, wie das Gift überhaupt eingesetzt wurde. Auch von der Esche hatte darin ja den schwierigsten Punkt gesehen und selbst nichts geahnt, als er seine eigene Dosis geschluckt oder eingeatmet hatte.

Ja, mit etwas Glück würde Sándor Lehmann Ernst Zirzow in flagranti erwischen; wenn er es klug genug anstellte und mit ausreichender Schlagkraft urplötzlich auftauchte, um sicherzustellen, was sich in den Taschen befand, in Flaschen oder Spritzen oder wo auch immer. Wichtig war, dass die Sache ein Überraschungscoup wurde, und weil die Halbwelt der Stadt ihre Ohren überall hatte, durfte die bevorstehende Razzia selbst den teilnehmenden Beamten bis zuletzt nicht bekannt sein. Also füllte Sándor Eilbefehle gleich stapelweise aus, beorderte ganze Staffeln ohne Angabe von Gründen innerhalb der Stadt zu neuen Einsatzorten und konnte sich schließlich um drei Uhr morgens zufrieden zurücklehnen: Was Mittwochabend bevorstand, wusste außer einem Richter, der Staatsanwaltschaft und ihm selbst praktisch niemand. Wenn zwischendurch die Welt nicht unterging, würde die ganze Sache ein professionell ausgeführter Schlag werden, der über die Bühne ginge, bevor Zirzow auch nur daran denken konnte, Spuren zu beseitigen oder beauftragte Mittelsmänner mit neuen Befehlen zu versehen.

Der sehr frühe Mittwochmorgen war wunderbar. Auf die heißen Julitage folgten angenehm kühle Nächte, ohne dass der Sommer an Kraft verlor. Über der Stadt lag schon ein rötlicher Schimmer des Morgengrauens, und Sándor hatte den Eindruck, als wäre die Nacht anders als sonst. Hatte er sich zu lange in den Formularen und Aktenordnern vergraben und war die belebte Welt hier draußen schon nach ein paar Stunden nicht mehr gewohnt? Aber nein, etwas geschah. Plakatwagen – Zweispännerkutschen mit Eimern voller Tapetenkleister – fuhren durch die Stadt und luden Leute in der Nähe der Litfaßsäulen ab; das Plakatieren hatte noch nicht angefangen, aber da schien eine Bekanntmachung, stadtweit und überall gleichzeitig, geplant zu sein.

Sándor sah nicht genauer hin; es war Wahlkampf. Die Sozialdemokraten hofften darauf, am 31. endlich wieder eine Mehrheit zu bekommen und die Politik in Preußen nicht länger mit Verordnungen und Provisorien steuern zu müssen. Vor allem hofften sie, dem aufkommenden Nationalsozialismus ein klares Signal entgegenschleudern zu können. Wenn der größte Gliedstaat der Weimarer Republik diese braune Brut stoppen konnte, die bei der Reichspräsidentenwahl im Frühjahr 36,7 Prozent der Wählerstimmen errungen hatte, dann würde es Deutschland als Ganzes auch schaffen, das war die allgemeine Annahme.

Die Polizei war längst tief in die politischen Ränkespiele hineingeraten. Erst vorvorgestern hatte man das in Altona bei Hamburg deutlich gesehen. Mitte Juni war Brünings Uniformverbot für SA und SS aufgehoben worden, und die SA hatte sich ausgerechnet im roten, proletarischen Altona zu einem frechen »Werbemarsch« formieren wollen. Dass das mindestens Krawall geben musste, wenn nicht ein Blutbad, dass sich die kommunistischen und sozialistischen Arbeiter diese Provokation nicht ausgerechnet in ihrem eigenen Revier gefallen lassen würden, lag auf der Hand. Aber die Altonaer Polizei hatte sich vornehm zurückgehalten und sich auf den Schutz der Nationalsozialisten beschränkt: Am Tage selbst war der Polizeipräsident von Altona nicht mal in der Stadt gewesen, und 7.000 SA-Männer waren in Uniform durch Altona marschiert und hatten den Kommunisten, wo sie sie trafen, Zunder gegeben. Schließlich waren Schüsse gefallen, erst vereinzelt, dann viele. Am Ende hatte man 18 Tote gezählt; zwei Nationalsozialisten und eine ihrer Anhängerinnen und 15 Kommunisten, Sozialdemokraten oder einfache Anwohner, getötet durch Polizeikugeln, weil die überforderte und unterbesetzte Staatsgewalt schlicht auf alles geschossen hatte, was sich an Fenstern oder auf der Straße zeigte. Das war das Gegenteil von dem, was eine bürgerliche Schutzpolizei – und auch die Kriminalpolizei, der Sándor angehörte – in einer Demokratie leisten sollte. Sie sollte Konfliktparteien auseinanderhalten, mäßigend wirken, Gewalt verhindern. Und sich nicht, wie in Altona, schlechterdings auf eine Seite schlagen und für den Marsch der 7.000 SA-Männer durch ein friedliches Viertel den Feuerschutz geben.

Das alles bereitete Sándor zunehmend Kopfschmerzen, die nur zu betäuben waren mit anderen, eigenen Kopfschmerzen: denen eines verzwickten Falls, eines kleinen Verbrechens, das ihn für ein paar Tage oder Wochen von den großen Verbrechen – denen der Politik – ablenkte.

Um Wahlkampf war es bei der Plakatierungsaktion nicht gegangen, aber das sah Sándor Lehmann erst am Vormittag, als er die Stadt Richtung Alexanderplatz durchquerte. Im Gegenteil, gerade die Wahlkampfplakate waren fast stadtweit überklebt worden mit noch größeren Plakaten; in amtlichem Ton erklärten die Unterzeichnenden – Reichspräsident von Hindenburg, Reichskanzler von Papen, Innenminister von Gayl und Reichswehrminister von Schleicher – die Preußische Regierung mit sofortiger Wirkung für abgesetzt. Der Ministerpräsident Otto Braun und Innenminister Carl Severing seien ihrer Ämter enthoben. Über Brandenburg und Berlin sei bis auf Weiteres der Ausnahmezustand verhängt. Die Maßnahme sei notwendig geworden, um in Preußen die staatliche Sicherheit weiterhin aufrechterhalten zu können, wozu die derzeitige Regierung nicht in der Lage gewesen sei.

Sándor Lehmann runzelte die Stirn. Der »eiserne Otto« war in der Tat seit einiger Zeit regelrecht dienstunfähig; dass der Mann nicht mehr aus Eisen, sondern von Pappe war, das war bei der Kripo – die seine Privatwohnung am Zehlendorfer Erlenweg bewachte, wo Braun krank und deprimiert vor sich hin vegetierte – ein offenes Geheimnis; zum Absetzen keine zwei Wochen vor der geplanten Wahl hatte von Papen allerdings keinerlei Recht.

Und mit »staatlicher Sicherheit« waren sicherlich die Vorkommnisse in Altona am 17. Juli gemeint; hatte man nur den Anlass gebraucht, um die ungeliebten Sozialdemokraten aus dem Amt zu putschen? Das »Kabinett der Barone« von Papens wollte mit den Nationalsozialisten gemeinsame Sache machen, um die Sozialdemokratie und vor allem die Kommunisten ein für alle Mal zu schlagen; aber würde Preußen diese Entmündigung durch die Regierung des Deutschen Reichs einfach hinnehmen? Und er selbst, Sándor Lehmann – unterstand er noch dem Polizeipräsidenten Grzesinski, der vor Carl Severing selbst preußischer Innenminister gewesen war; ein Nazihasser, der nach eigenem Bekunden »die Nationalsozialisten mit der Hundepeitsche aus der Stadt jagen« wollte? Rückte die Polizei heute Mittag gegen die von den Konservativen befehligte Reichswehr aus, gab es noch heute einen Generalstreik, einen Aufstand, Bürgerkrieg?

Schlagartig stand die ganze Welt kopf, und dass er eigentlich am Abend eine Razzia im Spichernring hatte machen wollen, spielte binnen einer Sekunde keine Rolle mehr. Sándor Lehmann sprang auf eine vorbeifahrende Straßenbahn und sah zu, dass er zum Alexanderplatz kam.

Tatsächlich sah das Berliner Polizeipräsidium am Alexanderplatz schon jetzt aus wie ein belagerter Präsidentenpalast im Bürgerkrieg; das sah Sándor, als er von der Berolina aus mit schnellen Schritten auf das massige Gebäude zulief. Vor dem Haupteingang hatte sich eine ganze Kohorte Journalisten in Stellung gebracht, die von einer uniformierten und bewaffneten Postenreihe der Schutzpolizei am Betreten des Hauses gehindert wurden – wie jeder andere auch. Die Schupos waren mit Säbel und Pistole bewaffnet, doch auf der großen Freitreppe standen zwei Männer der neuen Bereitschaftspolizei und sondierten die Lage. Offensichtlich hielt sich eine ihrer Staffeln im Gebäudeinnern bereit, und die verfügte, wenn es darauf ankam, über ganz andere Feuerkraft und würde das dickwandige Gebäude notfalls stundenlang verteidigen können.
Offenbar hatten der Polizeipräsident Albert Grzesinski und sein Stellverteter Bernhard Weiß noch nicht entschieden, wie sie sich in dieser Krise Preußens verhalten würden, und als Sándor sich durch die Menschenmenge gedrängt und das Präsidium betreten hatte, sah er, dass im ganzen Polizeipräsidium schlichtweg die Hölle los war. An normale Arbeit war heute nicht zu denken; Grzesinski und Weiß hatten ihre engsten Vertrauten um sich geschart und berieten die Lage in einem Konferenzraum oben im zweiten Stock; hier unten auf den Gängen machten Gerüchte die Runde, die von alberner Besänftigung bis zu schierer Panikmache reichten. Fräulein Wunder hatte schon das fünfte Mal Kaffee gekocht und im Gang an die aufgeregt diskutierenden Kollegen verteilt, und Sándor bemerkte, dass die meisten Männer gegen jeden Usus hier im Gebäude ihre Dienstwaffen angelegt hatten, als könnten sie jeden Augenblick von draußen beschossen wer-

den – beschossen von der Reichswehr des Deutschen Reichs, ihren Kollegen und Freunden vom Militär.
Sándor erreichte sein Büro und trat ans Fenster; der Alexanderplatz sah aus wie immer. Natürlich standen Leute in dichten Trauben um die aufgehängten Plakate herum und diskutierten; aber das taten sie auch, wenn im Kaufhaus Nathan Israel oder bei Tieck Sonderangebote per Plakat ausgelobt wurden. Die Stadtbahn fuhr wie immer, Droschken luden Touristen an der Berolina ab, die Straßenbahn bimmelte. Sollten in diese ganze normale Berliner Vormittagsstunde hinein plötzlich Schüsse fallen und ein verlustreiches Feuergefecht zwischen Reichswehr und Berliner Schutzpolizei entfachen? Es war schwer zu glauben.
Grzesinski und Weiß und der zu ihnen gerufene Polizeikommandeur Heimannsberg studierten zur selben Zeit – das Schreiben war unten in der Telegrafenstube angekommen und machte, nachdem die Chefs es in ihrem improvisierten Hauptquartier erhalten hatten, schnell als Gerücht die Runde – ihren Absetzungsbefehl. Er war von einem Franz Bracht unterschrieben, von dem Weiß und Heimannsberg noch nie gehört hatten und der sich als neuer, kommissarischer Innenminister Preußens ausgab. Grzesinski kannte den Mann als Essener Oberbürgermeister aus dem rechten Flügel der Zentrumspartei und schimpfte wie ein Rohrspatz auf die »Steigbügelhalter des Großkapitals«. Gerade im Ruhrgebiet hatten der »Herrenreiter« von Papen und sein »Kabinett der Barone« großen Rückhalt; hier füllten sie aus Stahlkonzernen, Kokereien und Waffenschmieden ihre Kriegskasse, und hier rekrutierten sie das Personal für ihren Putsch. Ja, ihren Putsch, Weiß und Grzesinski waren sich darin ebenso einig wie die Männer und Frauen draußen auf den Gängen und Fluren und in den Büros und Werkstätten bis hinunter zur Wagenmeisterei. Wer die preußische Polizei angriff – und die wurde angegriffen, jetzt per Befehl, aber in Kürze sicher auch mit Granatwerfern und Mörsern –, der griff Preußen an und damit: die Demokratie.

Die Schreiben an Grzesinski und Weiß waren nahezu gleichlautend:
»Hiermit beurlaube ich Sie bis auf Weiteres und untersage Ihnen die Ausübung Ihrer Amtsgeschäfte. Mit Ihrer Vertretung habe ich den Polizeipräsidenten von Essen, Herrn Dr. Kurt Melcher, beauftragt. Mit der Wahrnehmung der Geschäfte beauftragt: gez., Dr. Bracht«
»Noch ein Essener«, hörte man Grzesinski noch draußen auf dem Gang poltern, »hat die Reichsbahn bei der letzten Brikettorder keine Ruhrkohle bestellt, sondern eine Wagenladung größenwahnsinniger Ruhrkumpels?«
Doch im Lauf des Mittags wurde die Stimme des Polizeipräsidenten leiser, und das lag – darin war sich der Buschfunk draußen auf dem Flur sicher – an der Tatsache, dass der legitime Innenminister Preußens, Carl Severing, schwieg. Er hatte seine Absetzung zwar den Presseleuten unten auf der Straße zufolge mit einem heroischen »Ich weiche nur der Gewalt« kommentiert, aber sonst nichts weiter unternommen, um die Übernahme seiner Amtsgeschäfte durch Franz Bracht zu unterbinden. Vor allem hatte er seiner 90000 Mann zählenden Polizeitruppe keine Befehle erteilt, und auch die Sozialdemokratie schien, im Unterschied zu den allerdings zahlenmäßig unbedeutenden Kommunisten, den Coup von Papens nicht mit einem Generalstreik beantworten zu wollen. Preußen stellte sich tot – und war es deshalb auch, ohne dass ein einziger Schuss fiel.
Bernhard Weiß, Berlins Vizepolizeipräsident, wollte die Sache nicht einfach hinnehmen, und er redete stundenlang auf seinen Polizeipräsidenten ein, hieß es draußen auf dem Gang. »Vipoprä« kürzten die Berliner mit ihrem Faible für markante Spitznamen seine Funktion ab, aber Weiß war viel mehr als das, er war ein unbeirrbarer Jurist, ein Kämpfer für eine unabhängige, unparteiische Polizei. Und er war Sándors und auch Ernst Gennats Chef als Leiter der Kripo. Vor allem aber war er Joseph Goebbels' aus-

gemachter Feind. Kaum eine Ausgabe des nationalsozialistischen *Angriffs* erschien, in der Weiß, dem Goebbels persönlich in seinen Hetztiraden den Vornamen »Isidor« verliehen hatte, um seine jüdische Abstammung zu diffamieren, nicht in Karikaturen oder Hetzartikeln angegriffen wurde. Und Bernhard Weiß wusste nur zu genau, wem dieser Putsch diente, wer sich im Hintergrund die Hände rieb und wahrscheinlich schon jetzt hämische Kommentare in sein Tagebuch schrieb: Goebbels selbst und sein »Führer« Adolf Hitler, die von dieser illegalen Amtshandlung von Papens in allererster Linie profitieren würden.

Deshalb hatte Weiß offenbar nicht vor, zu kapitulieren und die Befehlsgewalt über 90000 Berliner Polizisten ohne Weiteres in die Hände der Kamarilla zu legen, und Magnus Heimannsberg, hieß es draußen auf dem Flur, unterstützte diese Ansicht und beschwor auch Grzesinski, standhaft zu bleiben.

So schickte das Berliner Polizeipräsidium in den Mittagsstunden ein telegrafiertes Schreiben an Franz Bracht, in dem dem selbst ernannten neuen Innenminister explizit der Gehorsam verweigert wurde. »Nach eingehender Prüfung kann ich Sie nicht als befugt erachten, mich zu beurlauben«, schrieb Grzesinski klipp und klar, und klappernd machte sich dieses barsche Nein auf seinen Weg durch die Drähte.

Als das Telegramm abgeschickt worden war, versank das ganze Berliner Polizeipräsidium in ein nervenaufreibendes, gebanntes Warten, das jede andere Arbeit unmöglich machte. Gestern hatte Sándor Lehmann noch an einem etwas zähen Fall im Boxmilieu gearbeitet und versucht, zwei Morde aufzuklären, bei denen es bis heute weder Motiv noch Täter gab – beim Toten aus der Fliegerbombe nicht einmal eine Identität. Doch während er sich in aller Ruhe mit Tatverdächtigen, Mutmaßungen und Spekulationen herumgequält hatte, war die Zeit nicht stehen geblieben, und heute, am 20. Juli 1932, hatte ihn die Realität wieder eingeholt. Auch wenn nicht jeder der Kollegen hier die

Rote Fahne las, Karl Liebknechts und Rosa Luxemburgs Tageszeitung, oder wenigstens den *Vorwärts:* Bis hinunter zu den Monteuren und Gerichtsmedizinern wusste jeder, was jetzt auf dem Spiel stand – jede Sekunde konnten Berlin und Preußen in einen blutigen Bürgerkrieg gestürzt werden. Sie alle kamen aus ganz verschiedenen Stadtteilen und hatten verschiedene politische Ansichten, doch nicht einer von ihnen hätte die Schuld an den heutigen Entwicklungen ihrem Polizeipräsidenten gegeben; jeder Einzelne wusste genau, wer ihnen diese Situation eingebrockt hatte. Deshalb hielten am Alexanderplatz mitten im Nachmittagstrubel für einen Augenblick Hunderte bewaffnete Männer mit harter Hand ihre Waffen umklammert, als drei Militärlastwagen, von der Königstraße, kommend in die Dircksenstraße einbogen; drei Militärlastwagen, von denen gut zwei Dutzend mit Handgranaten bewaffnete Reichswehrsoldaten sprangen, um für ihren Befehlshaber eine Gasse zu bilden, der jetzt vor den Augen aller über den Alexanderplatz schritt, schnurgerade auf das Polizeipräsidium zukam und vor der großen Eingangstreppe stehen blieb.

Bernhard Weiß war, als Albert Grzesinski das Telegramm an Bracht abgeschickt hatte, heruntergekommen zu Ernst Gennat in den ersten Stock, und Gennat hatte Sándor und noch zwei andere Kommissare dazugeholt. Der Vizepräsident hatte aus seinen Sorgen keinen Hehl gemacht.

»Im Grunde hat Albert ja recht« – im direkten Umgang vor Untergebenen wahrten die beiden Präsidenten das Sie, aber jeder wusste, wie freundschaftlich die Beziehung zwischen den republikanisch gesinnten Führungskräften im Präsidium war –, »wir können hier keinen privaten Kriegszustand ausrufen, wenn wir aus der Politik keine Rückendeckung bekommen. Wenn die Sozialdemokraten über Mittag nicht beschließen, etwas zu tun, dann stehen wir auf verlorenem Posten, und jeder Widerstand würde an den Tatsachen nichts ändern und nur unnötiges Blutvergießen mit sich bringen.«

Gennat hatte die Augenbrauen hochgezogen und mit schwerem Kopf genickt, und Sándor hatte die Hände in die Hosentaschen gesteckt und weiter zugehört.

»Deshalb habe ich Heimannsberg angewiesen, das Gebäude nicht militärisch zu sichern, solange wir nicht offensiv angegriffen werden. Die Männer sind alle nervös, aber ich denke, was auch geschieht ...« Und jetzt wurde der kleine, ausgefuchste Jurist doch von Rührung übermannt; vielleicht ahnte er, dass dies hier womöglich seine letzte Dienstanweisung an die geliebte Kriminalpolizei sein könnte. »... was auch geschieht, es reicht, wenn ihr uns mit ein paar Mann gegen tätliche Angriffe schützt und ansonsten den Unterhändlern freies Geleit gebt. Wenn sie denn Unterhändler schicken und nicht Kanonen ...«

»... diese Schweinehunde«, vervollständigte Gennat den Satz seines Chefs, und irgendeiner von den anderen sagte »Amen«, und sie lachten – das typische befreiende Lachen in gefährlicher Lage, wenn die Gefahr durch gemeinsame Absprachen zwar nicht kleiner geworden ist, man sich aber doch einig ist, wie man damit umgehen wird. Und in dieser Hinsicht konnte sich Bernhard Weiß auf seine Handvoll Kripomänner verlassen.

Unterhändler also waren es tatsächlich, die am frühen Nachmittag dieses sonnigen Mittwochs vor dem Polizeipräsidium Aufstellung nahmen; Unterhändler allerdings, die keine weißen Fahnen dabeihatten, sondern Handgranaten. Unruhe bemächtigte sich der Postenkette der Schupos, aber sie legte sich, als Bernhard Weiß im Portal erschien, flankiert von Sándor, Plötz und ein paar anderen Burschen aus der Mordkommission. Der Kommandant der Reichswehrsoldaten trat auf ihn zu, und Sándor und Plötz sorgten für eine Lücke im Kordon, die schmal genug für einen einzelnen Mann war. Er übergab Weiß ein paar Papiere, die der

Jurist mit schmalen Lippen und einem etwas spöttischen Lächeln überflog. Dann nickte Weiß. Der Kommandant drehte sich zu seinen Leuten um und wollte den ganzen Trupp mit einer kurzen Armbewegung ins Gebäude beordern, aber Sándor und Plötz schlossen den Kordon wieder.

»Vier Mann. Und keine Granaten.«

Sándors Stimme ließ keinen Widerspruch zu, und der ganze Trupp kam wieder ins Stocken und nahm eine drohende Haltung ein. Jetzt war es am Kommandanten der Soldateska, nachzudenken, und nach kurzem Zögern erklärte sich der Mann mit den Bedingungen einverstanden. Vier der Burschen übergaben ihre Handgranaten den Nachstehenden und eskortierten ihren Chef durch das Spalier der Polizisten die Treppe hinauf, nicht ohne Sándor, der keinen Zentimeter zurücktrat und dem Trupp schließlich folgte, im Vorbeigehen auf die Füße zu treten.

Oben in Albert Grzesinskis Büro war kaum Platz für die Gruppe Männer, die sich hineindrängte und den Geruch der sommerlichen Straße, den Staub und den Schweiß ebenso mit hereinbrachte wie die Gewalt und die Krise dieses Tages. Doch Grzesinski war kein leicht einzuschüchternder Bürokrat, sondern ein Mann, der selbst schon viel gesehen hatte im Leben, selbst schon Innenminister gewesen war wie sein Parteigenosse Carl Severing, der ihm heute nicht beisprang. Grzesinski war zum zweiten Mal Polizeipräsident, und diese Arbeit in der Praxis, auf der Straße, lag ihm. Schließlich kam er selbst von der Straße, war unehelicher Sohn eines Dienstmädchens und eines Metzgergesellen und immer für klare Worte und einen derben Scherz zu haben.

Sándor hatte er mal bei irgendeiner Festansprache beiseitegenommen, ihm die Hand geschüttelt und gesagt:

»Sándor Lehmann, ja? Lehmann, Gennat hält ja große Stücke auf Sie, ich gratuliere; bei Ihrem Chef haben Sie einen Stein im Brett. Aber ich weiß Bescheid über die Lehmanns ...« – er zog die dunklen Augenbrauen drohend zusammen, und Sándor wartete

erstaunt, was jetzt folgen würde –, »ich war schließlich selbst mal einer!«
Lachend schlug ihm der Polizeipräsident damals auf die Schulter, und es stimmte, der Mann war zumindest väterlicherseits ein echter Lehmann.
»Sind wir verwandt?«, hatte Sandor gefragt, und Grzesinski hatte die Schultern gehoben. »Wer weiß? Ich könnte Ihr Vater sein.«
Das war ein wunder Punkt bei Sándor, aber er rechnete schnell nach:
»Dann wären Sie neun Jahre alt gewesen bei meiner Geburt, Herr Präsident.«
Und der Mann hatte ihm nachdenklich in die Augen gestarrt, einen langen Zug aus der Zigarre genommen, ihm dann unter brüllendem Gelächter auf die Schulter geklopft und geantwortet:
»Sehnse, Lehmann, sehnse? Jar nich so unwahrscheinlich!«
Seitdem hatte Sándor Lehmann den Polizeipräsidenten zwar nur selten gesehen, aber doch immer mit einem gewissen Wohlwollen verfolgt, was der Mann so trieb. Ihn hier neben Bernhard Weiß und Magnus Heimannsberg vor den uniformierten Eindringlingen stehen zu sehen war deprimierend; eine Erniedrigung erster Güte. Und es wurde noch schlimmer, denn Bernhard Weiß erklärte den beiden Männern, was das Ansinnen der Reichswehr-Delegation war: Sie, Grzesinski, Heimannsberg und er selbst, würden verhaftet und abgeführt. Sie würden in Schutzhaft genommen, bis die innere Sicherheit in Preußen durch die neuen Machthaber wiederhergestellt wäre.
»Na, das kann dauern«, knurrte Grzesinski; ihm stand die Zornesröte im Gesicht.
Doch nach kurzer Beratung in einer Ecke des Raumes beschlossen die drei Männer offenbar, sich ihrer Verhaftung nicht zu widersetzen, um das Berliner Polizeipräsidium nicht zum Zentrum militärischer Auseinandersetzungen zu machen, sondern mehr oder weniger freiwillig mitzugehen.

Und das taten sie; ein Trupp, der fast im Gleichschritt über den Holzboden des zweiten Stocks und den Linoleumboden im ersten schritt, die große Tür passierte und die Treppe hinunterging, vor der die Männer der Schutzpolizei nun eine breite Gasse öffneten. Vor den fassungslosen Gesichtern der Polizeibeamten wurden Magnus Heimannsberg, Bernhard Weiß und Albert Grzesinski auf die drei Armeelastwagen verteilt und fortgeschafft, während der Kommandant mit seinen Vasallen zurückblieb und eine lange Liste hervorholte, von der er nun Namen und Dienstgrade für eine erste Lagebesprechung vorlas. Vom Alexanderplatz näherte sich, kaum dass die Armeelaster um die Ecke gebogen waren, eine Kolonne aus drei oder vier Kraftdroschken, und Gennat, der mit zur Lagebesprechung abkommandiert, aber noch einen Moment neben Sándor auf der Treppe stehen geblieben war, kommentierte diesen Aufmarsch der reichstreuen Armada mit einem düsteren »Und das dicke Ende kommt nach«.

Das dicke Ende kam nach. Jede Abteilung des Präsidiums hatte bis zum Abend einen neuen Vorgesetzten, der entweder schon vorhanden und zuverlässiger Parteigänger des Zentrums oder der Nationalsozialisten war oder kurzerhand von außen eingesetzt wurde. Nicht nur Kurt Melcher war zu diesem Zweck aus dem fernen Essen hergeschafft worden, eine ganze Stabsabteilung rechtsgerichteter Polizeibeamter aus dem Ruhrgebiet trat an, um die Berliner Polizei und die Landespolizei Preußens zu übernehmen. Bis zum Abend gab es in jeder Abteilung eine erste Besprechung, in der die Leute auf die neue Situation eingeschworen wurden und eine neue Dienstverpflichtung unterschrieben, und wem das nicht passte, der konnte sofort im neu besetzten Personalbüro im Erdgeschoss um seine Entlassung nachsuchen.
Das Gebäude war von einer Militäreinheit umstellt, die, wie man hörte, aus dem Kameradschaftsheim der Reichswehr in der Moabiter Seydlitzstraße hergekommen war, wo Weiß und die anderen festgehalten wurden. Die Reichswehrsoldaten kontrollierten jeden Polizisten, der hinein- oder hinauswollte, auf Waffen und Dienstpapiere.
Nur vom Fahrer des Metzgerlastwagens, der ganz unten aus der Wagenmeisterei die lange Ausfahrtsrampe hinausrollte, bekamen sie keinen Dienstausweis zu sehen. Er hatte eine Schiebermütze auf dem Kopf und einen riesigen roten Schnurrbart unter der Nase, und als sie ihn nach Papieren fragte, lehnte er sich weit aus dem Fenster und schrie:
»Wat wollt ihr Kerls, Papiere? Würschte ha'ck drinjehabt, Papiere sind was für Lackaffen, ick mach in Würschte. In der Kantine hammse nix von Papiern jesacht, aber orn'liche Buletten sind die beste Sprache, sacht meen Chef immer.«

Er deutete mit dem Daumen hinter sich auf die Flanke des Lieferwagens, auf der in schwungvoller Schnörkelschrift »Metzgerei« zu lesen war.
»Metzgerei Lehmann, meine Herren. Blutwurst, Jehacktet – auch Außer-Haus-Schlachtung!«
Er drückte lachend auf die Hupe, die wie ein quiekendes Schwein klang, und verließ das Berliner Polizeipräsidium. Die Soldaten sahen dem schreienden Irren noch eine Weile nach, der da schwungvoll in den fließenden Verkehr Richtung Münzstraße einfädelte und im Nu von den flirrenden Lichtern und den tiefen Schatten dieser Berliner Nacht verschluckt war.
Erst irgendwo ganz oben im Wedding, in der schmalen Versöhnungsstraße, die von der Hussitenstraße abging, kam der Metzgerwagen zum Stehen. Sándor kletterte aus dem Führerhaus und öffnete die großen Türflügel an der Rückseite des Fahrzeugs. Hier im Wedding war die Nacht anders als in der Stadtmitte; hier dröhnten vom Stettiner Güterbahnhof gleich um die Ecke Rangiergeräusche herüber, Stahl schlug auf Stahl, schwere Kisten wurden auf Holzbohlen gestapelt, Weichen wurden donnernd umgeworfen, und Bremsen quietschten ohrenbetäubend. In diesem infernalischen Lärm hörte niemand, wie Sándor Lehmann eine breite Holzbohle aus dem Wageninnern wuchtete und an das Fahrzeug lehnte. Minuten später rollte er ein schweres Motorrad über die Planke auf den Bürgersteig; ein Motorrad, noch von einer abgenutzten Persenning bedeckt, die Sándor jetzt wie die Holzbohle sorgfältig im Wageninnern verstaute. Er schloss den Metzgerwagen in Ruhe ab, stieg auf das Motorrad, das mit einem dunklen Blubbern sofort startete, und zickzackte durch kleine Weddinger Seitenstraßen hoch zur Gleim-, Sonnenburger, Kopenhagener Straße und immer weiter abseits der großen Straßen hinauf nach Norden.

Von unten schlug das Kopfsteinpflaster durch die mäßig gefederte Gabel des Vorderrads herauf; Sándor Lehmann spürte die

Schläge in den Handgelenken, den Ellbogen; es war ihm egal. Die Welt war aus den Fugen; das Rütteln des Kopfsteins passte gut dazu – es gab ihm das Gefühl, durch die Splitter und Bruchstücke dessen zu fahren, das mal sein Leben gewesen war. Gewesen war: Denn was war denn noch ein Polizist, wenn es die Polizei selbst gar nicht mehr gab? Wenn schon die Polizeipräsidenten, weltberühmte Kriminalisten, im Knast saßen wie irgendwelche kleinen Taschendiebe, Zellenwand an Zellenwand mit den Kleinkriminellen, den Hochstaplern und Heiratsschwindlern, an deren Dingfestmachung sie jahrelang gearbeitet hatten? Was war Sándors bei der Verleihung so hoch geschätzte Bronzemarke, »Kriminalpolizei«, noch wert, wenn das Präsidium am Alexanderplatz sich in der Hand von bewaffneten Putschisten befand, für die eine Polizeimarke eine völlig wertlose Währung war und denen man auch mit einer Panzerfaust kaum beigekommen wäre? Nein, rüttelte es durch Sándors Arme in seinen Kopf, nein, nein, nein, neinneinneinnein, die Berliner Kriminalpolizei war heute untergegangen, auch wenn die Kriminellen, die Grzesinski, Weiß und Heimannsberg verschleppt hatten, morgen früh zweifellos so tun würden, als wären sie selbst die Polizei. Sie waren die Falschen, die Anderen, und daran würden aller Uniformglanz und alle Formblätter und Stempel nichts ändern. Die Berliner Kriminalpolizei, die gab es nicht mehr.

Das Motorrad, das Sándor Lehmann aus dem Innern des Lieferwagens geholt hatte, bekam langsam glatteren Grund unter die Räder; Asphaltstraßen, Fernverkehrsstraßen, die aus der verdammten Stadt herausführten. Es war eine übel zugerichtete DKW Luxus 200, das legendäre Modell »Blutblase« mit seinem knallroten Tank, das offenbar einen schlimmen Sturz hinter sich hatte, aber zuverlässig durch die Nacht schnurrte und, weil es schon ein paar Wochen unten in der Wagenmeisterei auf eine gerichtliche Untersuchung gewartet hatte, sicher nicht so schnell vermisst würde. Den Metzgereilaster würde der dicke Plötz mor-

gen auf seinem Weg zur Arbeit mitnehmen, in einer Seitenstraße am Präsidium parken und, wenn die Luft rein sein sollte, unbemerkt wieder zu den anderen Wagen im Tiefgeschoss des Präsidiums stellen. Das fehlte noch, dass Sándor morgen nicht nur unentschuldigt weg blieb, sondern auch noch wegen eines Autodiebstahls gesucht würde ... Obwohl es, wenn Sándor genauer darüber nachdachte, vielleicht auch ganz egal war. Sicher, den aktuellen Fall, die langwierige Boxgeschichte, die hatte er im Kopf als Reisegepäck dabei, mit der war er noch nicht fertig. Doch ob er an dem Fall jemals wieder als Kriminalkommissar würde weiterarbeiten können: Das stand in den Sternen. Das hing von vielem ab, worauf er keinen Einfluss hatte.
Sándor war nicht sehr vertraut mit den Ränkespielen der Politik; er zerbrach sich den Kopf, was jetzt passieren würde. War der Spuk morgen vorbei, oder installierte die NSDAP mit Zentrum und DNVP eine neue Regierung, eine neue Polizei aus den eigenen, ergebenen Bannerträgern? Sándor glaubte nicht daran, dass sich alles wieder einrenken würde; wer Polizeipräsidenten unter Gewaltandrohung festnahm, der hatte mehr vor, als nur einen Schreckschuss abzugeben, der zielte auf den heißen Kopf und auf das zitternde Herz dieser Demokratie.

Sándor Lehmann beschloss, nicht nur spontan Reißaus zu nehmen, nicht nur die geliehene »Blutblase« für eine Spritztour zu nutzen, bis er die Ereignisse dieses Tages sortiert, verstanden und abgelegt hatte. Er beschloss, weg zu bleiben für längere Zeit. Nicht, um den verzwickten Fall zurückzulassen, im Gegenteil. Vielleicht war den Mordfällen Fliegerbombe und Spichernring mit polizeilichen Möglichkeiten sowieso nicht beizukommen. Berlins Boxwelt war eine hermetische Szene, in der gekämpft, verdient und gestorben wurde, in der finstere Machenschaften und härteste Konkurrenz herrschten, doch wenn ein Polizist wie er an die Tür klopfte, dann stieß er an eine Mauer des Schweigens.

Auch wenn es ein Polizist war, dem das Nachtleben dieser Millionenstadt vertraut war wie keinem zweiten, der die Stadt nicht nur vom Schreibtisch aus Revue passieren ließ, sondern sich mitten hineinstürzte mit allem, was er hatte und geben konnte – trotzdem war er bei dem Mord an Völkner nicht nennenswert weitergekommen, und auch der Tote aus der Bombe war so fremd geblieben wie am ersten Tag.
Nein, so wurde das alles nichts; er musste einen anderen Weg suchen, in die Szene einzudringen, er musste anders ermitteln als bisher. Oder besser gesagt: Er musste aufhören, zu ermitteln, und eintauchen in die Sache, so tief es nur möglich war, musste näher ran an den Fall, nicht mehr als Polizist, der er ja ohnehin kaum noch war. Er brauchte Abstand, ein paar Wochen Vorbereitung für einen neuen Schlachtplan, der jetzt schon schemenhaft in seinem Kopf Gestalt annahm, bereits Einfluss nahm auf die Frage, ob er bei der nächsten Weggabelung rechts abbog oder links. Verrückte Ideen tauchten vor seinem inneren Auge auf wie die schwarzen, gespreizten Arme der Alleebäume unter ihrer dichten Blätterdecke im Scheinwerferlicht der »Blutblase«, Ideen, die Sándor Lehmann sein Motorrad nach Nordosten steuern ließ, über Eberswalde hinaus. Er hatte da etwas gehört – in der Fliegerbombe, wo die Boxer sich am Tresen ihre Trainingstipps zuschelten –, nicht ein Mal, sondern oft. Von einem Ort, der beides gleichzeitig zu bieten schien, genug Abstand von dem Berliner Schlamassel und ein paar Bausteine, die er gut zum Weiterarbeiten an seinem Fall gebrauchen konnte …

Gegen drei Uhr Morgens schob Sándor Lehmann die schwere DKW von der Straße hinunter in eine Wiese. Am Rand einer Kuhweide stand ein Heuschober. Die Nacht war endlich kühl geworden und feucht, und die Kühe, klobige schwarze Berge in der lichteren Schwärze der Weide, blieben draußen und zogen Tau und leichten Wind der stickigen Hitze im Innern ihres Unterstandes vor. Dabei hatte auch dort längst der Abendwind frische Luft hineingepustet; der Duft des Strohs war geblieben und hielt auch an, als Sándor das ölige, heiße Motorrad hineinschob und mit ausreichend Abstand zu den brennbaren Ballen an einen Stützbalken lehnte.

Konnte einer in dieser Nacht des 20. Juli 1932 ein weicheres Bett finden als die riesige Fläche eng geschnürter Strohballen, auf denen Sándor hier lag? Grzesinski und Weiß ganz sicher nicht, die wälzten sich vermutlich auf den harten Pritschen im Reichswehr-Kameradschaftsheim in der Seydlitzstraße, wenn man sie nicht schon totgeschlagen hatte. Sándor Lehmann dachte noch eine halbe Minute über das Schicksal dieser Männer nach, doch dann übermannte ihn schon bleierne Müdigkeit. Er schloss die Augen und versank in einen unerschütterlichen, totengleichen Schlaf, aus dem er erst nach Stunden durch die Hitze des Tages wieder auftauchte. Es war heller Morgen, Vormittag eigentlich schon, und Sándor ließ die »Blutblase« schnurrend bergab rollen nach Lanke und bestellte kurz darauf ausgeruht und hellwach beim Gastwirt Julius Zimmler im Wirtshaus Seeschloss ein äußerst opulentes Frühstück. Er hatte einen Plan, aber vor allem hatte er Hunger.

DAS SEESCHLOSS IN LANKE

Das Frühstücksangebot im Seeschloss, das auf einer großen Kreidetafel annonciert wurde, ließ nichts zu wünschen übrig, und Sándor Lehmann staunte, wie viele Ausflügler es um diese Zeit und mitten in der Woche schon heraus zog in die Wälder des Barnim. Vor dem stolzen Fachwerkhaus, das allerdings eher einem Forsthaus als einem Schloss ähnelte, drängten sich unter Linden und Kastanien die Holzbänke, und der sandige Boden ließ kaum einen Grashalm wachsen: ein Zeichen dafür, dass alle Plätze an guten Tagen auch besetzt waren. Die Lage war exzellent; auf der anderen Straßenseite glitzerte der Obersee in der Sonne; und ein Schwarm fixer Kellner wuselte um die Tische herum und zupfte da eine Decke gerade, nahm dort eine Bestellung auf oder entfernte einen zertretenen Zigarrenstumpen aus dem geharkten Kies. Familien mit Kindern suchten Platz im Schatten, verschwiegene Liebespaare – ältere Herren und junge Frauen – bevorzugten die Terrasse nah am Haus unter den Sonnenschirmen. Der Laden war nicht piekfein, aber gut in Schuss und alles andere als das kleine Dorfgasthaus, von dem in der Fliegerbombe erzählt worden war. Sándor hielt sich fern vom Ausflugstrubel und setzte sich an den Rand des Biergartens. Und ob es dieses Abseitssitzen war, das fehlende Reisegepäck oder der hellgraue Mantel: Nach ein paar Minuten stand neben ihm keiner der eilfertigen Kellner, sondern der Chef des Hauses, Julius Zimmler, persönlich; eine stattliche Figur von vielleicht Anfang fünfzig. Kein Barnimer Bauer, sondern ein Hauptstädter und einer, der mehr vom Leben gesehen hatte als nur ein paar Meter Wald und Seeufer: Das erkannte Sándor auf den ersten Blick. Gab es eine geheime, wortlose Sprache zwischen den einsamen Kämpfern in der Nacht, ganz gleich, ob sie auf der Seite der Polizei im Einsatz waren oder auf einer anderen? Julius Zimmler war keiner dieser Kämpfer mehr, und vielleicht war er auch niemals selbst Boxer gewesen, aber das Abschätzende, Vorsichtige, das Sprungbereite – das hatte sich der Mann bewahrt, und Sándor und er brauchten nur einen einzigen Blick zu wechseln, um alles übereinander zu wissen.

»Oh«, sagte Zimmler anstelle des zu erwartenden Guten Morgen, »ein Polizist. Sind Sie mit dem Fallschirm abgesprungen? Oder haben die Sie mit 'nem Katapult rübergeschossen?«

Sándor nickte, und Zimmler merkte ohne viel Hoffnung auf Aufklärung an:

»Es sollen gestern ja ziemlich viele das Fliegen gelernt haben.«

Sándor nickte noch einmal, und weil er in Zimmlers Worten einen belustigten Unterton hörte, antwortete er nun frei heraus:

»Ja, ein Polizist, bis gestern zumindest. Sándor Lehmann von der Berliner Mordkommission.«

Zimmler pfiff durch die Zähne.

»Alle Wetter, einer von Gennats Männern. Wundert mich nicht, dass Sie so weit gerannt sind. Weiß und die anderen sind ja sogar verhaftet worden, hört man. Sollen aber schon wieder raus sein – aus dem Knast *und* aus dem Dienst.«

Sándor ließ sich seine Erleichterung nicht anmerken, er nickte nur nochmals und fragte dann:

»Kann ich eine Weile hierbleiben?«

Zimmler lachte und deutete mit dem Kopf auf das Haus hinter sich, das Seeschloss, und dann nach rechts zu einem kleinen Nebengebäude, an dem in ausgesägten Holzbuchstaben »Ausspannung« stand.

»Hier … oder hier?«

Sándor verstand die Geste.

»Wo's billiger ist.«

»Dann wohl nebenan bei den Pferden. Fließend Wasser haben Sie im See, und wenn Sie schnarchen, stört's keinen. Aber was wollen Sie hier?«

»Ich will … Boxer werden.«
Zimmler trat einen ganzen Schritt zurück und lachte noch einmal. »Boxer? Die werden hier schon lange nicht mehr gemacht. Wie stellen Sie sich das vor, wer soll Sie trainieren, wer zahlt Ihren Trainer, und wer sagt mir, dass Sie nicht einfach nur ein Spitzel vom Finanzamt sind, der meinen Sommergartenausschank kontrollieren und nachsehen will, ob ich die Eintrittsgelder vom Sparring nicht einfach in die Hosentasche stecke?«
Jetzt grinste Sándor; der Wirt des Seeschlosses war ihm auf Anhieb sympathisch.
»Ich habe sowieso kein Geld dabei und wollte anschreiben lassen. Pumpen müssen Sie mir aber nur ein einziges Telefongespräch; dann sage ich Ihnen, wer für mich bürgt und die Hand ins Feuer legt mit schönem Gruß: die Rosi aus der Fliegerbombe.«
Julius Zimmler schien auf diesen Satz hin einen halben Kopf kleiner zu werden, so sehr entspannte sich der große Kerl. Seine Schultern sanken herab, und sein ganzes Gesicht strahlte, als hätte er sich eben durch den Grießwall ins Schlaraffenland durchgefressen.
»Rosi! Ja sagen Sie das doch gleich, Mensch! Freunde von Rosi können alles von mir haben, alles. Kennen Sie die Geschichte?«
Sándor kannte eine ganze Menge Geschichten, die in der Bombe erzählt wurden, aber in keiner spielte Rosi eine größere Rolle. Hier war das anders. Vor rund zehn Jahren – Julius Zimmer hatte das Seeschloss, das damals noch »Zanders Waldschlösschen« hieß, erst ein paar Jahre vorher gekauft – hatte die Clique um den späteren Boxweltmeister Max Schmeling ein verschwiegenes Trainingslager für ihr dunkles Juwel gesucht, einen Ort, wo das Ausnahmetalent abseits der Großstadt mit ihren Ablenkungen konzentriert arbeiten konnte. Und weil Julius Zimmler Boxerfreunde hatte und ab und zu in die Bombe kam, wusste Rosi von dem idyllisch gelegenen Ort zwischen Wandlitz und Biesenthal. Sie zählte eins und eins zusammen, brachte den Boxer mit dem

Gastwirt zusammen, und schon ein paar Wochen später stand im ehemaligen Festsaal des Schösschens ein respektabler Sechs-Meter-Ring. Max Schmeling und seine Leute zogen ins Hotel und belegten gleich ein Drittel der Zimmer. Arthur Bülow, sein Manager bis 1928, und Yussel »Joe« Jacobs aus New York, mit dem Max jetzt arbeitete, und der Masseur Max Machon konnten ihren Schützling hier ideal abschirmen vor der Welt dort draußen, konnten Max Schmeling über Jahre aufbauen, fit machen und ungesehen von den ehrgeizigen Konkurrenten und der aufdringlichen Presse Trainingskonzepte entwickeln, die es im Boxsport bis dahin nicht gegeben hatte. Sparringpartner wurden aus Berlin herübergekarrt, und Max hatte diszipliniert gearbeitet, jahrelang, und sich vorbereitet auf das, was da kommen würde. Hier hatte Schmeling die Ruhe, die er für diese konzentrierte Arbeit brauchte. Im Barnim verschluckten einen die Wälder, und ein Boxer auf dem Weg nach ganz oben tat ohnehin gut daran, nicht mit Sportwagen und Dollarbündeln über die Partys zu stolpern, sondern sich verschlucken und wieder ausspucken zu lassen, wenn seine Zeit da war.

Natürlich hatte sich die Anwesenheit der Boxer trotzdem herumgesprochen; am Anfang in den Dörfern ringsum, später bis nach Berlin hinein. Für Julius Zimmler hatte sich daraus ein einträgliches Geschäft entwickelt. Gerade in den Wintermonaten war in seinem Ausflugslokal wenig los; der Obersee war zugefroren, und er machte unten auf dem Eis einen Räucherstand auf, wo Fische aus dem See von den Eislochanglern gefangen und gleich heiß geräuchert verkauft wurden. Besser konnte Fisch nicht schmecken, aber an die Umsätze der Sommermonate kam das Wintergeschäft nicht heran. Da waren die Boxer um Max Schmeling ein guter Nebenverdienst. Beim Sparring durfte zugesehen werden; Zimmler kassierte eine Mark Eintritt, und für fünfzig Pfennige extra durfte man sogar in den Ring klettern und mit dem schon damals berühmten Max Schmeling ein paar Schläge tauschen. Das

war für das Publikum eine Riesenattraktion und ein guter Grund, rauszufahren nach Lanke zum Seeschloss – und für die Boxer war es eine gute Übung, um das Boxen vor Publikum, das Lampenfieber und die Anfeuerungsrufe gelassen zu nehmen.
Zwischen Max Schmeling und den Zimmlers hatte sich fast so etwas wie Freundschaft entwickelt, und Julius' Sohn Heinz hatte zu dem schwarzhaarigen »Ulanen« wie zu einem großen, einem sehr großen Bruder aufgesehen und immer an Max' Fersen geklebt, so wie er sich jetzt mit seinen immerhin schon zwölf Jahren an die Fersen des Berliner Polizisten heftete, der mit einem Handschlag das Geschäft mit Julius Zimmler besiegelte, sich aus Berlin einen Koffer mit Kleidung nachschicken ließ und noch an diesem Tag ein paar Meter Stroh in der »Ausspannung« bezog; der besten Ausgangslage, wenn man abseits der Stadt Berlin professionell und unentdeckt das Boxen lernen wollte …

Im Barnim verschluckten einen die Wälder, und auch Sándor Lehmann wollte verschluckt werden, wollte unauffindbar sein und sich selbst nicht auffinden. In den ersten zwei Wochen bekam ihn im Seeschloss kaum jemand zu sehen, und wenn, dann wäre kein Ausflügler auf die Idee gekommen, den großen Mann mit der zerknautschten Nase und den krausen blonden Haaren für etwas anderes zu halten als einen Einheimischen. Morgens um sechs, lange bevor die ersten Pensionsgäste aus den Federn krochen, trabte Sándor schon aus dem Biergarten hinaus, blieb noch rechter Hand hundert Meter auf der Straße und schlug sich dann am nordöstlichen Ende des Obersees in die Büsche. Wildwechsel, ein Försterpfad, Wirtschaftswege, wo die Waldbauern im Februar die frisch geschlagenen Kiefern mit dem Pferdewagen aus dem Wald zogen: Nach ein paar Tagen wusste er mehr instinktiv als kartografisch, welcher Weg wohin führte. Es war ohnehin egal; das Rechteck Lanke–Prenden–Klosterfelde–Wandlitz war von Fahrstraßen umgrenzt, und solange er keine davon

überquerte, blieb er immer einigermaßen in der Nähe seines Ausgangspunkts.
Also lief er querfeldein, folgte schmalen Pfaden, ohne nachzudenken. Dauerläufe wie seine wurden normalerweise im Stadion auf der Kreisbahn absolviert; hier im Wald begegnete er keinem Menschen, und weil er mit niemandem um die Wette lief, konnte er so schnell oder langsam traben, wie er wollte. Statt sich in schnellen Sprints zu verausgaben, streckte er seine Kräfte, so lang es ging. Anfangs hatte er jeden Abend furchbaren Muskelkater, aber schließlich konnte er zwei Stunden und länger ziellos durch den Wald rennen, ohne außer Atem zu kommen. Er konnte vor sich hin denken, ohne der Natur viel Aufmerksamkeit zu schenken – oder im Gegenteil jeden Wassertropfen auf einer Fingerhutblüte, jedes Knacken eines Kienapfels unter seinen Füßen wahrnehmen, als wäre es das Erste, das er im Leben sah oder hörte. Der Sommer ließ den Wald duften; erst nach trockenen Kiefernnadeln und gekräuselter Rinde junger Birken; später nach wilden Erdbeeren, nach Blaubeeren, schließlich nach Pilzen. Sándor Lehmann hatte sich nie für die Natur interessiert, und dass er jemals Morcheln, Pfifferlinge, Braunkappen und den Steinpilz im Vorbeilaufen am Geruch unterscheiden könnte, wäre ihm noch vor Monaten unvorstellbar vorgekommen. Auch jetzt interessierte er sich nicht für das, was er sah, roch und hörte, aber er nahm es intensiver war als vieles, das er vorher gekannt hatte. Dass der stechende Geruch nach Liebstöckel von einer Wildschweinrotte herrührte, die vor ihm Reißaus nahm, lernte er durch Beobachten, und dass die Pferdebremsen nur über ihn herfielen, wenn er stehen blieb, während die Erdwespen ihn immer stachen, wenn er mit zu stampfenden Schritten zu nah an ihrem Nest vorbeigerannt war: Das lernte er auch.
Laufen war Denken ohne Worte, ohne Bilder. Laufen war sich verlieren, alles vergessen – und wiederfinden. Wer der mysteriöse Tote in der Fliegerbombe gewesen war, lang war das her

und fast unwichtig, darüber hatte er morgens vor dem Laufen kurz nachgedacht und dann im Wald alles vergessen. Doch als er verschwitzt und mit pochenden Waden zurückkam, hatte das Laufen selbst eine Antwort für ihn gefunden, ihm in den Kopf gelegt: »Ein Vertreter aus Übersee wie der, den Zirzow getroffen hat.« War dies das, was sie in der Polizeischule großspurig »Intuition« genannt hatten, ein Gefühl, das Sándor in all den Jahren nie kennengelernt hatte? Nein, es war etwas anderes, es war … Er suchte lange nach einem Begriff. Es war verschüttetes Wissen. Es war das Goldkörnchen im Schüttelsieb; man konnte lange auf den Kies starren und das Stück Gold doch nicht sehen, aber wenn das Sieb erst mal geschüttelt wurde, bewegt, dann blitzte es urplötzlich aus all den fliegenden Körnern hervor, das goldene. Holzhacken war eine andere Trainingsmethode. Holzhacken für Zimmlers Dampfmühle, mit der der Gastwirt und brillante Konditor sein eigenes Mehl mahlte für die famosen Kuchen und das rustikale Brot, das hier aufgetischt wurde. Mit nacktem Oberkörper breitbeinig vor dem Hackklotz stehen, die langstielige Spaltaxt hoch über den Schultern in die Höhe geschwungen, und mit einem fließenden Hieb den Eichenkanten, Buchenkanten, Akazienkanten in zwei Hälften gespalten. Wie kam das Gift in die Boxer? Mit einem Ruck fielen zwei Scheite vom Klotz. Wer zog die Fäden hinter den Kulissen? Ein Ruck, zwei Scheite. Zirzow. Ruck. Von der Esche. Ruck. Sabbotke. Ruck. Blinker. Ruck. Martha. Ruck. Rosi. Zwei Scheite.

In der Abenddämmerung, wenn die Ausflügler aufgebrochen waren, um den letzten Zug nach Berlin zu bekommen oder mit dem eigenen Wagen Richtung Südwesten in den Sonnenuntergang zu fahren, durchschwamm Sándor den Obersee der Länge nach. Das Wasser war fast so warm wie die Luft, nur die Strudel seiner eigenen, kräftigen Schwimmzüge umwirbelten ihn. Wenn er in der Seemitte innehielt und sein nackter Körper reglos absank, fühl-

te er die kühlere Strömung, die die Sonne nicht erreicht hatte, eine kalte Schicht ganz unten, in die er manchmal hinabtauchte. Dort unten ging das trübe Grün in völlige Schwärze über, und das Wasser schien sich nicht zu bewegen, sondern seit Menschengedenken reglos auf dem Grund des Sees zu ruhen. Oben quirlte und perlte alles durcheinander wie die Regungen und Bewegungen der Menschen, ihre Lüste, ihre Ängste, ihr Hass und ihr Verlangen. Hier unten blieb nichts davon, nur der Tod.
Der Tod. Vielleicht musste man selbst tot sein, um weiterleben zu können. Für die Berliner Kriminalpolizei war Sándor vielleicht schon ein Niemand, einer, der nicht mehr zu den Lebenden zählte. Und vielleicht war es richtig, tot zu sein, abzusinken in diese ewige Kühle, um zu verstehen, was Paul Völkner und dem Mann aus der Bombe zugestoßen war. Vielleicht würde er in der letzten Sekunde seines Lebens alle Zusammenhänge begreifen, alle Dinge so sehen, wie sie waren. Die Zukunft – seine eigene, die der Polizei, Deutschlands – und die Vergangenheit. Wenn das Leben noch einmal blitzschnell vor dem inneren Auge ablief in dieser letzten Sekunde, das eigene Leben und das aller anderen, dann würde er sehen, was genau geschehen war. Sterben, um zu verstehen: Das war eine Option, die Sándor an diesen mückenumsurrten Abenden im See nicht erschreckte. Was war er denn mehr als ein kleiner Kopf auf einer riesigen, spiegelnden Wasserfläche, ein nackter, weicher Körper, der im Kühlen schnell tiefer sank? Er sank. Hielt die Luft an und sank, atmete aus und sank schneller. Hatte keinen Rest Luft mehr in den Lungen und noch immer nicht den Grund des Sees erreicht, sank in Kälte, in Schwärze mit aufgerissenen Augen und pochendem Brustkorb. Komplette Stille. Und dann, ganz zuletzt, als die Farben hinter den Augen schon bunt wurden und schmerzten und der Drang, all das kalte Wasser einzuatmen, übermächtig wurden, doch wieder die Wut, die wie ein entfesselter Schrei neues Blut in die Gefäße pumpte, die ihn weit ausholen ließ zu wütenden, kräftigen Schwimmschlägen, bis über

ihm das perlende Silber wieder in Sicht kam, auf ihn zurauschte, ihn tosend umgab, bis er mit einem gierigen Japser einen guten Meter aus dem Wasser herausschoss in die milde Abendluft, ein Hungriger, ein Atmender, ein lebender Mensch.

»Du bist zum Naturburschen geworden!«, hatte Rosi am Telefon gerufen und schallend gelacht. Das war Unsinn. Niemand wurde in ein paar Wochen Wochen zum Naturburschen, schon gar kein Weddinger Großstadtjunge wie Sándor Lehmann, der als Kind mit seiner Mutter mal in den Volkspark Rehberge gefahren war oder im Humboldthain in den Büschen die Knutschenden und Fummelnden mit Wasserbomben beworfen hatte und ansonsten von »Gottes schöner Natur«, wie seine Mutter manchmal geschwärmt hatte, wenig kennenlernte. Und ob seine arme Mutter Gottes schöne Natur selbst jemals kennengelernt hatte, das hatte er sie nie gefragt. Als Zugehfrau, als Reinemachfrau sah man die Primeln auf Fremderleuts Fensterbrett und die Platanen auf der Turmstraße oder an der Badstraße am Pankeufer, sonst sah man von der Natur selbst nicht viel.

Reichere Kinder aus besseren Schulen machten auf dem Wannsee Dampferfahrten und marschierten singend durch den Grunewald; Sándor war dort nie hingekommen. Aber man hörte auch – von denen, die hingekommen waren –, dass der Wald groß und dunkel sein sollte und seine ganz eigenen Gefahren barg, auf die man als Stadtkind nicht vorbereitet war. Sándor träumte manchmal in ihrer Souterrainwohnung an der Badstraße von diesem Wald, einem sagenumwobenen, mystischen Ort, wo Einhörner und Riesen hausten und verschleppte Königstöchter in Höhlen auf ihn, den Erretter, warteten.

Das legte sich, und der Wald verschwand aus seinen Träumen und Gedanken. Es gab auf den Straßen der Stadt genug andere Dinge zu tun, genug zu erleben und genug Gefahren zu bestehen, und in den letzten fünfzehn, vielleicht zwanzig Jahren hatte er kein einziges Mal den Wunsch verspürt, weichen Waldboden unter den Füßen zu spüren. Umso verblüffender war es, jetzt, mit Ende dreißig, festzustellen, wie sehr ihm der Wald lag. Wachsam sein, sich anpirschen, schnell fliehen können oder zuschlagen, wenn man die Überraschung auf seiner Seite hatte: Das waren Talente, die er im viel beschworenen »Dickicht der Großstadt« perfektioniert hatte. Hier, im tatsächlichen Dickicht, bewegte er sich mit Selbstvertrauen, guten Reflexen und so selbstverständlich, als hätte er ein ganzes Jahrzehnt in den Weiten Kanadas als Holzfäller zugebracht. Die Tiefschläge und Niederlagen seines bisherigen Lebens machten ihn auch immun gegen plötzliche Regengüsse; die Kampfbereitschaft und Wachsamkeit seines Berufs wappneten ihn auch gegen den nächtlichen Wald, seine Schatten und Geräusche.

Über das Gewitter hatten sie ihm in der Kindheit wahre Schauergeschichten erzählt – von Schornsteinfegern, die als brennende Bündel von den Dächern fielen; von vom Blitz Erschlagenen, denen sich das Letzte, was sie im Leben gesehen hatten, wie eine feine Gravur im Moment ihres Todes in die Pupille gebrannt hatte. Dass der Blitz auch in der Stadt wüten und Verheerungen anrichten konnte, hatte er aus nächster Nähe und mit äußerstem Schrecken selbst erlebt. Hier im Barnim, in dem dichten Vlies der Wälder, war das ganz anders. Hier schoss das Gewitter nicht urplötzlich über eine Häuserfront wie in der Stadt und war da; es zog sich langsam am Horizont zusammen, tauchte als dunkelblauer werdender Wulst am westlichen Ende des Obersees auf; ein fernes Grummeln, das noch eine Weile brauchen würde, bis es hier war. Wolken blähten sich auf und bekamen dunkle Konturen, und in ihrem Innern zuckten erste Blitze, während die dunkle Walze über die ganze Breite des Himmels herangeschoben wurde. In den letzten Minuten stachen die Mücken wie wild. Dann kam der kühle Wind nicht als Böe, sondern als gleichmäßig zunehmender Strom über die Baumwipfel; Blätter bogen sich, zeigten ihre helleren Unterseiten; die Baumspitzen beugten sich wippend nach Osten, und mit einem ersten helleren Blitz wurde die glatte Wasseroberfläche des Obersees noch einmal gleißend erleuchtet. Jetzt kamen die kleinen, schnell größer werdenden Einschläge schwerer Tropfen ins Wasser, das sich kräuselte wie eine Gänsehaut, während die einzelnen Tropfen in ein schnell bewegter werdendes Tanzen von Wellen und Wasser und Wind hineinprasselten, Aststückchen flogen, Blätter. Das Donnern wurde ohrenbetäubend, das Gewitter war da.

Auf der anderen Seite des Obersees, genau gegenüber vom Seeschloss, gab es einen kleinen Unterstand, in dem bei Regen die Angler saßen und bei Sonnenschein ein paar Ruderboote vermietet wurden. Hier saß, mitten im Sturm, Sándor Lehmann mit seiner Klarinette, der neu geschaffene Naturbursche, und spielte *White Ghost Shivers* von den New Orleans Owls, ein quäkendes, herausforderndes Stück, das in den Lücken zwischen den Donnerschlägen den Wald, dies Gewitter und die ganze restliche Welt zu veralbern schien.

SPARRING

Der kleine Heinz erzählte Sándor später haarklein, was er gesehen hatte, denn er war die ganze Zeit dabei gewesen. Morgens schon, als sein Vater Julius Zimmler den Anruf bekam, erst ernst sprach, dann lachte und dann wieder in dieser typischen Männersprache weiterredete, die man nicht verstand, weil nur geknurrt und gegrunzt wurde. Erst viel später stellte sich heraus, dass es gar kein Mann gewesen war, mit dem der Vater gesprochen hatte, sondern eine Frau, eine, die Heinz nicht kannte – Rosi aus der Fliegerbombe. Jedenfalls war der Vater den ganzen Morgen wie von einer wilden Fröhlichkeit gepackt; beim Frühstück spachtelte er sich versehentlich Marmelade auf die Wurst, und als Heinz ihn lachend darauf hinwies, sah er erst die andere Hand an, die das Brot eben nicht hielt, und biss herzhaft da hinein, bis Heinz sich vor Lachen den Bauch hielt und der Vater noch eins drauflegte und das Leberwurstmarmeladenbrot nicht den Gänsen gab, sondern selber aß und verkündete, das wolle er jetzt immer so halten; etwas Leckereres habe er im ganzen Leben noch nicht auf den Teller gekriegt.

Heinz liebte es, wenn sein Vater solche Späße machte; normalerweise setzte ihm die Arbeit doch ganz schön zu, es war in den Sommermonaten unendlich anstrengend, ein Ausflugslokal mit tausend Sitzplätzen zu führen, alles rechtzeitig an die Tische zu bekommen, genug von allem dazuhaben, nichts wegzuschmeißen. Meist hatte der Vater nicht mal Zeit zum Frühstücken, heute war eine Ausnahme, und der Anruf des Fremden musste damit zu tun haben. Mehr als das: Nach dem Frühstück ließ der Vater die Pferde anspannen, und Heinz durfte mit in die Stadt, das heißt: hinüber nach Wandlitz, 4.000 Einwohner immerhin, wo die »Heidekrautbahn« hielt, die Zugverbindung nach Berlin. Sie

würden ein paar Besorgungen machen – dafür schickte der Vater sonst immer den Stallburschen – und vor allem würden sie einen Reisenden am Bahnhof abholen. Einen Reisenden! Tagtäglich kamen Hunderte, manchmal tausend Menschen zu ihnen herausgepilgert, aber diesen einen Menschen holte der Vater höchstpersönlich am Bahnhof ab.
»Den Reichskanzler?«, wollte Heinz geradezu schüchtern wissen, und Julius Zimmler lachte schallend. Nein, der Reichskanzler hätte seinetwegen die ganze verdammte Strecke zu Fuß laufen können, der sei ihm egal. Aber dieser Reisende hier, der sei ihm nicht egal, den wolle er gern persönlich abholen, und Heinz werde schon sehen, was für ein besonderer Besuch der war!

In Wandlitz hatte Heinz den geheimnisvollen Reisenden schon fast wieder vergessen, so aufregend war es, in der »Stadt« zu sein. Was es in den Geschäften alles zu kaufen gab! Wie viele Leute hier auf den Straßen unterwegs waren! Ja, sicher, er selbst ging zur Schule, aber die war nördlich in Prenden, eine kleine Dorfschule mit drei Klassen in zwei Zimmern in einem Bauerndorf. Nach Wandlitz kam er einmal im Jahr zu Weihnachten, sonst nie. Heute bestaunte er alles, und am Bahnhof traf, gerade als sie vorfuhren, wahrhaftig die Heidekrautbahn ein, die für die Erwachsenen vielleicht eine kleine, unbedeutende Vorortbahn war – für ihn war die Dampflokomotive, die die drei dunkelgrünen Waggons zog, riesig groß und schwer und heiß und feuerspeiend wie ein echter Drachen. Morgens fuhren die Arbeiter der Borsigwerke mit dem Zug zur Arbeit, abends kamen sie verschwitzt und erschöpft damit zurück, aber vor allem diente die Heidekrautbahn den Tausenden erholungsuchenden Berlinern als direkte Verbindung zu den Wäldern und Heidefeldern des Barnim.
An diesem frühen Augusttag war die Luft noch diesig, und weil es ein Werktag war, war die Bahn zwar voll Richtung Berlin abgedampft, kam aber jetzt praktisch leer wieder zurück über Groß

Schönebeck nach Wandlitz. Der Bahnsteig war lang und menschenleer, und der Vater war mit dem Zweispänner direkt auf den Bahnsteig gefahren und wartete, geduldig an seiner Tabakpfeife ziehend, auf den Zug. Schließlich rollte das Stahlungeheuer mit gellendem Quietschen der Bremsen die letzten paar Meter bis zum Prellbock vor, und wie um den Frühnebel zu verstärken, quollen seitwärts aus den Achskästen der Waggons dicke Dampfschwaden hervor, die fast die Sicht auf die beiden kräftigen Männerbeine verdeckt hätten, die jetzt von den Eisengittertrittbrettern herunter auf den gepflasterten Bahnsteig stiegen. Ein nicht sehr großer, aber überaus kräftiger Mann im schwarzen Gehrock und mit einer altmodischen Melone war aus dem Zug gestiegen; ein Mann, der jetzt einen klobigen Überseekoffer aus dem Waggon zerrte und das schwere Ding mit einer überraschenden Leichtigkeit neben sich auf die sandknirschenden Steine stellte. Überhaupt hatte der Kerl, der jetzt mit sicheren Schritten auf sie zugestiefelt kam und von hinten von einer milchigen Morgensonne beleuchtet wurde, eine markante Silhouette.

Heinz hatte in der Vergangenheit Hausierer erlebt, die selbst auf den entlegensten Gehöften noch die Klinken putzten, und erst dachte er, auch dieser rätselhafte Mann sei ein Vertreter wie diese anderen. Sein Vater, der aus alter Verbundenheit mit der Berliner Boxszene den *Box-Sport* las, hätte über die Vermutung wahrscheinlich schallend gelacht; auch er erkannte den Mann als Vertreter, als »Vertreter Fistanias« nämlich, wie der *Box-Sport* gerne schrieb, wenn einem schon an seinen zerrupften Blumenkohlohren die Nähe zum Kampfsport ins oder besser ans Gesicht geschrieben stand.

Aus der Nähe allerdings hatte der Mann ein überaus gutmütiges Gesicht, und Heinz, der über diese Blumenkohlohren erst erschrocken war, fand den Fremden auf Anhieb sympathisch. Auch deshalb, weil er ihm zuallererst die Hand schüttelte, freudig, sich sogar auf ein Knie niederließ für diesen Händedruck, um mit dem Zwölfjährigen auf einer Augenhöhe zu sein. Heinz starrte schüchtern und erfreut in dieses gutmütige Vollmondgesicht, und der Fremde sagte nichts und schüttelte nur strahlend Heinz' kleine Rechte.

Dann erst sprang der Reisende auf, um mit einem einzigen elastischen Satz auf den Kutschbock zu grätschen und nun auch Heinz' Vater Julius Zimmler zu umarmen, noch immer wortlos, und jetzt endlich drehte sich Julius Zimmler zu seinem kleinen Sohn um und sagte mit freudestrahlendem Gesicht:

»Heinz, das ist mein alter Freund Karl Knöpnadel. Brauchst nicht ›Onkel‹ zu ihm zu sagen, ›Karl‹ reicht, aber du kannst sowieso zu ihm sagen, was du willst, denn der Karl ist taub und stumm und hört nicht, was du sagst, und kann auch nicht sprechen.«

Mit diesen Worten hob Julius Zimmler seinen Sohn mit einem Ruck neben Karl Knöpnadel und sich selbst auf den Kutschbock, und Karl drehte sich lachend zum kleinen Heinz um und schlug ihm freundlich auf die Schulter. Ein bisschen unheimlich war das am Anfang doch, der lachende Mann, der nicht sprechen und nicht hören konnte. Doch unterwegs knuffte Karl Heinz plötzlich in die Seite und zeigte hinüber zu einer Wiese, die unter dem Waldrand im Schatten lag, und Heinz sagte: »Was ist denn?«, und Karl knuffte noch mal. Nun sah er die Rehe, die der Boxer lange vor ihm entdeckt hatte, auch, und erstaunt bemerkte er, dass eins ganz schwarz war. Karl Knöpnadel hob einen Daumen und hielt danach zwei Hände vor die Augen.

»Eins ist schwarz«, übersetzte Heinz Knöpnadels Worte, und Knöpnadel lächelte und nickte, und da merkte Heinz, dass es sehr einfach war, mit dem freundlichen Fremden zu sprechen.

Sándor Lehmann hatte mit Rosi telefoniert, und Rosi hatte sich umgehört und ein bisschen nachgedacht und mit Knöpnadel gesprochen. Dann hatte sie Zimmler angerufen und alles klargemacht. So einfach war das gewesen. Denn Karl Knöpnadel war der ideale Mann für den Job. Er war einer der besten Boxer, die in dieser Saison im Spichernring angetreten waren, ein Mann, der gegen unzählige Gegner über die Runden gegangen war, einer, der unbestreitbar wusste, wie man nach dem Gong überlebte. Und gleichzeitig waren die Zeiten für Karl Knöpnadel schwer geworden. Denn im Berliner Boxen bahnte sich ein Wandel an, eine Veränderung, der sich auch Leute wie Ernst Zirzow nicht entziehen konnten, die mit Sportethos wenig und mit der Abendkasse viel am Hut hatten. Männer wie Rudi Blinker oder Peter Eyck von der Boxsport Behörde Deutschland waren die Vorreiter; sie machten Stimmung gegen alles, was ihrem eigenen Ideal von Deutschem Faustkampf nicht entsprach. Wenn Deutschlands boxerischer Nachwuchs gegen Herausforderer aus Italien oder gar den USA nicht bestehen konnte, wenn der schnelle, tänzerische Boxstil vom »Neger« Beasley, dem italienischen Schwergewichtler Primo Carnera oder dem viel geschmähten »Zigeuner« Trollmann die etwas eindimensionalen deutschen Geradeaus-Boxer vor unlösbare Probleme stellte – dann musste der deutsche Boxsport von dieser ungewohnten Kampftaktik nicht lernen, sondern befreit werden. Dann musste verboten werden, was nicht besiegt werden konnte. Und in die Liste der unerwünschten Gegner wurden Blinde, Gehbehinderte und Taubstumme ganz automatisch aufgenommen. Knöpnadel hatte wieder und wieder dagegen protestiert, und letztlich gaben ihm seine boxerischen Erfolge ja recht, doch Eyck leitete trotzdem ein Untersuchungsverfahren gegen ihn ein, eine alberne gutachterliche Untersuchung, deren Ausgang noch völlig offen war und die Karl Knöpnadels Karriere von einem Tag zum anderen beenden konnte. »Untersuchung« klang objektiv und wissenschaftlich, doch wer die BBD und Eycks eigene Haltung zu dieser Sache kannte – und natürlich waren Leute wie Ernst Zirzow hier bestens im Bilde; schließlich saßen die beim Verband selbst mit am Tisch –, würde in Zukunft einen Teufel tun und Karl Knöpnadel für künftige Kämpfe auf der Karte haben. Ein Boxer, dessen Karriere bald zu Ende sein konnte, bekam in dieser Stadt keinen einzigen Kampf mehr, nicht einen.

Das alles hatte Sándor von Rosi brühwarm erzählt bekommen; sie war sogar selbst mit der Heidekrautbahn herausgefahren, um ihm alles zu erzählen. Sándor hatte gerade gefrühstückt, als Rosi ankam, und auch wenn er sein Frühstück nicht mehr im Sommergarten des Seeschlosses einnahm, sondern auf einer einfachen Holzbank vor der »Ausspannung«, wo einem nicht fünf Sorten Marmelade gereicht wurden, sondern einfaches, duftendes Brot, Butter und so viel Kaffee, wie man wollte – auch wenn die Gäste im Sommergarten ein paar Meter entfernt waren und wahrscheinlich nicht hören konnten, was Rosi da so eifrig und gut gelaunt herausplapperte, drückte er ihr den Zeigefinger auf die lachenden Lippen und machte:

»Pssssst.«

Das Handtuch lag schon neben ihm, und der aufkommende Herbst hatte das Seeufer ausgetrocknet und die Blätter des Ahorns rot gefärbt, der zwischen dem Haus und dem Wasser die halbe Straße überragte. Sie bummelten hinunter zur Badestelle, aber Sándor kannte inzwischen den kleinen Pfad links zwischen den Weiden hindurch, den die Angler nahmen an den Wochenenden und Zimmlers Sohn Heinz, wenn er eins der Ruderboote zurückholen musste, das ein Sturm losgerissen oder ein Liebespaar nicht zurückgebracht hatte. Der Uferpfad führte immer direkt am Wasser entlang; weicher, krumiger Waldboden, sandige Stellen, mit dem Wasser über verzweigte Wurzeln der Uferbäume verbunden, die vom See frei gespült worden waren. Es gab Stellen, an denen die Äste der Weiden bis ins Wasser reichten; es gab ein, zwei in den See gestürzte alte Bäume, auf denen man in der Sonne sitzen konnte. Es gab Stellen, an denen der Pfad schmal wurde; an denen man über rutschige Steine balancieren musste, wo die Uferquellen spärliche Rinnsale in den See strömen ließen.

Rosi griff nach Sándors Hand und ließ sie nicht mehr los, auch später nicht, als die andere Hand an ihrer Seite herunterwanderte, ihre Kontur nachzeichnen wollte und Sándor ihr mit einem nachdenklichen Gesicht – einem von der Sonne braun gebrannten Gesicht, das ganz anders aussah als das, das sie aus der Stadt kannte – behutsam die beiden Träger des rot-weißen Sommerkleides von den Schultern streifte. Sie nickte.

Von Gennat gab es Neuigkeiten, und Rosi hatte auch von Plötz und sogar von Bernhard Weiß persönlich etwas auszurichten. Doch vor allem kündigte sie den Mann an, der jetzt drüben ans Südufer des Sees trat; einen Mann, den Sándor Lehmann bisher nur im Kampfdress gesehen hatte, in den langen Boxershorts, mit Boxhandschuhen an den Fäusten, hoch konzentriert, hellwach und sehr, sehr schnell. Hier draußen wirkte er fast etwas plump; vielleicht brauchte er das Sechs-Meter-Geviert und das geifernde Geschrei des Publikums. Obwohl er – Sándor hatte auf der Klarinette gespielt und jubelte noch ein paar zwitschernde Töne hinterher, als der Boxer Karl Knöpnadel die Badestelle des Obersees betrat und zu ihm herübersah, seinem Schüler, der am Nordufer auf einem ins Wasser ragenden Baumstumpf in der Vormittagssonne saß –, obwohl er das Publikumsgeschrei ja ebenso wenig hören konnte wie die Pirouetten, die Sándors Töne jetzt in der flirrenden Luft über dem See machten, bevor sie in der Weite der Wälder verklangen.
Boxen also. Vielleicht war es eine Schnapsidee, vielleicht war es hoffnungslose Selbstüberschätzung, und vielleicht würde er es nach ein paar Tagen auch schon genervt aufgeben. Aber erst mal war es einen Versuch wert. Sándor wusste nicht, ob er als Polizist nach Berlin zurückgehen konnte; aber er war sicher, dass er als Polizist im »Fall Spichernring« nicht weiterkommen würde. Er musste von innen erleben, was er von außen nicht durchschaute, und von innen hieß: als Boxer, als Kämpfer im Boxring.

Rosi hatte keine spöttische Bemerkung gemacht, als er ihr von seinem Plan erzählt hatte; sie kannte ihn gut genug. Sie wusste nicht – und auch er selbst wusste nicht –, ob er zum Boxer geboren war, ob er das Zeug dazu hatte, wenigstens zwei, drei Runden im Boxring seinen Mann zu stehen, bevor ihn jemand weitaus Routinierteres auf die Bretter schickte. Und nicht gleich in den ersten zehn Sekunden nach dem Gong der ersten Runde Sterne sah und ausgeknockt wurde. Aber sie beide wussten, dass er es versuchen würde wie kein Zweiter, wenn er es wollte. Weil er alles, was er sich in den Kopf setzte, lernen konnte. So wie er das mit der Klarinette gelernt hatte als Kind, als Jugendlicher. So wie man Russisch oder Chinesisch lernen konnte oder Kochen, wenn man es nur wollte.

»Oder Tanzen!«, hatte Rosi vorgeschlagen und ihn frech angegrinst; und er hatte grimmig erwidert: »So wie Tanzen – wenn ich es wollte.«

Doch seine Erwartung, dass Karl Knöpnadel ihm gleich im Ring ein paar wirksame Wunderschläge zeigen würde, wurde enttäuscht. In der ersten Woche sah Sándor den Boxring in Julius Zimmlers altem Festsaal nicht mal von Weitem. Stattdessen verbrachten sie die Tage erst im Wald, dann auf dem See in einem der kleinen Ruderboote, das heißt: Im Ruderboot stand nur Sándor Lehmann in der typischen, lehrbuchmäßigen Boxstellung, aber ohne Boxhandschuhe. Das linke Bein war leicht nach vorn gestellt, die rechte Faust sorgte am angewinkelten Arm unterm Kinn für Deckung, während der linke Arm rechtwinklig in Angriffsstellung nach vorn gerichtet war. Das war einfach; es war sogar ein einigermaßen stabiler Stand, der nur einen gravierenden Haken hatte: dass er stabil bleiben musste, wenn der Gegner angriff oder zurückwich und seinerseits angegriffen werden musste. Sándors Aufgabe war es, zu einem Boxhandschuh, den Knöpnadel an einem langen Ast festgeknotet hatte, immer Kontakt zu halten. Wich der Astarm zurück, drängte er nach und griff an;

kam der Handschuh auf ihn zu, nahm der die Deckung hoch und versuchte, einem Stubser auszuweichen. Das war leichter gesagt als getan, und das kippelige Ruderboot tat ein Übriges. Wenn Sándor im Boot einen sicheren Stand gefunden hatte und überzeugt war, dass ihn nichts und niemand würde umwerfen können, kam der Boxast und forderte ihn heraus, und wenn er sich daraufhin nach vorn lehnte, um anzugreifen, reichte ein kleiner Stubser, um ihn der länge nach in den See fallen zu lassen. Wenn er gut stehend vom Handschuh bedrängt wurde und mit wütenden Schlägen versuchte, sich den Zudringling vom Leib zu halten, gingen seine viel zu weit ausholenden Schwinger ins Leere, und er fiel nach vorn vom Boot.

Für die in den kühleren Herbsttagen schnell weniger werdenden Ausflügler und die Angler gab das immer wieder Anlass zu spontanen Heiterkeitsausbrüchen, auf die Sándor mit grimmigem Gesicht nicht reagierte. Karl Knöpnadel lachte nie, so ungeschickt sich Sándor auch anstellte, so spektakulär seine Stürze in den See auch aussehen mussten, so oft sie eine bestimmte Angriffssituation, eine Folge von Schüben und Zügen auch wiederholen mussten, bis sie saß.

Dann kam, endlich, der Ring. Keine sehr hoch gebaute Fläche; es gab ja kein Publikum, das aus großer Ferne etwas sehen musste, aber doch ein Podest mit klaren Kanten und genau sechs Metern Länge. Die Seile waren verblichen, und die großen, fast bodentiefen Fenster des Festsaals waren staubblind. Max Schmeling war schon lange nicht mehr hier gewesen, aber ab und zu veranstaltete Julius Zimmler noch seine ländlichen Boxnachmittage, um den Winter über Publikum aus der Hauptstadt heraus nach Lanke zu locken, und jetzt waren Knöpnadel und Sándor Lehmann da und würden den Staub schon ordentlich aufwirbeln. Einstweilen gaben die in den herbstlichen Sonnenstrahlen tanzenden Partikel dem Saal etwas geradezu Dramatisches, machten ihn zu einem Ort von schicksalhafter Bedeutung – ein Eindruck, der in krassem Gegensatz zu den stümperhaften Lehrstunden stand, die Sándor dort absolvierte.

Immerhin hatten ihm die Übungen im Ruderboot einen sicheren, sogar federnden Stand verliehen, und bei den nun folgenden einfachen Schulstößen – dem geraden Stoß, dem Haken, dem Aufwärtshaken, Schwinger, Abwärtshaken – zeigte er sich einigermaßen talentiert und brachte noch in die kleinste Bewegung so viel überbordende, schnell verfügbare Energie, dass Knöpnadel mit seinem Schüler ziemlich zufrieden zu sein schien, auch wenn Sándor wusste, dass er von dem taubstummen Lehrer nie ein wirkliches Wort des Lobes hören würde.

Die dritte Woche gehörte den Schlagkombinationen, und Sándor boxte noch im Traum drüben im Heu in der »Ausspannung« endlos scheinende Schlagfolgen von Geraden, Haken, Aufwärtshaken, riss immer diszipliniert die Schulter vor und hielt den zweiten Arm Sekundenbruchteile später wieder in Deckung, um sich erneut nach vorn zu werfen, nach vorn, erneut nach vorn, wieder nach vorn.

Und dann, in der vierten Woche, stand plötzlich Karl Knöpnadel vor ihm im Ring, und der Trainer wartete nicht lange, sondern langte ihm eine, dass er sich auf den Hosenboden setzte – eher vor Überraschung über den unvorhersehbaren Schlag als von dessen Wucht. In den vergangenen Trainingsstunden hatten sie immer wieder Verteidigungsschritte geübt, kleine seitliche Sprünge, Ausfallschritte oder plötzliche Drehungen mit dem Oberkörper, um aus der Schlagrichtung einer Geraden oder eines Hakens zu kommen oder einen besonders gefährlichen Punch in unempfindlichere Körperregionen abzuleiten. Doch mit einem lebenden Gegner stellte sich all das als blanke Theorie heraus, denn wie zum Teufel sollte Sándor wissen, wohin der Taubstumme als Nächstes schlagen wollte? Er begriff, dass Verteidigung keine Schwäche war, sondern im Gegenteil nur dem schnelleren Boxer, dem überlegeneren Bewegungskonzept gelang. Auch Knöpnadel musste für eine Gerade oder einen Aufwärtshaken eine Körperdrehung und eine Verlagerung des Körpergewichts vornehmen, und wenn diese Gesamtmaschinerie erst mal in Gang gesetzt wurde, war klar, was folgen würde. Aus der Körperbewegung den bevorstehenden Schlag mehr erahnen als vorhersehen und mit einer entsprechenden Ausweichbewegung reagieren: Das war das augenblickliche Lernziel, und von allen Trainingswochen war diese erste Sparringwoche die bei Weitem anstrengendste. Vor allem wurde jede Langsamkeit nun mit direkten Schmerzen bestraft, und wenn er diese Schmerzen vermeiden wollte, musste Sándor gut beobachten und verflucht schnell sein. Knöpnadel schenkte ihm nichts; wenn Sándor schneller und besser wurde, wurden Karl Knöpnadels Schlagfolgen schneller und härter, und wenn er sich auch darauf eingestellt hatte, zog der Trainer die Geschwindigkeit noch einmal an.

Das wäre endlos so weitergegangen – Knöpnadels Kondition schien unerschöpflich, und er verfügte über ein offenbar grenzenloses Repertoire an Schlagkombinationen, Finten und jähen Tempowechseln –, hätte Sándor im Lauf eines verschwitzten Nachmittags nicht plötzlich eine Idee gehabt. Die Idee kam ganz plötzlich, ohne dass er hätte sagen können, was sie ausgelöst hatte, und sie kam so selbstverständlich wie der Punkt, an dem er sich beim Jazz mit seiner Klarinette aus dem Thema eines Songs herauskatapultierte und mit einem Solo in die Improvisation einstieg. Den ganzen Tag war schwerer Regen auf das Wellblechdach des Festsaals geprasselt, ein monotoner, ohrenbetäubender Lärm wie Kriegstrommeln, und Sándor war selbst zu einem Taubstummen geworden und hatte verbissen Knöpnadels Bombardements abgewehrt, immer wieder neu angefangen, literweise Wasser getrunken und sich erneut den unermüdlichen Angriffen des Trainers ausgesetzt. Das Regengetrommel hatte ihn geradezu

in Trance versetzt, er hatte mit dem Decken aufgehört und nur geboxt, geboxt, und dann war es urplötzlich passiert: Mitten in einer komplexen Schlagfolge von rechtem Haken zum Kopf – den Sándor mit geöffneter Hand und leichter Körperdrehung abfing –, linker Geraden mit folgendem kurzem Jab und einem heimtückischen, geradeaus geführten Nachschlagen mit der Führungshand war Sándor Lehmann dem angreifenden Knöpnadel nicht nach hinten, sondern nach vorn und unten ausgewichen, war unter der Geraden und dem Jab hinweggetaucht und hatte dem Angreifer einen rechten Aufwärtshaken verpasst, mit dem Knöpnadel offensichtlich nicht gerechnet hatte und der ihn nun selbst in die Defensive brachte, weil die Linksdrehung Platz für eine gestreckte gerade Linke von Sándor schuf, die er allerdings mitten in der Luft verdutzt selber abfing, um den Mann nicht zu verletzen.
Sándor und Karl Knöpnadel standen sich gegenüber und starrten sich an, und während Sándor außer Atem war und keuchte, streifte Knöpnadel grinsend die Handschuhe ab und tätschelte ganz plötzlich grinsend Sándors Wange und nickte. Das war, zum ersten Mal nach vier Wochen hartem Training, Boxen gewesen. Nichts, womit man im Spichernring schon ungefährdet durch die Seile klettern durfte, aber doch eine gute Ausgangslage für das, was sie in der kommenden Zeit noch vorhatten. Wenn Karl Knöpnadel in zwei, drei Wochen die Heidekrautbahn Richtung Berlin besteigen würde, würde er einen Boxer hier im Seeschloss zurücklassen; einen, der im Ring nicht gleich »Mama« schreien würde, sondern drauflosarbeiten ohne Wenn und Aber. Wenn alles gut ging: mit dem Herzen eines Boxers und dem Auge und dem Verstand eines Kriminalkommissars.

Ganz zuletzt machte Sándor wieder das, was er in den ersten Tagen im Seeschloss getan hatte. Er lief durch den Wald in immer größeren Runden und nun auch weit über das Straßengeviert der Nachbardörfer hinaus; er hackte Holz in Mengen, die Julius Zimmler nicht nur durch diesen, sondern auch durch den nächsten Winter bringen würden, und er ruderte so ausdauernd über den See, dass die Angler ihn zu hassen begannen. Die eigentliche Boxarbeit fand an den Nachmittagen statt, und wenn Knöpnadel unter den spärlicher werdenden Ausflugsgästen einen jungen Burschen mit Mumm ausmachte, dann wurde der für ein paar Groschen zum Sparringpartner gemacht und zu Sándor in den Ring gestellt, um dem Boxschüler ein paar unerwartete Schläge zu verpassen, auf die Sándor mit entsprechend spontaner Beinarbeit antworten musste. Im September war Sándor Lehmann in der besten Form seines Lebens; dass er seit drei Monaten nicht ein Mal den gewohnten grünen Escorial angerührt hatte, erstaunte ihn selbst. Er aß wie ein Achtzehnjähriger, schlief wie ein Toter und sah mit Zuversicht auf die Kämpfe, die vor ihm lagen. Wer ihm Knock-out-Tropfen spritzen wollte, der konnte sich auf eine ziemlich ansehnliche Portion »Deutschen Faustkampf« gefasst machen; den würde er nach allen Regeln der Kunst windelweich prügeln. Er war bereit.

ZIRZOWS COMEBACK

Auch Julius Zimmler war Abonnent des *Box-Sports;* jeder Boxinteressierte war das. Man konnte das Blatt wegen seiner opportunistischen Haltung kritisieren, mit der sich die Redaktion jeder neuen Tendenz als Lautsprecher anbiederte; man konnte ablehnen, dass der *Box-Sport* einzelne Boxer wie den unglücklichen Johann Trollmann geradezu rachsüchtig verfolgte und ihnen jede Chance nahm, ihr Bild in der Öffentlichkeit jemals wieder gerade zu rücken. Aber auf den *Box-Sport* verzichten, das konnte man nicht. Über die Kämpfe an den großen Schauplätzen schrieben auch andere; aber das vollständige Bild, die Charakterisierung jedes einzelnen Boxers, seine Manager, seine Schwächen und Erfolge: Das fand man nur hier. Obendrein hatte der *Box-Sport* allerbeste Beziehungen zur BBD und ließ sich gegen ein paar exklusive Hintergrundinformationen nur zu gern für die Ziele des Verbands instrumentalisieren. Man munkelte sogar, dass Geld floss, wenn aufstrebende Promoter hochgejubelt und altgediente Kräfte in den Orkus hinuntergeschrieben wurden.

Sándor Lehmann hatte sich angewöhnt, am Freitag, wenn der Briefträger von Biesenthal herübergeradelt kam, wie zufällig im Biergarten herumzulungern und dem Mann, der von der weiten Strecke außer Atem war, die Post schon am Eingang abzunehmen. Julius Zimmler war da noch mit dem Frühstück beschäftigt, mit der Einkaufsliste für den Wochenmarkt, der Buchführung. Eine halbe Stunde lang gehörte der *Box-Sport,* dieses Drecksblatt, Sándor allein. Und so verfolgte er mit wachsendem Interesse den vom Chefredakteur Thoma höchstpersönlich herbeigeschriebenen Niedergang des Spichernrings und seines einst gefeierten Retters Ernst Zirzow. Als Zirzow den maroden Schuppen von Josef Burda übernommen hatte, war er als neuer Held am wolkenverhangenen Boxhimmel Berlins gefeiert worden; jetzt, wo der Laden leidlich lief, wurde er unter Feuer genommen, als hätte er den Abendgästen höchstpersönlich in die Tasche gegriffen und sich unrechtmäßig an ihnen bereichert.

Tatsächlich hatte Ernst Zirzow in den letzten Wochen und Monaten eine wahre Pechsträhne gehabt, die er womöglich selbst verschuldet hatte. Der Konkurrent Rudi Blinker hatte ihn immer mehr gepiesackt; zuletzt hatte Zirzow dem Mann einen dermaßen überhöhten Kaufpreis für sein Freilufttheater in der Hasenheide geboten, dass Blinker sich vermutlich freudig die Hände gerieben und eingeschlagen hatte. Zirzow hatte aufgeatmet; den Konkurrenten war er zunächst los – auch wenn abzusehen war, dass Blinker mit dem Geld an der nächsten Ecke einen noch größeren Ring aufmachen würde. Doch die Schulden waren immens. Ein neuer Kompagnon, Engert, kam ins Boot, mit ihm neues Geld, neue Geschäftsideen. Eine Boxreise nach Bukarest, bei der die größten Spichernring-Talente gegen die rumänische Elite antreten sollten, wurde eingefädelt. Und Zirzow sackte für das Paket eine Extraprovision ein, die nicht an die Boxer weitergegeben wurde und doch das Loch in seiner eigenen Kasse nicht annähernd füllen konnte.

Der *Box-Sport* zelebrierte den Ärger über dieses Geschäftsgebahren, dramatisierte die Gefahr, in der der Spichernring schwebte, und bezeichnete Zirzow in mehreren aufeinanderfolgenden Ausgaben als pleite. Das war eine ernste Gefahr für den angeschlagenen Promoter; wenn die Boxer erst mal begannen, sich Sorgen um ihre Gagen zu machen, würde er niemanden mehr für die ohnehin nicht allzu gut besuchten Boxabende des Spätherbsts anheuern können.

Ernst Zirzow war kein Grübler, kein Zögerer, er arbeitete nach vorn, in der Offensive – da war er den von ihm bevorzugten Boxern sehr ähnlich. Angriff war die beste Verteidigung, und wenn der *Box-Sport* ihn schon totgeschrieben hatte, dann war höchste Zeit für eine glänzende Auferstehung. Mit nie da gewesenem Reklamerummel kündigte Zirzow für das Monatsende die »sensationelle Neueröffnung« des Spichernrings an; Presseerklärungen sprachen von einem Box-Ereignis der Superlative, und die Gerüchte, die in der Stadt die Runde machten, sagten einen Weltmeisterkampf von Primo Carnera voraus – wenn nicht die Heimkehr von Max Schmeling selbst. Ob Zirzow diese Gerüchte selbst in die Welt setzte oder nur nichts gegen sie unternahm, war unwichtig; der *Box-Sport* jedenfalls ging seiner eigenen Sensationslust auf den Leim und beteiligte sich begeistert an den Spekulationen über das Programm des großen Boxabends, der da ganz offensichtlich bevorstand.

Hinter den Kulissen musste es ganz anders aussehen; Sándor Lehmann war überzeugt davon, und Rosis amüsierte Äußerungen am Telefon bestätigten die Theorie. Zirzow schien alles auf eine Karte zu setzen; glorreiches Comeback oder völliger Zusammenbruch, von diesem einen Abend würde es abhängen. Dafür schien er anzuheuern, was auch immer er an alten Kämpfern, aufstrebenden Talenten und publicityträchtigen Namen ergattern konnte. Johann Trollmann stand – ohne je bei ihm geboxt zu haben – bei Blinker unter Vertrag und wurde von Zirzow mit einem deftigen Handgeld herausgekauft; der Grotesktänzer »Al« Hopp hatte sich auf der Bühne eine Hand gebrochen und war seit einem halben Jahr nicht mehr aufgetreten – Zirzow engagierte ihn für eine waghalsige Doppelnummer mit einem halb nackten amerikanischen Vaudeville-Star. Zirzow ignorierte die Probleme, die Knöpnadel noch immer mit der BBD und Peter Eyck hatte, und verpflichtete den Taubstummen für einen der wichtigeren Kampfplätze. Und Rosi vermittelte ihm einen noch gänzlich unkannten, aber, wie man hörte, überaus talentierten ungarischen Puncher mit dem Namen Sándor – »kein Nachname, nur Sándor, diese ungarischen Familiennamen kann ja doch kein Mensch aus-

sprechen, warum können die Kerle nicht Müller, Schulze, Lehmann heißen?« – und stellte sich, als Zirzow zögerte, sogar selbst als zweites Ringreinigungsgirl zur Verfügung. Das Angebot freute Zirzow ungemein. Die Wirtin der Fliegerbombe im Außeneinsatz: Das allein war in bestimmten Kreisen schon das Hingehen wert! Und dieser Wunder-Ungar, dieser Sándor, musste nur von Knöpnadel ordentlich vermöbelt werden, dann würde das Publikum schon auf seine Kosten kommen, ganz egal, was der Mann – von dem er, der doch die internationale Boxwelt kannte wie kein Zweiter, noch nie gehört hatte – wirklich draufhatte.
»Spichernring Berlin: Die Rückkehr einer Legende«, verkündeten die Plakate, und die Reklamerechnung ging auf. Wahrhaftig bestellte Max Schmelings Management acht Karten; Hans Albers ließ anfragen, Bert Brecht würde kommen, der Regisseur Helmut Käutner, vielleicht die Dietrich, sicherlich die kleine rothaarige Margot Hielscher, die Österreicherin Liane Haid und viele andere. Ernst Zirzow atmete auf, berichtete Rosi; sein Plan schien aufzugehen, das Publikum war gespannt, und wenn erst mal genug Prominenz auf den vorderen Plätzen saß, wären die Boxer oben im Ring gar nicht mal so wichtig; ob sie nun Carnera, Schmeling oder Sándor hießen.

Dass man jemandem einen derben Schlag in die Magengrube versetzen konnte, einen anständigen Tritt in den Hintern oder einen heimtückischen Leberhaken, ohne dem anderen dabei wirklich böse zu sein: Das war eine Erfahrung, die Sándor Lehmann schon aus seiner beruflichen Praxis mitbrachte, und sie half ihm beim Boxenlernen sehr. Insgesamt kannte er die Menschen und ihre Beweggründe gut genug, um jemandem einen Bankraub nicht sonderlich übel zu nehmen – und ihn trotzdem, wenn er konnte, nach Leibeskräften zu verhindern.
Beim Boxen war es ganz ähnlich. Karl Knöpnadel und er waren Freunde geworden. Abends saßen sie mit Julius Zimmler unten

am See auf einer Bank und starrten zufrieden aufs Wasser; morgens liefen sie nebeneinander durch den Wald, und wenn ihnen ein Spaziergänger begegnete, dann mochte er die beiden sportlichen Männer für unzertrennliche Kampfgefährten halten. Und das waren sie auch.

»Trotzdem werde ich dich übernächste Woche im Ring auseinandernehmen, Karl«, knurrte Sándor manchmal nach einer besonders zermürbenden Sparringrunde gegen seinen Lehrer, und Karl, der die Worte nicht hören konnte, mit dem ehrgeizig trainierenden Ex-Polizisten aber eine ganz eigene Sprache gefunden hatte, die ohne Worte auskam, nickte ermunternd, machte mit der behandschuhten Rechten einen kleinen Haken zum eigenen Kinn und verdrehte lachend die Augen, als fiele er in Ohnmacht. Auch wenn Sándor trotz allem Training meilenweit von einem Sieg gegen Knöpnadel entfernt war: die Art, wie er seinen Sieg ankündigte, klang schon sehr nach dem großen, bösen Boxprofi, den er im Spichernring darstellen wollte.

DER KAMPF

Gott, wie viel Zeit war vergangen? Sándor hätte es ohne Nachrechnen gar nicht sagen können. Wahrscheinlich war er tatsächlich der Naturbursche geworden, als den Rosi ihn schon bezeichnet hatte; er hatte die Tage nicht mehr in Wochen und Monaten gezählt, sondern in Jahreszeiten, und dass überhaupt Zeit vergangen war, hatte er am Welken der Blätter mitbekommen, am Geruch nach Steinpilzen und Maronen, nicht an den Zahlen eines Abreißkalenders.

Trotzdem fühlte er jetzt, wo er im Nichtraucherabteil der Heidekrautbahn in Richtung Berlin saß, den alten Sándor Lehmann, den Kriminalkommissar, sich unter seiner sonnenverbrannten Haut regen. Wenn er den Rücken gegen das grüne Kunstleder der Sitze presste, die Augen schloss und durchatmete, dann war er nur ein Boxer aus der Provinz, der zu seinem ersten großen Kampf aus dem Barnim in die Hauptstadt reiste. Doch sobald er sich auf den Takt der Eisenbahnschwellen unter dem stählernen Schienenband einließ, auf das monotone »tackadang dang, tackadang dang«, schweiften seine Gedanken ab. Er malte sich den vor ihm liegenden Kampf aus, dachte darüber nach, wie er ausgehen würde, wie er selbst sich halten würde, doch in diesem Wachtraum blickte er auch über den Ring hinaus, sah in den Zuschauerraum, ins Publikum. In der Ringecke sah er die Ringärzte sitzen; unten vor dem Publikum tänzelte Martha, das Reinigungsgirl, in aufreizenden Posen vorbei; Zirzow war da, Blinker, Gennat, Rosi, Dahlmann, Sabbotke, Brecht und all die anderen. Und der Mörder – der Mörder des Unbekannten in der Fliegerbombe und des armen Paul Völkner – war auch da, aber das Bild verschob sich, überlagerte sich, und Sándor war sich sicher, dass dieser Mörder keine weitere, zusätzliche Figur war, sondern dass einer von den

Menschen, die er kannte, einer von denen, die hier waren, dieser Mörder war. Er blickte im unruhigen Schlaf in der Heidekrautbahn forschend von einem zum anderen: Wer war es? Wer?

Am Bahnhof Reinickendorf-Rosenthal stieg Sándor Lehmann in die Straßenbahn um; ein Mann mit kleinem Handgepäck im grauen Mantel und mit Hut wie Tausende andere, die hier tagtäglich vom Vorortzug ins Verkehrsnetz der Reichshauptstadt wechselten. Seinen Koffer hatte er per Spedition abholen und zu Rosi schaffen lassen, und Karl Knöpnadel war schon letzte Woche abgereist nach einem feuchtfröhlichen Abschiedsfest mit den Zimmlers, bei dem sogar der kleine Heinz einen ordentlichen Schluck Weiße bekam. Ob Sándor das Motorrad nachholen würde oder für immer im Lanker Schuppen begraben, stand noch nicht fest; erst musste sich zeigen, wie diese altbekannte, fremde Stadt ihn aufnahm und wie es überhaupt weiterging mit Berlin, der Kriminalpolizei und ihm.

Berlin hatte sich verändert in den zurückliegenden Monaten, und weil Julius Zimmler nicht nur den *Box-Sport* abonniert hatte, sondern auch an der Tagespolitik regen Anteil nahm, hatte Sándor trotz aller Weltabgeschiedenheit Lankes und trotz aller Konzentration auf das strikte Trainingsprogramm Knöpnadels die großen Veränderungen, die sich in Deutschland anbahnten, mit Stirnrunzeln zur Kenntnis genommen.

Nach den Ereignissen des Preußenschlags hatte es Ende Juli Reichstagswahlen gegeben, und ob das deutsche Volk nun das lavierende Hin und Her der Politik satthatte oder sich nach einer starken Regierung sehnte, die das Land ohne Notverordnungen durch die katastrophale Arbeitslosigkeit und aufkommende Hungersnöte brachte: Die Nationalsozialisten waren unter dem Motto »Arbeit und Brot« mit 37,3 Prozent der Stimmen stärkste Partei geworden. Das reichte noch nicht zur Regierungsgewalt im Lande, doch auch die zerstrittene Opposition brachte erneut keine Mehrheit zustande. Am Tag nach der Wahl tobten im ganzen Land erbitterte Straßenschlachten zwischen den siegestrunkenen Parteigängern Hitlers und der entsetzten KPD; am Abend lagen über zwanzig Leichen auf den Straßen der Städte. Doch so sehr ein Zusammengehen von SPD und KPD gegen die Nationalsozialisten, diesen gefährlichsten aller Feinde, von vielen auch gewünscht wurde – Albert Einstein, Käthe Kollwitz und Heinrich Mann waren die prominentesten Unterzeichner eines solchen Appells –, die Sozialisten und Kommunisten waren und wurden sich nicht grün, während die bürgerlichen Parteien im Windschatten der Nazis segelten und in der ersten Sitzung des Reichstags gemeinsam Hermann Göring zum Reichstagspräsidenten wählen wollten. Ein Nationalsozialist in einem von Deutschlands höchsten Regierungsämtern: Das war ein Novum, das für die Zukunft nichts Gutes verhieß.

Die erste Sitzung des Reichstags am 30. August hatte mit Unruhe und Tumulten begonnen; Julius Zimmler hatte Sándor an den Radioempfänger gerufen, in dem die Reden dieser konstituierenden Sitzung übertragen wurden. Der selbstgefällige Machtpolitiker Göring als Reichstagspräsident – das war eine Provokation, die die Abgeordneten der KPD kaum ertragen konnten. Als Alterspräsidentin hatte als Erste Clara Zetkin das Wort. Die 75-jährige Kommunistin war früher zierlich gewesen; jetzt war ihr Körper schwerfällig und gebrechlich geworden, doch ihr Verstand arbeitete rasiermesserscharf, und sie meißelte mit brüchiger, bewegter Stimme, der noch immer ihre sächsische Herkunft anzuhören war, das Bild eines Deutschlands am Rande des Abgrunds:

»Der Reichstag tritt in einer Situation zusammen, in der die Krise des zusammenbrechenden Kapitalismus die breitesten werktätigen Massen Deutschlands mit einem Hagel furchtbarster Leiden überschüttet. Zu den Millionen Arbeitslosen, die mit den Bettelpfennigen der sozialen Unterstützung oder auch ohne sie hungern, werden im Herbst und im Winter neue Millionen stoßen.«

Eine Pause entstand, in der Zetkin vermutlich mit finsterem Blick in die erregte Masse der Abgeordneten blickte.

»Die politische Macht hat zur Stunde in Deutschland ein Präsidialkabinett an sich gerissen, das unter Ausschaltung des Reichstags gebildet wurde und das der Handlanger des vertrusteten Monopolkapitals und des Großagrariertums und dessen treibende Kraft die Reichtwehrgeneralität ist.«

Mehr als ein Drittel der Abgeordneten im Saal waren Nationalsozialisten, die jetzt mit höhnischen Zwischenrufen und einzelnen Pfiffen protestierten, von denen sich Clara Zetkin nicht aus dem Konzept bringen ließ, die mit großer körperlicher Anstrengung ihre politische Analyse dieses Deutschlands vortragen wollte. Es war – jeder ahnte das – ihre letzte Rede vor diesem Gremium; es war sogar, wie sich wenig später herausstellte, die vorerst letzte Rede, die überhaupt im Reichstag gehalten wurde: Denn als erste Amtshandlung verkündete der anschließend gewählte neue Reichstagspräsident Hermann Göring mit schlecht geschauspielerter Würde die Vertagung des Reichstags auf unbestimmte Zeit.

War das noch sein Berlin, durch das die Straßenbahn Sándor Lehmann an diesem Septembermorgen fuhr? Er sah aus dem Fenster, bemühte sich um einen gelassenen Ausdruck und studierte im Vorbeifahren die Gesichter der Menschen, die Auslagen der Geschäfte. Griesgrämige Droschkenkutscher warteten an einer Haltestelle auf Kundschaft, aber so sahen sie immer aus, schlechte Laune gehörte bei dieser Spezies geradezu zur Grundausstattung. Ein Schupo in einer Blechtonne versah mit Trillerpfeife und Kelle an einer Straßenkreuzung seinen Dienst; ein Bild von Konzentration und Ordnungswillen, das sich nicht von den Bildern früherer Jahre unterschied. Waschfrauen steckten in einem Hinterhof, über einen weidenen Wäschekorb gelehnt, die Köpfe zusammen und tuschelten – sicher nicht über Politik, sondern über den Klatsch und Tratsch, den jedes dieser großen Berliner Mietshäu-

ser tagtäglich produzierte. Kinder spielten am Kanal Krieg, aber hatten sie das nicht schon immer getan?
Nein, Sándor lehnte sich zurück, Berlin sah aus wie immer; sah so aus, wie er es in Erinnerung gehabt hatte. Das war ja gerade das Phänomen an dieser unendlich großen Stadt, dass das Leben bei allen Verrücktheiten des Alltags doch immer irgendwie weiterging, dass Normalität letztlich stärker war als jeder politische Umschwung oder jede blutige Straßenschlacht ein paar Meter weiter. Trotzdem blieb Sándor Lehmann auf der Hut. »Mission Gift« hätte auf dem schreierischen Umschlag eines Groschenromans gestanden, wenn sein bevorstehender Auftritt als unbekannter ungarischer Boxer nicht wirkliches Leben, sondern romanhaft zusammenfabulierte Erfindungskunst eines Sensationsschreiberlings gewesen wäre; und Gift, tückisches Gift, schien es auch zu sein, das in diesem Herbst 1932 in das Leben der Reichshauptstadt geschwappt war. Alles ging so weiter wie bisher – und wenn das Gift die Hauptschlagadern dieses Landes erreichet hatte, dann war der Patient plötzlich tot, ohne vorher auch nur viel mehr als ein Bauchdrücken verspürt zu haben.
Die Fliegerbombe war um diese Zeit noch geschlossen, aber weil gegenüber die Kollegen im 106er rund um die Uhr Dienst taten, klopfte Sándor nicht von außen ans herabgelassene Rolleau der Kneipe in der Luisenstraße, sondern überquerte eilig wie ein Arzt, der ohne Blick nach rechts oder links seinem Arbeitsplatz entgegenging, zielstrebig die knirschenden Kieswege zwischen den Backsteinbauten der Charité. Hinter einem Patientengarten gab es ein Tor, das in den Hinterhof des Hauses führte; das hob er, geschützt von einem dicht belaubten Blutahorn, behutsam aus den Angeln. Sekunden später stand er im Treppenhaus oberhalb der Bombe und klopfte auch hier nicht vernehmlich an die wohlbekannte Wohnungstür, sondern schob einen unten abgebrochenen kleinen Ast durchs Schlüsselloch, der drinnen mit einem hier draußen kaum hörbaren Geräusch auf den Dielenboden fiel.

Rosi wusste ja, wann er kommen würde, und deshalb hörte sie das winzige Geräusch sofort und öffnete ohne Nachfragen und fast geräuschlos die Tür. Die Nachbarn über der Kneipe waren Lärm gewohnt und weit davon entfernt, auf all das Klicken und Knacken dieses großen Hauses zu hören; Sándors Rückkehr in die Stadt Berlin hatte, da war er sicher, niemand wahrgenommen. Niemand außer Rosi, die ihn nicht begrüßte und nicht umarmte, sondern zuerst im Halbdunkel des Flurs weit von sich drückte, so weit es ihre langen weißen Arme zuließen, und ihn von oben bis unten mit einem kopfschüttelnden Lächeln musterte. Sándor ließ dieses Begutachtetwerden über sich ergehen, aber schließlich lächelte auch er – und es war auch für ihn ein neues, sonnenverbranntes, hartes Lächeln, das Lächeln eines Boxers.

Vielleicht musste man einfach ein bisschen dumm im Kopf sein, ein bisschen »stulle«, wie sie im Wedding gesagt hatten, um als Boxer vor einem Kampf nicht durchzudrehen. Sándor Lehmann war das nicht, er konnte nicht einfach dasitzen, nichts denken und dann hochgehen und sich hauen. Sándor hörte das Geschrei in der Halle über sich; er hörte dieses tausendköpfige Lebewesen Mensch, das dort oben alle Plätze besetzt hatte und mit hungrigem, alkoholischem, hasserfülltem Atem nach jedem Knockout gleich den nächsten Kampf forderte, ohne Mitleid für den Verlierer, ohne Respekt für den Gewinner. Der nächste, nein, der übernächste war er selbst; zu lang noch, um schon aufzuspringen und sich etwas warm zu machen; zu kurz, um abzuschalten, nicht mehr die Minuten zu zählen, nicht daran zu denken, dass dieses vielstimmige Brüllen gleich ihm gelten würde, ihm selbst oder seinem Gegner Karl Knöpnadel.

Ob der ähnliche Dinge durch den Kopf gingen? Vielleicht war es ganz hilfreich, taubstumm zu sein und das Inferno dort oben im Spichernring gar nicht erst zu hören. Vielleicht konnte Knöp – er hatte sich angewöhnt, den zungenbrecherischen Nachnamen seines Trainers auf diese verdaulichere Portion zu kürzen – wahrhaftig in eine kontemplative Meditation verfallen, Sauerstoff und Blut in seine Muskeln pumpen, noch einmal Energie tanken, bevor die Fäuste flogen. Er selbst konnte es definitiv nicht.

Dann war es fast so weit. Dr. von der Esche kam in sein enges, verschwitztes Kabuff, um die Kampf-Voruntersuchung zu machen. Sándor beobachtete den Doc, den er lange nicht mehr gesehen hatte – einen weißhaarigen, korpulenten Mann mit ungepflegtem Schnurrbart, wachen Augen, in denen immer eine Spur von Vorwurf zu liegen schien, von einer Zumutung, der er ausgesetzt war, er, der eigentlich Besseres verdient hatte. Von der Esche zog schnaufend und ungelenk die Tür hinter sich zu, angelte sich routiniert, aber ungeschickt das Höckerchen heran und setzte sich vor Sándor, um ihm den Puls zu fühlen, sich die Zunge zeigen zu lassen, Reflexe zu testen. Bis zu diesem Augenblick hatte der Ringarzt ihn noch nicht erkannt, und seine ganze Haltung drückte alles andere als Interesse an diesem unbekannten Boxer, seinem Patienten und Schutzbefohlenen, aus; es war ein lästiger Job, den er möglichst schnell hinter sich bringen wollte. Erst als von der Esche Sándor Lehmann frontal ansah, um seinen Nasenknochen auf Spuren aktueller Brüche zu untersuchen, zuckte das Erkennen wie ein Guss kalten Wassers über das Gesicht des Arztes, und Sándor nutzte das Überraschungsmoment und grinste:

»Ja, Doc, so sieht man sich wieder, richtig? Wollten Sie mir nicht noch irgendein Aufbaupräparat spritzen, das mich umbringt?«

Von der Esche fing sich rasch wieder; er schien nicht richtig zugehört zu haben, ging jedenfalls auf den Angriff nicht ein und schüttelte tadelnd den Kopf.

»Sie schon wieder! Sie geben auch nicht einfach auf, wenn Sie mal eine fixe Idee im Kopf haben, richtig? Oder sind Sie bei der Kriminalpolizei gefeuert worden und müssen jetzt auf diese Art und Weise ein paar Reichsmark verdienen? Seien Sie bloß vorsichtig,

Mann, mit bloßen Vermutungen und Verdächtigungen kommen Sie da oben im Ring nicht weiter; da muss man boxen können. Sonst setzt's Prügel!«

Sándor nickte langsam, deutete dann aber unbeirrt auf die Medizintasche des Arztes.

»Da würde ich gern mal reinsehen, Doc. Machen Sie mal auf, das Ding!«

Von der Esche bückte sich ächzend und immer noch kopfschüttelnd und öffnete bereitwillig die Verschlussklemmen seiner ledernen Tasche. Sándor überflog den Inhalt mit einem Blick; es gab ein Stethoskop, ein Fieberthermometer, ein paar Salben, Mull, Heftpflaster – aber nichts, das auch nur ansatzweise nach gefährlichem Gift aussah, nach einer hochwirksamen Knockout-Droge, mit der der Arzt seine boxenden Patienten ins tödliche Traumland schicken könnte.

Von der Esche grunzte zufrieden.

»Ja, so sieht eine Medizintasche von innen aus, Lehmann. Überrascht? Kommen Sie allmählich ins Schwimmen mit Ihrer Räuberpistole? Hat der böse Onkel Doktor nicht die braune Flasche mit dem Totenkopf-Aufkleber dabei, mit der er den bösen Buben einen bitteren Schluck Medizin geben kann, wenn sie nicht tun, was er sagt?«

Er wurde vertraulicher, beugte sich vor.

»Ich gebe ja zu, wir sind alle beide ausgeknockt worden vor ein paar Monaten. Ich hatte einen furchtbaren Brummschädel ein, zwei Tage lang. Wahrscheinlich eine dieser wandernden Verbrecherbanden, man liest ja alle naselang davon: Setzen ihre Opfer unter Drogen und räumen ihnen dann die Taschen aus. Na, ich hatte nicht viel drin, in der Tasche, da war nichts zu holen, vielleicht war ihnen das eine Lehre. Wahrscheinlich hat die Bande längst den Einsatzort gewechselt. Sie vergeuden hier kostbare Arbeitszeit, also gehen Sie einfach nach Hause und vergessen Sie den ganzen Unsinn, Lehmann. Oder noch besser: Tun Sie, was Sie hier tun müssen, und dann vergessen Sie den ganzen Mist wieder. Boxer werden ... als Kriminalkommissar!« Er lachte spöttisch. »Lächerlich!«

Sándor horchte auf; er fragte nach:

»Wieso, was soll ich denn tun, was raten Sie mir?«

Und als von der Esche mit »Wie bitte?« nachfragte, noch einmal:

»Was muss ich denn tun?«

Von der Esche lachte.

»Na, was glauben Sie denn, was Ihnen dort oben blüht? Haben Sie Karl Knöpnadel mal in früheren Kämpfen gesehen? Ich schon. Der Mann wird Sie schlafen schicken, ganz einfach, und das gleich in der ersten Runde. Sie brauchen keine Knock-out-Tropfen, weil Sie ohnehin keine Zeit haben werden, die zu nehmen. Karl Knöpnadel, Grundgütiger ... Ich wusste gar nicht, dass der Bursche noch boxen darf, als taubstummer Krüppel. Ich dachte, den hätten sie längst aus der BBD rausgeworfen. Aber wenn er gegen Lachnummern wie Sie auftreten muss, scheint es ja nicht mehr weit her zu sein mit ihm, dann ist er für die Besserplatzierten auf den Ranglisten ja keine Gefahr. Na, mit Ihnen wird er zweifellos immer noch fertig, so schlecht kann es einem Karl Knöpnadel gar nicht gehen.«

Dr. von der Esche brummelte kopfschüttelnd vor sich hin, während er Sándor mit dem Hämmerchen auf die Knie schlug, ihn auf eine mitgebrachte geeichte Waage stellte und immerhin anerkennend feststellen musste:

»Gut in Form sind Sie ja. Fast schade, dass Sie sich so in diesen Giftmord-Blödsinn verrannt haben ... Zumindest als Jahrmarktsboxer würden Sie gar keine schlechte Figur abgeben, wenn's mit dem Polizistsein nicht mehr so klappt ...«

Er kicherte und schob sich ohne weitere Worte des Abschieds aus Sándors Wartezimmerchen hinaus. Sándor rührte sich eine Weile nicht und schob sich dann in den Flur und zum Fuß der Treppe, um mitzubekommen, was oben vor sich ging.

Zirzow sah heute Abend aus wie eine elegante Mischung aus Mephisto und einem Leichenbestatter. Wahrscheinlich ging es für ihn wirklich um alles, um seine Existenz als Promoter, vielleicht um eine Haftstrafe wegen Unterschlagung, Bankbetrugs, geplatzter Wechsel. Dieser große Boxabend musste zu einem sensationellen Erfolg werden, Zirzow hatte seine letzten Reserven in die Reklame gesteckt, hatte die ganzen Tage lang zusammentelefoniert, was immer er an Stars und Sternchen auftreiben konnte, der Presse Honig ums Maul geschmiert und für den gehassliebten *Box-Sport* sogar eine eigene Beobachtungstribüne auf Augenhöhe mit den Boxenden aufgebaut, die wie eine sechsbeinige Spinne mitten über dem Zuschauerraum thronte und zweifellos die beste Sicht auf das Kampfgeschehen bot, die heute Abend zu haben war. Wahrscheinlich hätte einer der Prominenten den Boxreportern diese privilegierte Position geneidet, doch die Schauspieler und Diven, die Filmproduzenten, gewichtigen Schriftsteller und Orchesterdirigenten saßen heute ohnehin nicht in der ersten Reihe; sie drängten sich um die exklusive, von sechs vierschrötigen Aufpassern bewachte Champagnerbar, die Zirzow auf einer Empore errichtet hatte und über der der bei Wilhelm Busch geliehene Name »Witwe Klicko« in funkelnagelneuen Neonbuchstaben prangte – eine Verballhornung des Champagnernamens »Veuve Clicquot«, Das edle Gesöff wurde heute in rauen Mengen und zu echten Fantasiepreisen vom Tresen aus in gläserne Boxhandschuhe geschüttet.
Zirzow wollte nichts dem Zufall überlassen, er hatte an alles gedacht, einen Boxabend der Überraschungen inszeniert, bei dem mitgefiebert, gelacht und geschimpft werden durfte. Im Augenblick war »Al« Hopp auf der Bühne; das Stammpublikum hatte den Grotesktänzer zu oft gesehen, um ihn noch wirklich lustig zu finden, aber Hopp war nicht allein gekommen; er hatte eine Partnerin mitgebracht. Ihr Name war im allgemeinen Getöse untergegangen, aber er war ja ohnehin nur für diesen einen Auftritt

ausgedacht. Denn die Dame – die »Al« Hopps aberwitzige Verrenkungen mit kaum weniger Athletik mitturnen konnte, ja fast noch ausgelassener die Parodien auf die aktuellen Modetänze von Jitterbug bis Black Bottom tanzen konnte – löste sich auf. Oder, genauer gesagt, ihre Garderobe fiel auseinander, die Hosenbeine rutschten an zwei wohlgeformten Waden herunter, das gestreifte Clownssakko zerfiel nach und nach in Fetzen, und was die Tänzerin darunter trug – eine sehr luftige Anordnung von Rüschen, Spitzen und nicht viel mehr –, schien mit dem gleichen vergänglichen Faden genäht zu sein und dem ausgelassenen Tanz nur bis zur nächsten wilden Drehung standzuhalten.
Ja, natürlich, das war ein Striptease, der erste, der hier im Spichernring über die Bühne ging. Zirzow selbst, so hatte er es bei ihrem ersten Treffen Sándor noch stolz erzählt, hatte nackte Haut als Anreiz immer abgelehnt; er hatte lange Jahre geglaubt, das nicht nötig zu haben, das ohnehin aufgeheizte Publikum nicht noch zusätzlich mit sexuellen Reizen anheizen zu müssen, aber heute, an diesem einen besonderen Abend, wollte er offenbar nichts dem Zufall überlassen und alle Register ziehen, die man ziehen konnte. Die nackte Haut von »Al« Hopps Partnerin gehörte unbestreitbar dazu, und tatsächlich war das Publikum bereits in ein frenetisches, rhythmisches Klatschen verfallen, mit dem der Verfall auch der letzten Quadratzentimeter Stoff beschleunigt werden sollte, während der nackte Wirbelwind unter den stoischen Blicken Hopps, der so tat, als sähe er nicht, was da mit seiner Partnerin geschah, sich tanzend immer mehr aus der Unterwäsche wand.

Dann war das Boxen endlich wieder an der Reihe, und Zirzow brauchte nicht seinen Programmzettel zu bemühen, er wusste – wie jeder gute Conferencier – sehr genau, was er nun anzusagen hatte; den »Kampf eines Mannes, der nicht nur um den Sieg über die regulären Runden kämpft, der nicht nur als Sieger heute hier

nach Hause gehen möchte. Sondern der auch für seine Anerkennung als Profiboxer kämpft; der einmal mehr zeigen möchte, was er uns hier an dieser Stelle schon oft gezeigt hat: dass es für einen Boxer auf den vorderen Leistungsplätzen dieses Landes keine Rolle spielt, ob er taub, stumm oder gar taubstumm ist – solange er boxen kann wie kein Zweiter! Ladies and Gentlemen, Freunde des Spichernrings, begrüßen Sie mit mir einen Boxer, zu dem wir immer und auch in schweren Zeiten gehalten haben und dem wir auch künftig die Treue versprechen gegen alle Versuche, sein unglaubliches Talent unter einem Vorwand aus dem Ring zu verbannen. Freunde des Spichernrings, hier kommen der legendäre, der geliebte Karl Knöpnadel und sein heutiger Gegner … Sándor!«
Das Publikum raste; Knöp hatte viele Freunde hier, die ihn einige Monate nicht mehr gesehen hatten und jetzt überrascht waren, den boxerisch Totgesagten in Bestform durch die Seile klettern zu sehen. Zirzow allerdings warf nur einen einzigen Blick auf den unbekannten Ungarn an seiner Seite, auf den Mann, der als »Sándor« auf seinem Programmzettel stand, dann zischte er schon wutentbrannt:
»Sie also, Lehmann … Warten Sie ab, diesen miesen Trick werden Sie bedauern, heute noch. Aber erst mal müssen Sie diesen Kampf ohne Schiebung überstehen, und wer weiß es schon vorher, Lehmann: Kämpfe können so oder so ausgehen, mit einem Lucky Punch enden … oder tödlich!«
Er wandte sein hasserfülltes Gesicht ab, und bevor Sándor etwas entgegnen konnte, hatte der Promoter Ernst Zirzow den Ring frei gemacht für den Kampf, den sie jetzt kämpfen sollten, Knöp und er.

Die Ringärzte hatten noch während des Striptease ihre Plätze eingenommen; nun waren in den Ringecken neben den Boxern auch ihre heutigen Betreuer aufgetaucht; Sándor hatte erst in den letzten Tagen einen Gedanken an diesen Teil des Kampfes verwendet, aber Rosi hatte zugesichert, sich um einen zuverlässigen Assistenten zu bemühen, der Sándor in den Minuten im Ring beistehen und – wenn es zum Äußersten kam – notfalls das Handtuch für ihn werfen würde. Der Mann war Plötz, der dicke Plötz aus dem Polizeipräsidium, aus der Mordkommission, für den es offenbar eine Ehrensache war, seinem Chef auch bei diesem gefährlichen Einsatz beizustehen. Sándor hatte den korpulenten Mann mit dem Babyface immer mit einem nachsichtigen Lächeln betrachtet; Plötz war kein großer Kriminalist, sondern eher der zuverlässige Fels in der Brandung, den man mit allen Aufgaben betreuen konnte, die eher physische Qualitäten erforderten – was heute ganz unbestreitbar der Fall war. Trotzdem war das, was Sándor noch vor ein paar Monaten als Selbstverständlichkeit empfunden hätte, Plötz' Anwesenheit, für ihn heute eine unbeschreibliche Überraschung – ein Freundschaftsbeweis, der ihm urplötzlich fast die Tränen in die Augen getrieben hätte. Doch bevor er mit dem treuen Vasallen auch nur ein paar Worte wechseln konnte, hörte er schon den Gong zur ersten Runde.

Der Unterschied zwischen Klarinettespielen und Boxen war gravierend. Dass das so war, war natürlich eine triviale Erkenntnis, Sándor hatte es sich vorher schon so ausgerechnet. Aber jetzt, in den ersten Sekunden im Boxring, überfiel ihn dieses Wissen mit einer jähen Wucht wie einen Turmspringer das kalte Wasser, in das er eintauchte. Mit der Klarinette auf der Bühne zu stehen, im Rampenlicht vor einem hundertköpfigen Publikum ein Solo zu spielen, das kostete Überwindung, Mut, Selbstsicherheit, Disziplin. Das war beim Boxen nicht anders. Nur hatte er beim Klarinettespielen eine Kapelle hinter sich, die während seines Solos die Lautstärke herunterfuhr, aber doch brummelnd und swingend mitlief, ihm den Grundrhythmus vorgab, den seine Improvisation brauchte. Er hatte Rückhalt und Unterstützung, und wenn ein Solo aus der Bahn geriet, sich verfranste, dann brauchte es nur das Ohr eines geübten Bandleaders, der den Ausrutscher registrierte, einen kleinen Wink mit dem Taktstock oder ein gemurmeltes »Let's go, Gentlemen«, und die Kapelle übernahm wieder ihren Part und bettete ihn ein in den Sound des Ganzen. Der Suchscheinwerfer wanderte weiter, die Band kehrte zum Thema zurück, und er war in Sicherheit.

Beim Boxen war das komplett anders. Hier wurde er bei Schnitzern und Patzern nicht gnädig eingelullt, sondern bloßgestellt und auf der Stelle bestraft. Hier war das Ziel nicht, ihm eine möglichst gelungene Show zu ermöglichen, sondern im Gegenteil, ihm jede Chance auf Dominanz zu nehmen, jeden Angriff abzublocken, jede Schwäche gegen ihn auszunutzen.

Natürlich war es kein wirklicher Gegner, dem er heute im Ring gegenüberstand, sondern Knöp, sein Freund und Trainer aus dem Wald im Barnim – nur hatte der auf den Brettern des Spichernrings auch einen Ruf zu verlieren. Einen schwächeren Gegner unberechtigt gewinnen zu lassen, das wäre ein Verhalten, das ein Publikum ihm nicht verziehen hätte, und auch wenn sie nie darüber hatten sprechen können, war klar, dass Knöp Sándor in diesem Kampf besiegen würde, besiegen auf eine vielleicht nur halbwegs schmerzhafte, aber glaubwürdige Art und Weise. Er würde ihm eine faire Chance geben, aber was getan werden musste, das musste getan werden, wenn sie nicht alle beide als Schwindler auffliegen wollten in diesem ungleichen Boxkampf vor 1500 zahlenden Gästen.

So kam es, dass Sándor für ein paar irritierende Sekunden im Ring jedes Gefühl dafür verlor, was als Nächstes passieren sollte. Eine Wut schäumte in ihm hoch – und hatten sie die beim Training nicht als typischen Anfängerfehler identifiziert, diese jähe Wut, die einen blind machte für rationales Agieren? Eine Wut über seine eigene Blödheit, die ihn dazu verleitet hatte zu glauben, dass er hier, vor Publikum, kämpfend seinen Mann würde stehen können – und so ganz nebenbei noch einen Mordfall aufklären. Er war nicht mal ein schlechter Boxer, er war überhaupt kein Boxer, und er war auch kein Polizist mehr, sondern nur ein überhebliches, selbstgefälliges Würstchen, das sich viel zu viel vorgenommen hatte und jetzt verdientermaßen die Quittung dafür bekommen würde.

Knöp machte einen Schritt auf ihn zu, aber freundschaftlichen Beistand konnte er in seiner Wut absolut nicht gebrauchen, also drückte er den Taubstummen mit einem halb gestreckten Arm weg und schlug, als der daraufhin seine Faust hob, mit einem wütenden Aufwärtshaken unter Knöpnadels Deckung hindurch zum Kinn.

Das Publikum schrie überrascht auf, und Sándor drehte den Kopf seitlich, um zu sehen, welchem Zwischenfall dieser Überraschungsschrei gegolten hatte. Genau diese unwillkürliche Seitwärtsbewegung seines kantigen Schädels brachte ihn aus der ballistischen Bahn einer gestreckten Geraden, mit der Karl Knöpnadel auf den Haken seines Schülers reagiert hatte; ein Hieb, der ihn vielleicht nicht auf die Bretter geschickt, aber doch schwer irritiert hätte und den er so nur als schnelles Wischen am linken Ohr wahrnahm. Vorn in den ersten Reihen sprangen Leute auf die Beine; dass der Boxkampf einen so explosiven Anfang nahm, schien niemand geglaubt zu haben, und während Sándor in Knöp hineinrannte und eine gar nicht so schlechte Rechts-links-Kombination in die Seiten seines Freundes abfeuerte, wallte ganz unverhofft eine Erkenntnis in ihm hoch: Er konnte wahrhaftig boxen, er hatte etwas gelernt, und er gab ein Bild ab, das für die Zuschauer hier im Saal zumindest in den ersten Minuten nach einem echten Boxkampf auszusehen schien. Knöp lächelte, und Sándor fletschte grimmig die Zähne: Während er selbst sich schweißtropfend abmühte, schien der Freund noch nicht ansatzweise an der Grenze seiner Belastbarkeit angekommen zu sein. Aber warte, Freundchen, bewegen müssen wir uns schon beide,

dachte Sándor, und mit federnden Gelenken kümmerte er sich eine Weile um intensive Beinarbeit, die den Raum im Ring vergrößerte, den Kampf flüssiger werden und das Publikum auch an anderen Seiten des Boxrings auf seine Kosten kommen ließ.
Der Pausengong ertönte schneller als erwartet, und Sándor kehrte mit einem kleinen, aufgeregten Triumphgefühl in seine Ringecke zurück: Immerhin hatte Knöpnadel ihn nicht in der ersten Runde schon auf die Bretter geschickt, immerhin hatte er dem Publikum ein einigermaßen glaubwürdiges Bild geboten. Vielleicht war die Sache doch ausbaufähig, und vielleicht würde er auch in dem nie ad acta gelegten Mordfall neue Erkenntnisse gewinnen, wenn er nur ... Gong.
Sándor fluchte. Die Pausen zwischen den Runden waren verflucht kurz, man konnte nicht groß nachdenken, nur schnell einen Schluck Wasser trinken, sich vom Assistenten mit einem feuchten Lappen den Schweiß aus dem Gesicht wischen lassen, zwei-, dreimal durchatmen – und schon ging es weiter.
In der zweiten Runde zog Karl Knöpnadel das Tempo spürbar an, und Sándor merkte, dass er seinen Trainer nie ernsthaft unter Druck setzen konnte. Immerhin gab ihm diese Erkenntnis die Möglichkeit, aggressiv und fordernd vorzugehen und Knöp ein paar Schlagwechsel aufzuzwingen, die vom Publikum mit Geschrei und Applaus belohnt wurden und ihm immer wieder für kurze – für sehr kurze! – Zeit die Möglichkeit gaben, zurückzuspringen, in den Knien einzufedern, sich zu lockern und neue Kraft in den hart arbeitenden Oberkörper fließen zu lassen. Einmal, zweimal kam er regelrecht durch und verpasste seinem Trainer ein paar härtere Schläge, die Knöp allerdings gleich als Einladung wahrnahm, nun seinerseits Druck zu machen und Sándor mit ein paar Haken einzudecken, die seine ganze Deckung erforderten und trotzdem zweimal seine Wangenknochen und sein Kinn schmerzhaft touchierten. Das Publikum ging mit und schrie begeistert auf, und Sándor merkte erstaunt, wie diese allgemeine

Hysterie seine eigene Aufregung befeuerte, ihn unempfindlicher gegen Schmerzen machte, schneller in seinen Reaktionen.
Als der Pausengong die zweite Runde beendete und Sándor Lehmann zu seiner Ringecke zurückkehrte, hatte nicht nur der dicke Plötz einen Ausdruck kindlicher Begeisterung für seinen boxenden Chef im Gesicht – auch die Gäste in den ersten Reihen um den Boxring herum schienen mit seiner Leistung zufrieden zu sein und jubelten ihm zu, und Sándor fing einen nachdenklichen Blick von Bert Brecht auf, der dem Fight interessiert folgte und unterdessen ganz offenbar in ihm den Kriminalkommissar erkannt hatte, mit dem er über die unterschiedlichen Wege zur Wahrheit debattiert hatte. Brecht schien zu staunen; offensichtlich war er beeindruckt von der Risikobereitschaft, mit der Sándor seine eigene Wahrheitssuche hier betrieb.

Die dritte Runde hatte ein paar weitere schmerzhafte Wahrheiten für ihn parat, und Sándor dämmerte, dass das große freundschaftliche Geschenk, das Karl Knöpnadel ihm gemacht hatte – das Überstehen von zwei ganzen Runden –, nun langsam seinem absehbaren Ende entgegengehen würde.
»Zeit für den kleinen Sándor, sich schlafen zu legen«, knurrte Sándor sich selbst zu, hieb allerdings umso wacher und wendiger auf den Freund und Gegner ein. Knöpnadel schien an dem Showdown regelrecht Gefallen zu finden, und weil Sándor nicht nachließ, ließ er selbst ebenfalls nicht nach und verpasste ihm einen seitlichen Haken gegen den Brustkorb. Der Treffer ließ Sándors Rippen knacken und entlockte ihm einen lauten Schmerzensschrei, der vom Publikum, um ein Vielfaches verstärkt, zurückgebrüllt wurde.
Ob ihn der Schmerz besonders empfänglich für alle anderen Sinneswahrnehmungen gemacht hatte oder ob Knöp und er bei ihren langen Läufen, ihren ermüdenden Fights wirklich eine Art telepathischer Kommunikation entwickelt hatten, die jetzt ganz

plötzlich – genau jetzt in dieser Sekunde! – zum Tragen kam, konnte Sándor hinterher nicht mehr sagen. Jedenfalls bemerkte er, wie Knöpnadels Kopf bei seinem eigenen Schmerzensschrei überrascht zur Seite flog, und als er dem Blick des Freundes folgte, sah er selbst auch, was Karl gesehen hatte. Dass der Ringarzt Dr. von der Esche auf den Schmerzensschrei hin den Kopf herumgedreht und ihn angeblickt hatte.

Und ganz schlagartig wurde ihm alles, wirklich alles klar. Von der Esche war ihm schon mehrmals als etwas schwerhörig aufgefallen, er hatte immer wieder ganze Sätze eines Gesprächs nicht mitbekommen, auf Fragen nicht reagiert, war auf plötzliche Geräusche hin nicht zusammengezuckt. Diese mindestens einseitige Taubheit war nicht gespielt gewesen, und niemand hatte das sensibler wahrgenommen als der taubstumme Karl Knöpnadel. Dass von der Esche jetzt trotzdem auf seinen Schrei hin herübergeblickt hatte, konnte nur eine einzige Bedeutung haben: dass die Taubheit weg war, wie fortgeblasen. Und auch dafür gab es eine zwingende Erklärung: dass etwas, das das Ohr bisher verstopft hatte, nicht mehr im Ohr war. Es konnte nur bedeuten, dass es ein großer, giftgetränkter Wattebausch gewesen war, der dem Doktor den Gehörgang verstopft hatte; ein Wattebausch, mit dem der Mann sich durch alle Beschlagnahmungen seiner Ringausrüstung gemogelt hatte; ein Wattebausch, den er nur in einem unbeobachteten Augenblick, wenn das gesamte Publikum einer besonders spannenden Szene des Boxkampfes folgte, über dem Wasserkanister ausdrücken musste, aus dem er in der nächsten Ringpause den Trinkbecher für die Boxerversorgung frei gab.

Verdammt, so war es gewesen, es konnte keine andere Erklärung geben. Sándor tänzelte einen Schritt zurück und nickte, und Karl Knöpnadel, der das Zeichen falsch und richtig zugleich verstand, holte aus und streckte Sándor mit einem einzigen großzügigen Schwinger zu Boden.

Die Wahrheit tat weh, aber als Sándor mit schwimmendem Blick und nach Luft japsend in seiner Ecke wieder zu sich kam, hatte er nichts vergessen. Er erinnerte sich haargenau an die letzten Sekunden vor dem Knock-out, und im Grunde war er froh, dass Knöpnadel den Kampf beendet hatte: Er hatte jetzt weiß Gott wichtigere Dinge zu tun, als hier im Ring vor 1500 brüllenden Verrückten den Affen zu machen.

»Vor allem trinken, trinken, trinken!«, rief ihm mit bestürztem Gesicht der dicke Plötz zu, und eben reichte Dr. von der Esche seinen großen Trinkbecher herüber, den Plötz ihm gleich an die rissigen Lippen setzte. Doch Sándor hatte mit dem Gesöff vollkommen andere Pläne; mit zwei nicht mehr behandschuhten Fäusten umklammerte er das Trinkgefäß, kam schwankend auf die Beine und fixierte mit zusammengezogenen Augenbrauen den Ringarzt.

»Na, Doc, wollen Sie schon wieder mit mir Wasser trinken? Das ist doch schon letztes Mal nicht gut für uns ausgegangen ... oder zumindest für mich, denn Ihren eigenen Zusammenbruch haben Sie ja nur gespielt, habe ich nicht recht?«

Von der Esche gestikulierte und spielte den Ahnungslosen – »der Mann ist ja noch halb ohnmächtig«, signalisierten seine Gesten –, doch als er den Mund für ein beschwichtigendes Statement öffnete, goss Sándor ihm kurzerhand den ganzen Becher ins Maul, und als der Doktor daraufhin wild hustete und würgte, spendierte er ihm noch eine gerade Rechte mit der unbehandschuhten Faust. Von der Esche konnte weder dem vergifteten Wasser noch dem Schlag ins Gesicht viel entgegensetzen; sein Husten ging in ein ersticktes Gurgeln über, dann kippte er rücklings vom Ringrand in die Menschenmenge und polterte genau Hans Albers vor die Füße, der die Tabakpfeife fallen ließ und wütend aufsprang.

Aber da hatte das Unglück schon seinen Lauf genommen, denn natürlich kamen die beiden anderen Ringärzte ihrem Kollegen zu Hilfe, und nun war es Knöpnadel, der mit zwei Faustschlägen seinem Freund Sándor den Rücken frei hielt, während von zwei Seiten Zirzows Sicherheitskräfte in den Ring kletterten und auch das Publikum schreiend nach vorne drängte, um bei dem Spektakel mitzumachen oder zumindest möglichst weit vorn möglichst viel zu sehen. Es wurde verdammt eng im Ring; im allgemeinen Gewusel traf jeder jeden, und auch ringsum auf den Rängen splitterte das Mobiliar.

Ernst Zirzows Spichernring, der heute seine glanzvolle Wiederauferstehung feiern sollte, erlebte stattdessen seinen Untergang, und Ernst Zirzow selbst kämpfte sich durch die prügelnde Menge wie ein Elbe-Raddampfer auf dem Weg stromaufwärts von Schloss Pillnitz nach Dresden. Er wollte Sándor Lehmann, den er für den Hauptverantwortlichen für diese Saalschlacht hielt, möglichst mit eigenen Händen erwürgen. Doch der ehemalige oder derzeitige Kriminalhauptkommissar Sándor Lehmann, der in jedem Fall ehemalige Boxer Sándor, war längst über den ohnmächtigen von der Esche hinweg durch die kämpfenden Menschenmengen gekrabbelt und hatte sich mit Faustschlägen und gänzlich unboxerischen Fußtritten den Weg zur Garderobe frei gearbeitet. Im größten Getümmel war ihm eingefallen, dass er Rosi aus der Fliegerbombe nirgends gesehen hatte, Rosi, die hier heute Abend als zweites Ringgirl ihren Dienst tun sollte – und ganz plötzlich hatte ihm diese Erkenntnis einen Heidenschreck eingejagt.

RINGGIRL ROSI

Unten in den Katakomben, Sándor hatte es vor dem Kampf selbst schon erlebt, bekam man vom Getobe dort oben nur sehr gedämpft etwas mit, aber dass diesmal nicht im, sondern rund um den Ring gekämpft wurde, das war selbst hier unten unüberhörbar. Trotzdem herrschte in dem langen Gang eine bedrückende Stille; Türen standen weit offen, wo das Sicherheitspersonal hinausgestürzt war, um oben die Verstärkung abzugeben.

Die Tür zu Marthas Garderobe war abgeschlossen, aber mit abgeschlossenen Türen konnte sich Sándor heute nicht auch noch abgeben. In der Ecke gab es einen schweren Standaschenbecher mit gusseisernem Fuß, ein schnörkeliges Stück Ornament aus *Gartenlaube*-Zeiten, das einigermaßen als Brechstange taugte und das Schloss samt Knauf und Klinke aus der Tür brach. In der Garderobe herrschte stickiges Dunkel; der Lichtschalter ließ eine Glühbirne aufleuchten, und die enthüllte Tuben, Schraubgläser und Flacons in wildem Chaos auf dem Boden und einen umgeworfenen Sessel, hinter dem zwei nackte Frauenbeine zu sehen waren. Sándor erkannte sie sofort als Rosis. Einen Herzschlag lang rechnete er mit ihrem Tod und drehte sich, immer noch mit dem Standaschenbecher bewaffnet, wütend im Kreis, bereit, einem etwaigen Angreifer mit dem monströsen Ding umgehend den Schädel einzuschlagen. Dann riss er den Paravent zur Seite, hinter dem Rosi lag, und sah, dass die Frau nur gefesselt und geknebelt war, kaum Luft bekam und ihn mit tränennassen Augen erleichtert ansah. Mit dem Standaschenbecher war da nichts zu machen, also kniete sich Sándor neben die gefesselte Rosi und fummelte mit etwas zittrigen Händen an den vielfachen Knoten der Vorhangsschnur herum, fluchte immer wieder unflätig und fand schließlich auf dem Boden unter dem

Schminkspiegel eine Nagelschere, mit der die Fesseln im Nu durchgeschnitten waren.
Rosi wurde fast ohnmächtig, als der Sauerstoff und das Blut gleichzeitig wieder in ihren Körper strömten, und Sándor stellte den umgestürzten Sessel hin und hob Rosi auf das alberne kleine Cocktailmöbel. Ein üppiger Blumenstrauß hatte es nicht bis in die Kristallblumenvase geschafft, die auf der Garderobe stand; dass von der Esche auch das Blumenwasser vergiftet hatte, kam Sándor albern vor, also reichte er Rosi den Kübel, und sie trank mit gierigen Zügen die halbe Vase leer und kam langsam wieder zur Besinnung und zu Kräften.
»Dieser Dreckskerl!«
Rosis Stimme war noch etwas krächzend, aber ihre Wut war schon wieder glatt und hart wie Stahl. Sie sah zur Tür, für einen Augenblick schien sie damit zu rechnen, dass der mörderische Ringarzt jeden Moment durch die Tür kommen könnte.
»Hast du das Schwein erwischt?«
Sándor nickte. Er hatte diesen Dreckskerl eigenhändig schlafen geschickt, und selbst im größten Chaos dort oben würde der dicke Plötz wie ein braver Schäferhund die Beute seines Chefs bewachen und dafür sorgen, dass von der Esche, falls er das Gift überlebt hatte, nicht plötzlich zu sich kommen und sich aus dem Staub machen würde.
»Ja, von der Esche haben wir einkassiert, vor dem brauchst du keine Angst mehr zu haben. Aber erzähl endlich, was ist denn passiert?«
Und Rosi nahm noch einen tiefen Schluck aus der Blumenvase und erzählte dann:
»Du weißt ja, ich bin nicht zimperlich, und wenn einer der Kerls hier unten Stielaugen gemacht hätte, hätte ich ihm eins aufs Auge gegeben. Deshalb habe ich die Garderobentür zwar nicht abgeschlossen, aber mich hier hinter den Paravent gestellt, um diesen lächerlich kleinen Fetzen anzuziehen, den sie hier ›Arbeitskleidung‹ nennen.«

Sándor warf einen kurzen Blick auf das kurze Röckchen und das paillettenbesetzte Bolerojäckchen, das an der langgliedrigen, schmalen Rosi komplett unpassend aussah. Sie waren beide dazu verdammt, halbnackt in diese letzte Runde zu gehen – auch er war mit seinen Boxershorts und dem nackten Oberkörper alles andere als gentlemanlike gekleidet.

»Jedenfalls hockte ich halb nackt hinterm Paravent, als plötzlich die Tür aufging und dieser Mistkerl von der Esche hereingepoltert kam mit diesem Blumenstrauß da und der Vase mit Wasser.«

Sándor beargwöhnte die Vase nun doch, aber nachdem Rosi mit gutem Durst die Hälfte des Inhalts getrunken hatte, war er sicher, dass der Giftmörder das Wasser offenbar wirklich nicht vergiftet hatte.

»Von der Esche fragte gar nicht erst, wer ich bin, er glaubte, Martha säße hinter dem Paravent, und begann mich sofort mit einem weinerlichen, flehenden Redeschwall zu überhäufen. Kannst mir glauben, dass ich es schon erlebt habe, wenn sich mir Männer zu Füßen werfen.«

»Ach ja?«, fragte Sándor, und Rosi machte ein böses Gesicht und erwiderte: »Ja, ja, du nicht, ich weiß, obwohl du schon ein komisches Bild abgibst, wie du da in dieser langen Unterhose mit nacktem Bauch vor mir auf dem Teppich kniest, Sándorlein!« Sie lachte.

Sándor hasste es, wenn sie ihn »Sándorlein« nannte, aber er ließ sie gewähren, und Rosi fuhr fort:

»Ich habe flehende Männer schon erlebt, aber dieser hier war wirklich eine Heulsuse allererster Güte! Ekelhaft, wie er seine angebetete Martha mit seiner weinerlichen Stimme belagerte. Was er denn noch für sie tun müsse, um ihr zu zeigen, wie viel ihm an ihr liege, und so weiter. Ich habe natürlich die Klappe gehalten, und diese Memme hat sich nicht hinter den Paravent getraut, aber allmählich wurde er konkreter. Er sei nicht eifersüchtig, kein bisschen, es sei ja klar, dass sie, die jugendliche Martha, mit ihm altem Mann allein keine Erfüllung finden könnte, deshalb habe er ihren kleinen Schützling – ich habe den Namen nicht ganz verstanden, Dahlmann? Dallmann? –, ihren kleinen Schützling jedenfalls ihr zuliebe ja nun schon monatelang auf seinem Weg nach oben unterstützt. Und auch heute Abend würde er ganz gewiss dafür sorgen, dass der die Attraktion des Abends bleiben würde, dass andere große Favoriten rätselhafte Schwächen zeigen würden und dass der Gegner ihrem Freund auch heute kein Haar würden krümmen können. Wenn sie, Martha, ihm im Gegenzug für ein paar glückliche Augenblicke ihrerseits ihre Gunst schenken könnte.«

Rosi schniefte vernehmlich, nicht aus Rührung über den zudringlichen Ringarzt, sondern weil die Erinnerung an die hierauf folgenden Minuten ihr wieder die Zornestränen in die Augen trieben.

»Ich habe immer noch nichts gesagt, aber jetzt wollte dieser Mistkerl eine Antwort von mir haben, und er hatte sich selbst so in einen Liebeswahn hineingeredet, dass es bei ihm mit Anstand und Respekt vor den kleinen Geheimnissen einer Frau nicht mehr weit her war. Jedenfalls kam er um den blöden Paravent herumgestolpert wie ein paarungswilliger Maikäfer, und da hockte ich in meinem Nichts von Bühnenkleidung und war nicht Martha und schrie vorsichtshalber wie am Spieß.«

Rosi erschauderte, und Sándor biss die Zähne zusammen, dass es knirschte.

»Zum Glück wurde in diesem Moment draußen auf dem Gang sein Name gerufen; er musste hoch zum ersten Kampf, und deshalb hat er mich vermutlich nicht gleich erwürgt, sondern erst mal mit dieser Vorhangstrippe hier verschnürt wie eine Kohlroulade, mir diesen Stofffetzen in den Hals gestopft und mich hinter den Paravent gezogen. Sándor?«

Sándor nickte. »Ja, Rosi.«

Rosi schniefte noch einmal.

»Ich bin scheißfroh, dass du gekommen bist und nicht er.«
Und dann hing sie an seinem Hals und heulte sich die Seele aus dem Leib und war nicht mehr zu beruhigen, bis das Weinen in erleichtertes Lachen überging, in Husten, und sie sich die Rotznase an ihrem eigenen Unterarm abwischte.
»Die Frage ist nur«, sagte Sándor bedächtig und schob Rosi behutsam wieder auf den Cocktailsessel zurück, »die Frage ist nur: Wo steckt denn Martha eigentlich, die Frau, die genau wusste, dass für sie vergiftet und gemordet wurde, und die das aus Liebe zu ihrem kleinen Boxer Dahlmann alles geschehen ließ? Sie ist an alldem kaum weniger schuld als von der Esche, und deshalb würde ich sie auch lieber früher als später am Alexanderplatz in eine Zelle sperren. War sie denn die ganze Zeit nicht hier, in ihrer Gardobe?«
Rosi zuckte die Achseln.
»Hinterm Paravent konnte ich nichts sehen, aber einmal klappte kurz die Tür, und ich dachte schon, dieser Verückte wäre hinausgegangen, doch dann sprach er weiter. Wenn Martha mitbekommen hat, was für einen verheerenden Fehler ihr alles andere als stiller Verehrer gerade beging … da hat sie sich sicher aus dem Staub gemacht.«
»Weit kann sie dort oben nicht gekommen sein«, knurrte Sándor, »und unauffällig ist sie mit ihrem Paillettenjäckchen ja auch gerade nicht.«
Er stand auf und warf einen letzten kopfschüttelnden Blick auf Rosi.
»Schließ diesmal ab, wenn du dich umziehst, man weiß nie, wer reinkommt!«

Oben im Saal hatte Ernst Zirzow die Situation mühsam wieder unter Kontrolle gebracht. Das heißt: Die Cocktailbar, die Champagnerbar und die drei Bier- und Bockwurststände hatten ihre hölzernen Flügeltüren zugeklappt, um im allgemeinen Chaos nicht geplündert zu werden; die sowieso kaum benutzte Garderobe war personell verdoppelt worden, um dem abziehenden Teil der Zuschauer ohne Wartezeit Jacken und Mäntel aushändigen zu können. Gleichzeitig hatten Zirzows Sicherheitskräfte mit Faustschlägen und, wo das nicht half, mit Schlagstöcken den Ring frei geprügelt, und der Lichtmeister hatte das Saallicht heruntergefahren und den Boxring in gleißendes Scheinwerferlicht getaucht. Zirzow selbst hatte diesen Notfallplan für Fälle wie diesen – mit denen man als Boxpromoter immer rechnen musste – ausgearbeitet, und weil bei einer Saalschlacht mündliche Kommandos kaum gegen das Inferno ankamen, hatte er mit einem ausgeklügelten Signalement von seiner Regieloge aus seine Anweisungen geflaggt. Das alles hatte er bei einem ihrer ersten Treffen stolz dem interessierten Polizeibeamten erläutert; jetzt konnte Sándor sich überzeugen, dass der Plan funktionierte und die prügelnden Kontrahenten im Publikum murrend vor einer ersten, versuchsweise wieder geöffneten Bierausgabe Schlange standen und gleichzeitig alle darauf warteten, dass im Ring die Kämpfe weitergingen. Ausgerechnet der kleine – im Wedding hätten sie gesagt: spirrige – Emil Dahlmann kletterte durch die Seile, und das Publikum war diesmal alles andere als auf seiner Seite. Wann man die Gunst der Zuschauer hatte und wann nicht, das war in diesem Gewerbe sowieso kaum kalkulierbar, aber die aufgebrachten Gemüter hatten offenbar keine Lust mehr auf Favoriten, sie wollten rohe, gewalttätige Schlachten sehen, und die konnte ihnen einer wie Dahlmann kaum bieten. Immerhin sah sein Gegner nach einem echten Abräumer aus, und als Zirzow als Ansager den Kontrahenten als Harry Stein ankündigte, ging ein anerkennendes Raunen durch das Publikum. Stein war noch für keinen Meistertitel angetreten, aber er galt als kommender Star im Fliegengewicht; einen wie Emil Dahlmann würde er pulverisieren, bevor der dünne Kerl auch nur laut »'n Abend« sagen könnte. Das war der Stoff, auf dessen Lieferung die erhitzten Gemüter im Spichernring gewartet zu haben schienen, und weil die Stuhlreihen im Überschwang zu Kleinholz gemacht worden waren, drängten sich die Boxbegeisterten eng um den Ring in der Saalmitte und rückten nur widerwillig und mit zotigen Scherzen ein Stück beiseite, als Martha, das Ringgirl, sich, von hinten kommend, durch die Männer drängte, um ihrem Schwarm ganz vorne in der ersten Reihe beistehen zu können.

Sándor Lehmann sah das alles mit einem langen Blick, als er die Treppenstufen von den Katakomben heraufkam und schließlich mit eiligen Schritten auf die Saalmitte zustrebte. Doch bevor er die spürbar dezimierte Menschenmenge am Ring erreichte, gellten Marthas verzweifelte Schreie durch den Raum:

»Emil! Emil, nein!«

Emil Dahlmann sah sich suchend um, doch das Scheinwerferlicht war zu gleißend; Knöpnadel war taubstumm – er selbst war blind. Das Raunen des Publikums bei der Ankündigung des Namens seines Gegners hatte ihn offenbar beeindruckt; Harry Steins siegessichere Gelassenheit tat ein Übriges. Der Mann musste ernst genommen werden, gegen den musste man sich wappnen. Emil Dahlmann hatte tief durchgeatmet, seinem Sekundanten kurz zugenickt, den Trinkbecher angesetzt, den er sich mangels Ringarzt selbst mit dem Wasser aus von der Esches Kanister gefüllt hatte, und das metallisch schmeckende Gesöff mit einem einzigen, langen Zug hinuntergeschüttet.

»Emil!«, schrie Martha noch ein einmal, und jetzt war sie es, die boxte und um sich schlug, um zu Dahlmann in den Ring zu kommen, dem noch im Stehen der Becher aus der kraftlos gewordenen Hand gekollert war. Der schmächtige, feminine Körper des Fliegengewichtlers war dem Ansturm des Giftes ganz offensichtlich nicht gewachsen; Dahlmann japste nicht mal nach Luft, er bekam nur einen starren Blick und stürzte – mit Herzstillstand, mit Atemstillstand, mit was auch immer, Sándor konnte es vom Rand des Geschehens nicht erkennen – wie ein Brett auf den

Ringboden. Ein Schrei der Empörung erhob sich im Publikum, das sich erneut um einen angekündigten Höhepunkt gebracht sah, und Zirzow, der den Ring noch nicht verlassen hatte, ging unter einem Hagel fliegender Stuhlbeine und Bierflaschen in Deckung, während Sándor sich fluchend nach vorn kämpfte, wo er mitten im Orkan der kämpfenden Menschen nach dem Ringgirl Martha suchte, das womöglich unter dem Eindruck des Gifttods ihres geliebten Schützlings selbst zusammengebrochen war und jetzt dort vorn von den ringenden Leibern totgetreten wurde. Doch Martha war nicht da, sie war nirgendwo. Das Ringgirl hatte eins und eins zusammengezählt und, als sie keine Hoffnung mehr hatte, das Weite gesucht. Martha war verschwunden.

MARTHA UNDERGROUND

Karl Knöpnadel tauchte aus dem Chaos auf, auch er noch in Kampfmontur; ein Wiedersehen, das Sándor geradezu einen Stich jäher Freude versetzte – oder war das noch der Leberhaken, mit dem Knöp sich gegen sein Aufbegehren zur Wehr gesetzt hatte und der Sándor noch immer bei Drehungen des Oberkörpers zu schaffen machte? Jedenfalls verstand der Freund augenblicklich Sándors knappe Gesten, die Martha beschrieben, und machte sich auf den Weg, um an den Eingangstüren des Saals nach dem Ringgirl zu suchen.

Sándor hegte wenig Hoffnung, dass Martha diesen Weg genommen hatte und dort draußen womöglich der Verstärkung in die Arme gelaufen war, die der dicke Plötz unterdessen gerufen haben dürfte. Nein, die Ausgänge des Spichernrings waren noch immer von enttäuschten Gästen und Leichtverletzten verstopft, und wenn Martha sich wirklich dort hinausgedrängelt und draußen die Polizeiwagen gesehen hätte, die angerollt waren, um die Lage im Boxpalast unter Kontrolle zu bringen, wäre sie wahrscheinlich wieder zurück ins Gebäude geflüchtet. Die junge Frau, davon war Sándor Lehmann überzeugt, konnte nur einen einzigen Weg genommen haben: den in die Katakomben und weiter über die Kellerstiegen hinunter auf die stillgelegten Abstellgleise, die sie genau kannte. Schließlich hatte sie ihn ja wohl selbst dort zusammen mit dem verbrecherischen Ringarzt von der Esche hinuntergeschleppt, um ihn von der U-Bahn überrollen zu lassen. Genau diesen Fluchtweg wollte sie jetzt benutzen, um sich hier im Spichernring aus der Affäre zu ziehen und draußen in der Millionenstadt unterzutauchen – jetzt, wo Emil Dahlmann seinen letzten Atemzug getan hatte und sie hier nichts mehr hielt.

Sándor sprintete hinüber zum Personalausgang und nahm die Stufen hinab mit großen Schritten. Hoffentlich hatte Rosi, während er selbst oben im Gewühl der Raufbolde nach Martha gesucht hatte, seinen Rat befolgt und die Tür gut verschlossen gelassen. Wer wusste schon, was passieren würde, wenn Martha, die jetzt nichts mehr zu verlieren hatte, auf die andere Frau stieß, die von der Esches Geständnis gehört und sich damit zu gefährlichsten Mitwisserin ihrer Taten gemacht hatte. Martha wusste sicher nichts von Rosis Verbindung zu ihm, und ob sie sein Gespräch mit Rosi mitbekommen hatte, war fraglich. Im Grunde war die Wirtin der Fliegerbombe, ohne es zu ahnen, erneut in Gefahr; die diesmal nicht vom liebestollen Giftmörder von der Esche ausging, sondern von der Frau, die er geliebt und für die er gemordet hatte.
Sándor rannte den Gang entlang und rüttelte an der Garderobentür; doch die Tür war offen.
»Rosi? Rosi?«
Der Raum war leer, und jetzt wurde Sándor auch klar, weshalb. Er hatte Rosi empfohlen, die Tür abzuschließen, doch wie hätte sie das tun sollen? Er selbst hatte das ganze Schloss mit dem Standaschenbecher herausgebrochen und unbrauchbar gemacht; Rosi war seit seinem Weggehen nicht mehr in Sicherheit gewesen, und wenn die zu allem entschlossene Martha hier vorbeigekommen war, hatte sie sicher versucht, in der Garderobe eine Jacke oder ihre Alltagskleidung überzustreifen, anstatt mit Paillettenjäckchen und hochhackigen Schuhen in die unterirdischen Gänge zu stöckeln. War sie auf Rosi getroffen?
Sándor warf einen zweiten, gründlicheren Blick in den Raum, der noch immer die Spuren des ersten Kampfes zeigte. Rosi lag nicht hinter dem Paravent, der Raum war wirklich leer. Doch die Blumenvase – er war sich sicher, das schwere Kristallglas wieder auf den Sims unter dem Schminkspiegel gestellt zu haben – lag in Scherben vor ihm auf dem dicken, etwas schmuddeligen Teppich.

Hatte Martha Rosi aus dem Raum gezerrt, und hatte Rosi sich gesträubt, sich festzuhalten versucht?
Sándor wartete einen kleinen Moment, bis sein pochendes Herz langsamer schlug, und hielt dann für einen Augenblick den Atem an. Und da hörte er es; die fernen Geräusche von schnellen, aber auch schleifenden Füßen auf steinernem Boden, unterdrückte Flüche einer hohen Frauenstimme, ein leises Wimmern – Geräusche aus Richtung des Tunneleingangs.

Von da an bewegte sich Sándor Lehmann, so leise er konnte. Noch immer machten ihm Knöpnadels gut gemeinte Hiebe zu schaffen; außerdem fürchtete er, mit blindem, geräuschvollem Hinterherhetzen die Flucht Marthas nur umso panischer und die Gefahr, in der Rosi steckte, damit umso größer zu machen. Obendrein stieg schon wenige Schritte nach dem Ende des Kellerflurs und dem Beginn des Tunnelgewölbes die wohlbekannte Tunnelangst in ihm auf; das Gefühl, dass hier unten in den hohlen Wurzelkanälen der Stadt nur Tod und Verzweiflung zu finden waren; dass hier, was immer er versuchte, schiefgehen musste. Das Gefühl wurde immer drängender; er bemerkte seine schweißnassen Hände, das Zusammenzucken bei jedem Geräusch, das ein losgetretener Stein in einem der Seitengänge machte, bei jedem Schatten, den eine flüchtende Ratte warf.
Die Tunnelbeleuchtung ließ zu wünschen übrig; die ganze verdammte Nebengleisanlage war nicht für nächtliche Spaziergänge gemacht. Wahrscheinlich konnte er sich glücklich schätzen, dass wenigstens an den Weichen kleine Kontrolllämpchen leuchteten, die etwaigen Zugführern – die hier schon Jahre nicht mehr herkamen – signalisierten, dass eine Weiche folgte, die langsam überfahren werden musste.
Trotz dieses Zögerns verringerte sich der Abstand zwischen ihm selbst und den beiden Frauen, und nach einer ziemlich abrupten Biegung des Gangs, wo an der gemauerten Tunnelwand ein glit-

schiger, übel riechender Belag herunterwuchs, der unter seiner tastenden Hand nachgab – fast hätte er geflucht vor Ekel –, sah er die beiden Frauen als schwankende Silhouette im Gegenlicht einer größeren Signalleuchte vor sich. Er begriff schlagartig, was da vor sich ging: Martha hatte zwar ihre Straßenkleidung übergestreift, aber Rosi war noch keineswegs mit dem Umziehen fertig gewesen, als die verzweifelt Fliehende sie aus der Garderobe gezerrt hatte. Mit ihren Stöckelschuhen kam sie im Gleisbett kaum vorwärts, so heftig Martha sie auch am Handgelenk und an den Haaren mit sich riss. Allein wäre Martha schon viel weiter fort – und genau darin sah Sándor jetzt seine Chance. Er verkürzte den Abstand zu den beiden Frauen noch mehr, machte dann ein paar plötzliche, geräuschvolle Schritte auf das Paar zu und rief mit fester Stimme: »Geben Sie's auf, Martha. Hier ist die Polizei!«

Die Frauen schrien beide gleichzeitig erschreckt los, und Sándors Rechnung ging auf. Während Rosi zusammenfuhr und einknickte, gab ihr Martha einen wütenden Schubs, zischte hasserfüllt: »Da kommt ja dein nackter Retter, du Schlampe!«, und rannte los. Rosi stürzte auf den Schotter und riss sich die Handballen blutig, aber ihr »nackter Retter« konnte sich jetzt nicht weiter um sie kümmern; er sah, wie die flüchtende Frau an einer Gabelung des Schienenwegs eben den helleren Strang wählte, und setzte ihr dann mit langen Schritten nach.

Schon damals im Groschenkeller, als er Martha das erste Mal außerhalb des Spichernrings gesehen hatte, war ihm an der tanzenden Frau die zielstrebige, beherrschte Kraft aufgefallen. Martha war kein zierliches Püppchen, das halb nackt vor dem Boxpublikum ihr Hinterteil in die Luft reckte und unsicher von Ungeschicklichkeit zu Ungeschicklichkeit stolperte: Sie war eine trainierte Tänzerin mit dem Körper eines jungen Pumas; zartgliedrig, aber immer sprungbereit – und ausdauernd dazu, wenn es darauf ankam.

Jetzt kam es darauf an, denn Sándor Lehmann hatte zwar beim Kampf gegen Knöpnadel ein paar ordentliche Dinger wegstecken müssen, aber sein Körper erholte sich rasch, und die Zeit, die er in Lanke in Waldläufe und Ruderbootfahrten gesteckt hatte, machten sich jetzt bezahlt.

Noch immer lastete die Scheu vor dem dunkel ausgemauerten Tunnelrund auf seinen Schultern; noch immer hatte er das bedrohliche Gefühl, außerhalb von Raum und Zeit in einer unterirdischen Höhlenwelt um sein Leben zu rennen – aber die körperliche Bewegung, bei der er jetzt keine Rücksicht mehr auf Geräusche nehmen musste, tat gut; Sauerstoff belebte sein Blut, und seine Lungen rissen die klamme, inzwischen etwas bewegter werdende Tunnelluft in gierigen Zügen in sich hinein.

Martha dagegen lief mit der ganzen Kraft des Sich-retten-Wollens; nicht panisch, sondern kaltblütig und entschlossen. Ebenso kaltblütig hatte sie hingenommen, ja, verlangt, dass der liebesblinde Dr. von der Esche für sie manipuliert, betäubt und schließlich getötet hatte; und wenn sie anstelle ihrer kleinen, umgehängten Handtasche einen geladenen Revolver bei sich gehabt hätte – da hatte Sándor keine Spur eines Zweifels –, sie hätte auf ihn geschossen, ohne eine Sekunde zu zögern.

Was sie in der rehbraunen Wildlederhandtasche auf ihrer Flucht mitschleppte, hatte Sándor mit einem einzigen Blick in die Umkleidekabine erraten. Dort hatten mitten im Chaos der umgeworfenen Möbel und der Scherben der Kristallvase zwei schmale Ledereetuis auf dem Boden gelegen, die so aussahen wie das Etui, dessen Übergabe Rosi in der Fliegerbombe beobachtet hatte: das Etui, das Zirzow von seinem ominösen amerikanischen Besuch erhalten hatte und – da war Sándor sich unterdessen sicher – der Ringarzt von der Esche schon Wochen vor ihm von dem unbekannten Toten. Es war das Gift, das für all die Zusammenbrüche und Morde verantwortlich war; eine geheimnisvolle Substanz, von Handlungsreisenden in Sachen Gift übergeben – Handlungsreisenden, wie auch der anonyme Leichnam aus der Bombe einer gewesen sein musste. Was brachten die Amerikaner da ins Land – eine Wunderdroge, eine chemische Waffe? Medizin, die nicht heilte, sondern tötete?

Martha hatte in der Eile ihrer Flucht die langen Etuis nicht in die Handtasche bekommen und den Inhalt – sicher pfundschwere, bruchsichere Glaskolben mit verplombtem Schraubverschluss, wie Sándor sie von anderen medizinischen Präparaten kannte – stattdessen herausgerissen, ohne Etui in die Tasche geworfen und mitgenommen. Jedenfalls baumelte die kleine Umhängetasche an ihrer zierlichen Schulter, als wäre sie ziemlich schwer, und Sándor konnte im heller werdenden Licht des leicht aufwärts führenden Tunnels sehen, dass Marthas Bewegungen eckiger wurden, dass sie beim Auftreten ausrutschte, sich mit einer Hand an der Tunnelwand abstütze, allmählich langsamer wurde. Martha war am Ende ihrer Kräfte, und der Abstand zwischen ihnen wurde immer kleiner.

Zusätzlich führte der Quertunnel – war es nicht der, durch den er selbst vor Monaten gewankt war, als er sich aus seiner Betäubung aufgerappelt hatte? – ohne weitere Reinigungsgänge oder Treppenhäuser geradewegs auf den benutzten Schacht der Untergrundbahn zum Thielplatz; Sándor merkte das eher instinktiv, ohne sich über seine komplexen Sinneswahrnehmungen genauer Rechenschaft abzulegen. Der Geruch im Tunnel hatte sich geändert; an die Stelle der stehenden Feuchte war der trockene, zunderartige Geruch nach pulverisierten Steinen, nach abgeriebenem Metall getreten, der ihn noch heute an die Pfennigmünzen erinnerte, die Liese und er damals im Wedding immer auf die Straßenbahnschienen gelegt hatten, um sie von den schweren Waggons platt walzen zu lassen. Die Luft war bewegter; gerade jetzt schien ein regelrechter Wind durch den gemauerten Gang zu tosen, den offenbar ein fahrender Zug vor sich herdrückte. Gleichzeitig nahm der Lärm schnell zu, der von den runden Wänden auf eine unheimliche Weise verstärkt und unlokalisierbar verzerrt wurde. Und heller wurde es auch; zum einen war der Tunnelgang, auf den ihr unbenutztes Verbindungsstück zuführte, stärker beleuchtet; an der Tunneldecke führte neben der vermaledeiten Notleiter, die damals Liese zum Verhängnis geworden war, auch eine lange Reihe von elektrischen Leuchtstoffröhren entlang. Zum anderen waren vorn an dem Zugwagen, der jetzt mit dem ganzen Schwung des leichten Gefälles vom Wittenbergplatz heruntergeschossen kam, Scheinwerfer angebracht, die das Terrain vor dem Zug gründlich ausleuchteten.

Martha schreckte vor der langen Reihe der vorbeirasenden Untergrundbahn-Waggons zurück; sie begriff, dass ihre Flucht hier ein Ende nehmen würde, und beschloss offenbar, zu kämpfen. Jedenfalls drehte sie sich mit dem ganzen restlichen Schwung ihres Laufs herum, bis sie frontal vor dem heranstrebenden Sándor stand. Wie eine fauchende Wildkatze fletschte die junge Frau regelrecht die Zähne, streifte mit der rechten Hand in einer einzigen, fließenden Bewegung die schwere Handtasche von der linken Schulter, wickelte den langen Gurt in einer schnörkeligen Schwingung um ihr Handgelenk und holte dann mit der Rechten weit aus, um Sándor die schwere Schleuder mit einem mächtigen Schwung gegen den Kopf zu schlagen.

Sándor war abrupt stehen geblieben und hatte in einer absurd überflüssigen, dem Boxtraining geschuldeten Pose die rechte Hand zu einer Faust geballt und in der typischen Deckungspose vors Gesicht gehoben. Doch jede Verteidigung war überflüssig. Ob es ein aufgekipptes Fenster mit einer scharfen Ecke war, ein Türscharnier oder eine nicht vorschriftsmäßig befestigte Verkleidungsleiste der Waggonkarosserie: An irgendetwas blieb die stabil genähte Tasche mit ihrem schweren Inhalt hängen, und mit einem Ruck – aber, wie Sándor später erstaunt konstatierte, ganz ohne Schrei – wurde Martha von den Füßen gerissen. Sie wurde mitgezogen von dem jetzt vollbremsenden Zug, den ihr Körper im Flug fast überholte, immer wieder touchierte, bis der Gurt an einem Steinvorsprung plötzlich riss und die Frau vollends unter die Räder der tonnenschweren Stahlwaggons geriet.

KNOCK-OUT

Dort unten im Tunnel blieben sie eine Weile, daran führte kein Weg vorbei. An Tatorten gab es immer unendlich viel zu tun, zu vermessen, zu protokollieren, und auch wenn der Tunnel, in dem Martha zu Tode gekommen war, kein Tatort war – schließlich hatte sie sich, was geschehen war, allenfalls selbst angetan –, war Sándor trotzdem der einzige Polizist weit und breit, der für die erforderlichen Maßnahmen infrage kam. Die U-Bahn hatte in dem Moment, in dem der Zugführer das kämpfende Paar an den Gleisen entdeckte, eine Vollbremsung gemacht, ohne dass der Mann mehr mitbekommen hatte von dem, was danach passiert war. Dafür hatten einige Passagiere die Tragödie durch die Abteilfenster verfolgt, und Sándor durchkämmte eine Viertelstunde lang den ganzen Zug, um aus zwei Ärzten und einer Krankenschwester eine notdürftige Erste-Hilfe-Einheit zusammenzustellen, damit sie sich um die entsetzten Augenzeugen kümmerte, die in Ohnmacht gefallen waren, sich erbrochen hatten oder noch immer wimmernd oder schreiend in den Abteilecken hockten.

Diese medizinischen Kräfte waren der Lage einigermaßen gewachsen; ein Geistlicher hatte sich auch angeboten, der jetzt neben einer schluchzenden jungen Frau auf der Holzbank saß und beschwichtigend auf sie einredete.

Das Zugpersonal erwies sich als weitaus zögerlicher, und Sándor wurde bewusst, dass sie es offenbar nicht gewohnt waren, von einem rußverschmierten, halb nackten Mann – einem »nackten Neger im Tunnel«, wie der grobschlächtige Schaffner protestierend anmerkte – irgendwelche Befehle entgegenzunehmen. Andererseits war Sándors Erscheinungsbild furchteinflößend genug, und weil der große, schwarz bestaubte Polizist ihnen neben

Dienstgrad, Abteilung und derzeitiger Mission auch über die ihnen in Kürze bevorstehende Tracht Prügel genaue Auskunft gab, fügten sie sich schließlich knurrend und suchten ein Maßband, eine Stoffplane und einen Eimer mit Wasser zusammen, um in der Tiefe des Tunnels auf Höhe des vierten Waggons zu tun, was getan werden musste.

Rosi kam zögernd aus dem Dunkel des Tunnels, suchte und fand ihn und weinte, auch wenn Martha ihr die Haare büschelweise ausgerissen hatte, ein paar grimmige Tränen um das Schicksal der jungen Frau. Sándor hatte das Regencape eingesammelt, das Martha vor dem Kampf auf den Boden gerutscht war; das legte er Rosi um die nackten Schultern und schob sie sanft zurück in Richtung Spichernring. Was hier geschah, brauchte sie nicht zu sehen, und das wollte sie auch nicht. Die Lebenden machten ihr hinterm Tresen der Fliegerbombe genug Scherereien, und mit denen wurde sie fertig. Die Toten sollten bleiben, wo sie waren, tief unten unter der Erde.

Nach einer halben Stunde stolperte Sándor über die Gleise zurück in die Keller des Spichernrings. Der Zugführer hatte mit dem Streckentelefon die Weiterfahrt angekündigt; in der Nacht würde die Polizei den Tunnel ausleuchten und genauer untersuchen, und am Morgen würde die Untergrundbahn wie immer zwischen Nordring und Thielplatz hin und her fahren, ohne dass noch irgendetwas an das Ringreinigungsgirl Martha erinnern würde, das hier unten auf ihrer Flucht vor ihm ums Leben gekommen war.

Fühlte Sándor sich schuldig an ihrem Tod? Er wusste es nicht. Er hatte eine Schuldige verfolgt, sie selbst hatte die Flucht vorgezogen, und was ihr unterwegs passiert war, hatte sie damit in Kauf genommen. Das alles war unnötig gewesen, unnötig wie ihre Versuche, Emil Dahlmann mit Gift den Weg an die Spitze zu ebnen, unnötig wie die Bereitschaft des alten Doktors, sich zum Vollstrecker dieser Taten zu machen. Jetzt war Dahlmann tot und Martha selbst auch, und von der Esche würde – als Arzt, dem die

Gesundheit von Sportlern in die Hände gelegt worden war – auch alles andere als gnädige Richter finden.
Sándor erreichte den Kellerflur und ging, weil es oben nur noch wenig zu tun gab, zuerst in seinen Umkleideraum, um sich den Ruß aus dem Gesicht zu waschen und den Boxerdress ein für alle Mal in den Spind zu hängen. Im Spiegel warf er zum letzten Mal einen skeptischen Blick auf diese schwarze Gestalt, die die Statur eines Boxers hatte – und das nachdenkliche Gesicht eines Polizisten.

Im Saal herrschte komplettes Chaos. Die Bars waren verrammelt, das Publikum fast vollständig nach Hause gegangen, und Zirzow hatte sich mit einer Flasche Sherry in sein Büro zurückgezogen und wollte in seinem Elend nicht gestört werden. Wahrscheinlich kreiste draußen schon Blinker mit seinem Mercedes SSK Sport II um den Block wie ein Aasgeier im Cabriolet, um den übernahmereif geschossenen Spichernring, über den sich morgen früh alle Welt das Maul zerreißen würde, heute Nacht noch zum Schnäppchenpreis seinem wachsenden Box-Imperium einzuverleiben.
Nur in der Saalmitte, am Boxring selbst, gab es noch Leben, und zwar buchstäblich. Selbst Sándor konnte es kaum glauben, als er dazutrat. Hier war ein regelrechtes Wunder geschehen, eine Wiederauferstehung, das die alte Boxerweisheit »They never come back« ein für alle Mal widerlegte. Denn Emil Dahlmann war zurückgekommen. Erst hatte es niemand gemerkt; im allgemeinen Tumult war es komplett untergegangen, dass der spirrige Boxer, den Martha für tot gehalten hatte, mit einem furchtbaren Hustenanfall einen Gutteil des Gifts wieder herausgewürgt hatte, kaum dass er auf dem harten Boden des Boxrings aufgeschlagen war. Er hatte gehustet wie ein heiserner alter Metzgerhund, berichtete Plötz; ein Bellen, so dunkel und rau, wie man es dem schmächtigen Körper des Fliegengewichts nie zugetraut hätte. Emil Dahlmann hatte sich ganz langsam herumgedreht, die Knie an den Körper gezogen, sich vorsichtig und mit wackeligen Be-

wegungen hingehockt. Kein Ringrichter hatte ihn angezählt, und das war auch besser so, denn er brauchte sicher länger als bis zur Zehn, um wieder zu stehen, aber solange die Gäste im Saal noch mit Stuhlbeinen und Barhockern aufeinander einprügelten und die Saalordner alle Hände voll zu tun hatten, die schlimmsten Streithähne auseinander zu halten, war an ein Weiterboxen ohnehin nicht zu denken.

Aber als allmählich Ruhe einkehrte und der Boxring nur noch von vielleicht hundert Enthusiasten umringt war, die noch immer hofften, heute Abend einen sehenswerten Fight geliefert zu bekommen – da stand Emil Dahlmann, und er stand nicht nur, sein Körper schien von einer inneren Last befreit zu sein. Natürlich konnte er nicht wissen, warum von der Esche nicht mehr als Ringarzt an den Seilen saß; und er wusste auch nicht, was seiner mörderischen Bewunderin Martha unten im U-Bahn-Tunnel passiert war. Trotzdem schien er zum allerersten Mal die Euphorie eigener Kraft zu spüren, des Überstehens aller Widrigkeiten, die aus einem Mann überhaupt einen Boxer machten. Dass Martha und der Doktor seine Gegner geschwächt hatten – dass überhaupt im Spichernring schon lange nicht mehr der Beste gewonnen hatte –, das konnte ihm nicht entgangen sein. Und seine neue Kraft kam gerade aus dem instinktiven Gefühl, dass diese Diktatur der Chemie ihn nicht niedergeworfen hatte, sondern überwunden war. Was geschehen war, kam ihm unsportlich vor, demütigend, und es machte ihn wütend. Es machte Emil Dahlmann ganz offensichtlich so wütend, dass er den Ring mit langen Schritten durchquerte, um vor seinem Kontrahenten Harry Stein zum Stehen zu kommen, der mit seinem Assistenten von der sicheren Ringecke aus das Durcheinander im Saal beobachtet hatte. Harry Stein hatte nichts dagegen, zu boxen; im Gegenteil, er vermaß den dünnen Kerl in der Boxerhose mit einem fast belustigten Blick und hielt ihn offenbar für eine leicht zu überwindende Lachnummer auf seinem eigenen Weg nach oben.

Doch Emil Dahlmann, Marthas Schwarm, war stinkwütend, und diese Wut machte ihn wachsam, schnell und brandgefährlich. Harry Stein hielt dagegen, so gut er konnte, aber gegen diesen neu erweckten Wirbelwind konnte er wenig ausrichten. Emil Dahlmann tanzte, steppte, flog durch den Ring; er ließ die Schläge auf Stein niederprasseln, als speiste ihn eine unsichtbare Energieader, die nie versiegte. Eine, zwei, drei Runden lang drosch Dahlmann auf den haushohen Favoriten ein; in der vierten Runde gab es eine Folge echter Wirkungstreffer, unter denen Stein langsamer wurde, unaufmerksamer. Er wollte nach Hause gehen, und diesen Heimweg machte Emil Dahlmann in diesem Kampf seines Lebens unter dem Gejohle des begeisterten Publikums in der fünften Runde mit einem harten, pointierten Schwinger extrem kurz. Harry Stein erlebte den ersten Knock-out seiner Karriere, einen Knock-out, den der junge Fiegengewichtler Dahlmann im Grunde dieser ganzen verdammten Stadt verpasste, in der er klein gehalten worden war und sich nun endlich durchboxen konnte.
Sándor Lehmann – endlich wieder im grauen Staubmantel, mit dem Hut in der Hand – hatte den Kampf von der breiten Ringseite her beobachtet und kam jetzt näher, während der Ringrichter, der sich für diesen allerletzten Kampf im Spichernring noch eingefunden hatte, Dahlmanns behandschuhte Rechte nach oben riss und ihn zum Sieger durch K. o. erklärte. Die Männer am Ring nickten zustimmend, und ihr Applaus hallte dürr von den Wänden der leeren Halle wider, als hätte hier ein kleiner Sparringkampf stattgefunden und nicht der turbulente Untergang von Berlins populärstem Boxring. Sándor sah das verquollene, aber überglückliche Gesicht des Fliegengewichtlers, und für eine Sekunde – für eine halbe Sekunde eigentlich nur – durchzuckte ihn der wohlige Schauer eines Boxers, der einen Kollegen siegen sah und wusste: Auch er selbst würde diesen Triumph noch viele Male auskosten und seinem Gegner und der ganzen Stadt zeigen, wer der Bessere war.

Dann knöpfte Sándor Lehmann den obersten Mantelknopf zu und ging Richtung Ausgang; zurück in die Stadt, in der es andere Aufgaben für ihn gab, als in der zehnten Runde noch auf den Beinen zu stehen.

DAS GESTÄNDNIS

Nashörner überlebten manche Dürre; Sándor wunderte sich nicht, dass mal wieder festzustellen. Das erste Nashorn – der graue Bau des Polizeipräsidiums, das mit seinem Eckturm wie ein runzeliges Rhinozeros Richtung Alexanderplatz ragte – war zu alt und zu dickhäutig, um bei einem Zeitenwechsel gleich wegzugaloppieren. Die künftigen Herren dieses geprügelten Deutschlands würden es ebenso brauchen, wie alle vorherigen es gebraucht hatten; irgendjemand musste den Verkehr regeln, Safeknacker hinter Gitter bringen oder auch bei Bedarf auf Demonstranten schießen, und dafür würde die Polizei auch künftig da sein. Trotzdem schien Sándor ihm, als er, von der S-Bahn kommend, den Platz überquerte und auf das Gebäude zuging, als hätte das runzelige alte Biest mit seinen staubverkrusteten Mauervorsprüngen und den blinden Fenster einen anderen Gesichtsausdruck bekommen. Früher hatte er, wenn er nach einem gefährlichen Job zurückgekommen war, die Gelassenheit und Gleichgültigkeit des Hauses bewundert. Was auch immer geschehen war, das Nashorn hatte stoisch in der Sonne oder im Regen gelegen; ein Inbegriff an Unbeeindruckbarkeit, die tröstlich war und jede eigene Aufregung schnell verebben ließ. Heute schien der Bau ein hinterhältiges Lauern zur Schau zu stellen; eine Falschheit, die in Sándors Augen Ehrbarkeit, Rechtschaffenheit nur vortäuschte – und dabei ganz eigene Ziele verfolgte, den eigenen Hunger befriedigen wollte.

Sándor schüttelte sich. Er träumte. In Wahrheit war alles wie immer. Die große Treppe am Eingang war noch da, wo er vor Monaten die Tür für die Eindringlinge der Reichswehr frei gemacht hatte; die Gänge und Treppenhäuser rochen wie immer, und der Pförtner am Eingang hatte ihm beim Eintreten auch nur kurz und gleichgültig zugenickt, als wäre Sándor erst gestern Abend grüßend aus dem Haus getreten.

Das zweite Nashorn bewohnte noch immer sein unübersichtliches Labyrinth im zweiten Stock. Ernst Gennat, der Leiter der Mordkommission, hatte die Veränderungen im eigenen Haus mit wortloser Verachtung mit angesehen; er selbst war von den Säuberungsaktionen verschont geblieben. Albert Grzesinski und Bernhard Weiß hatte er nach ihrer Verhaftung nie wiedergesehen; die Männer hatten in der »Schutzhaft« unterschreiben müssen, ihre Amtsgeschäfte niederzulegen und der Polizeiarbeit fernzubleiben, und nur unter dieser Prämisse hatte man sie schließlich freigelassen. Das war demütigend und undemokratisch. Andererseits: Sollte er selbst, Ernst Gennat, aus politischem Prinzip und aus Protest nun ebenfalls sein Köfferchen nehmen und das Büro verlassen? Viele der fremden Kollegen, die man jetzt auf den Gängen sah, arbeiteten für die neuen Machthaber, waren Parteigänger der Nationalsozialisten und äußerst eifrig, wenn es darum ging, ihren Steigbügelhaltern einen Dienst zu erweisen. Er, Ernst Gennat, arbeitete nicht für, sondern gegen etwas: gegen den Sieg des Verbrechens in dieser Stadt, gegen das Heer von Mördern, das ihm in seinem beruflichen Leben gut 250 Leichen vor die Füße gelegt hatte, und solange das so weiterging und dort draußen in der Stadt noch immer gemordet wurde, war dieses Büro der Ort, wo er hingehörte.
Sándor nahm gern auf dem plüschigen Besuchersessel Platz und ließ den Blick mit einem wohligen Gruseln über all den Mordsnippes streichen, den der Chef an Stellen aufbewahrte, wo andere Akten, Bücher oder Kleidungsstücke abgelegt hätten. Ein Schrumpfkopf, ein Glas mit Daumen, gerahmte Fotos von Lieblingsmördern, Tätern, die seinen Intellekt besonders herausgefordert hatten. Sándor seufzte. Gennat lebte in einer

eigenen Welt, in der »die Politik da draußen« nur eine kurzzeitige Rolle spielte, wenn sie seine Vorgesetzten verhaftete oder ihm einen Boss vor die Nase setzte, dessen Fähigkeiten er für gering hielt.

»Hier ist es provinziell geworden, Lehmann.«

Gennat schüttelte den Kopf in einem Wust von Halsfett.

»Unser neuer Polizeipräsident Kurt Melcher hat seine berufliche Qualifikation in Essen erworben.«

Er grunzte und tätschelte sich den eigenen, gewaltigen Bauch.

»Ich habe meine Leibesfülle beim Essen erworben, aber mein Fachwissen kommt nicht aus Essen, sondern aus Berlin!«

Sándor lachte freundlich.

Gennat betrachtete seinen Lieblingskommissar eine Weile schweigend und fragte dann geradeheraus:

»Sind Sie wieder an Bord? Soll'n ja gestern mächtig zugelangt haben im Spichernring! Ihr Festgenommener hat sechzehn Stunden am Stück geschlafen, so anstrengend fand er die Begegnung mit Ihnen.«

Sándor Lehmann vermied eine Antwort; er hatte selbst keine. Er wollte die Sache hinter sich bringen, von der Esche hinter Gittern sehen; alles andere würde sich finden.

Unten im Polizeipräsidium – in den fensterlosen Vernehmungsräumen neben den Arrestzellen – wartete schon, bewacht von Hansen, ein immer noch reichlich schläfriger von der Esche auf sie. Sándor hatte ihm mit seinem Faustschlag eine blau schillernde Prellung am rechten Wangenknochen verpasst, aber das Gift im Trinkbecher war noch weit wirkungsvoller gewesen. Und mehr als beides machte ihm die Nachricht zu schaffen, mit der Sándor ihr Gespräch eröffnete: Der Tod von Martha verwandelte den korpulenten, ehemals selbstbewussten Mediziner in ein Häufchen Elend; einen Mann, der eine Weile still vor sich hin schluchzte – und dann bereit war, zu sprechen.

»Martha also«, resümierte Sándor ohne jede Genugtuung, »Martha haben Sie geliebt, für sie hätten sie alles getan. Für sie *haben* Sie alles getan.«

Von der Esche nickte. Mit zwei seitlich weggeknickten Armen machte er eine hilflose Geste.

»Im Grunde wollten wir das Gegenteil von alldem, Ernst Zirzow und ich. Niemanden vergiften, um Himmels willen. Nein, alles, was wir wollten, war, die eigenen Leute gegen Schmerzen unempfindlicher zu machen. Den eigenen Stall belastbarer machen, zäher.«

Er schniefte noch einmal; seine Stimme festigte sich.

»Ich hatte in der *Lancet* einen Artikel gelesen über ein neuartiges Schmerzmittel, das in den Abbott Laboratories in den USA entwickelt worden war; sensationell vielversprechend, aber noch wenig erprobt – Pentothal.«

Sándor musste unwillkürlich grinsen; ganz schief hatte sein Informant aus dem Groschenkeller, der Drogensüchtige Machninger, mit seinem »Penn-Total« doch nicht gelegen.

Von der Esche achtete nicht auf die Grimassen des Kommissars; er fuhr fort:

»Allerdings war das Teufelszeug schwer dosierbar; es betäubte nicht nur den Schmerz, sondern den ganzen Boxer, und zwar blitzschnell. Zirzow und ich besorgten uns das Zeug und machten ein paar Versuche, die aber allesamt kläglich schiefgingen.«

Sándor zog die Augenbrauen bedrohlich zusammen.

»Versuche? Wussten Ihre Versuchskaninchen davon?«

Von der Esche nickte.

»Am Anfang, da ja. Zirzow glaubte ja, ein wirksames Mittel einzusetzen, das Schmerzen gar nicht entstehen ließ. Als er merkte, dass die Sache komplizierter war, als er gehofft hatte, wollte er nichts mehr davon wissen.«

Er lachte verächtlich auf.

»So ist Zirzow nun mal. Wenn es nicht gleich klappt, dann schmeißt er es hin und macht was anderes. Aber ich … ich wollte nicht so schnell aufgeben. Ich sah das gigantische Potenzial in dieser Substanz, und ich dachte ... ich dachte, ich würde den Bogen noch rauskriegen. Also machte ich alleine weiter; Sie haben es ja selbst herausgefunden. Ich hatte den in Pentothal getränkten Wattebausch im Ohr – im Ohr konnte das Zeug nichts ausrichten, es wird über die Magenschleimhäute aufgenommen, über den Gaumen, den Hals –, und in einem unbeobachteten Moment – wenn die Leute zu Martha rübersahen, die in ihrem kurzen Höschen wirklich ...«

Er schluchzte, fing sich wieder.

»Wenn sie zu Martha rübersahen, träufelte ich ein paar Tropfen in den Wassertank für die Trinkbecher. Oder ich hielt den feuchten Daumen in den Becher; schon das war mehr als genug.«

Sándor nickte. Sie waren dem Doktor nur durch seine temporäre Schwerhörigkeit auf die Schliche gekommen; ohne Knöpnadels Senibilität für diese Dinge hätten sie den Trick nie durchschaut. Und nach einem noch völlig unbekannten Wirkstoff aus Übersee konnten auch die besten Polizeichemiker lange suchen!

»Die Versuche schlugen auch weiterhin fehl«, nahm Sándor den Faden wieder auf, »aber dann ... kam Martha ins Spiel?«

Von der Esche nickte, und seine Augen füllten sich erneut mit Tränen.

»Martha hatte all das mitbekommen. Vielleicht habe ich auch angeboten, ihr zu helfen.«

»Ihr?«, bohrte Sándor nach, und von der Esche zuckte resigniert mit den Achseln.

»Ihrem Schwarm Emil Dahlmann. Nach dem war sie ganz verrückt, und ich dachte, wenn ich mich da kooperativ verhielte, würde sie sich mir gegenüber erkenntlich zeigen wollen, und Emil Dahlmann könnte ja später immer noch ...«

Sándor nickte düster und schlug vor:

»Wie Paul Völkner?«

Von der Esche brauste auf.

»Das war ein Unfall, das müssen Sie mir glauben! Vielleicht habe ich im Eifer des Gefechts zweimal in den Trinkbecher gefasst, vielleicht war der Wattebausch auch zu feucht. Wie gesagt, das Mistzeug war schwer zu dosieren, es lief aus dem Ruder. Zirzow hatte ganz recht daran getan, auszusteigen. Aber Martha ...«
Er schüttelte sich, seufzte.
»Martha wollte immer mehr, und ich sprach noch mal mit Zirzow und redete ihm ein, die Abbott Laboratories hätten die Formel verbessert, das Risiko der Überdosierung ausgeschaltet; wir bestellten eine zweite Lieferung. Als Arzt konnte ich wissenschaftliche Studien vortäuschen, und im Grunde hatte ich sogar über eine Veröffentlichung nachgedacht, nur wollte Martha niemandem seine Schmerzen nehmen – sie wollte Knock-outs für jeden, der ihrem Emil Dahlmann gefährlich werden konnte.«
Sándor wartete, und schließlich hob von der Esche den Blick, fixierte ihn.
»Sie waren ja auch nicht mehr von ihrem Giftverdacht abzubringen, und es war eine Frage der Zeit, bis Sie mich ins Visier nehmen würden. Also spielte ich Ihnen meinen eigenen Zusammenbruch vor, um mich aus der Schusslinie zu bringen. Kommissar, ich schwöre Ihnen: Umbringen wollte ich Sie nicht. Aber Martha meinte, wenn Sie aus der Ohnmacht im U-Bahnschacht erwachen würden, würde Ihnen klar, dass die Sache für Sie gefährlich werden könnte. Also schleppten wir Sie durch eine Hintertür von der Galerie hinunter in den U-Bahnschacht; erst da unten verlangte sie von mir, Ihren Schädel auf die Gleise zu legen, und für Martha hätte ich alles getan. Ich war besessen von dieser Frau, es war wie ein Wahnsinn. Je mehr sie mich ablehnte, umso mehr begehrte ich sie. Für ein, zwei Minuten lag sie mit geschlossenen Augen in meinen Armen und lächelte; dann war sie wieder kalt und rücksichtslos und kommandierte mich herum wie einen Lakaien.«
Von der Esche raufte sich die Haare. Er lachte verlegen auf.

»Jeder Psychiater wird mich für verrückt erklären«, verkündete er, »und begreifen, dass ich kein Verbrecher bin, sondern ein Liebeskranker, ein Fehlgeleiteter – und im Grunde unschuldig.«
Sándor nickte grimmig und stand mit einem Ruck auf, der den Holzstuhl, auf dem er an dem kleinen Vernehmungstisch gesessen hatte, bedrohlich kippeln ließ.
»Ja, unschuldig und voller Liebeskummer. Nur haben Sie Ihren ersten Giftmord schon begangen, bevor Martha anfing, Sie unter Druck zu setzen.«
Von der Esche lehnte sich zurück und starrte mürrisch unter den buschigen, ungepflegten Augenbrauen hervor. Er ahnte, was jetzt kommen würde. Sándor riskierte den Bluff.
»Sie sind gesehen worden, von der Esche, gesehen, obwohl es früh am Abend war und die Fliegerbombe rappelvoll. Sie sind gesehen worden, als Sie den ersten amerikanischen Handlungsreisenden mit seiner Giftlieferung getroffen haben, und weil der Mann unten in der Charité auf Eis liegt, werden wir in seinem Körper Pentothal nachweisen können, denn Sie haben das neue Wundermittel gleich am Erstbesten ausprobiert. Vor allem wollten Sie den einzigen Zeugen ausschalten, der wusste, dass diese chemische Wunderwaffe sich schon in Ihren Händen befand. Und Zirzow wollten Sie erzählen, der Vertreter sei gar nicht erst aufgetaucht. Ob Ernst Zirzow wirklich mitgemacht hat bei Ihrer gescheiterten »Versuchsreihe«? Oder tischen Sie uns das alles nur auf, um wenigstens einen mit reinzureißen in Ihren Schlamassel? Denn das ist es doch von Anfang an gewesen, ein Schlamassel – und Ihr ganz eigener obendrein. Weil Sie große eigene Pläne hatten – Sie hatten schon immer große Pläne, war es nicht so, von der Esche? Im Spichernring zu arbeiten, das war eine ständige Unterforderung für Sie, eine Demütigung, die Ihren Hochmut weckte und schließlich Ihren Hass. Diese Menschen dort – die Boxer, die im Rampenlicht standen; die tollsten Frauen, sogar Zirzow selbst – nach Ihrer Pfeife tanzen zu lassen, sie zu Marionetten

Ihres Spiels zu machen, *das* war es, was Sie reizte. Liebesblind, Doktor von der Esche? Unsinn! Größenwahnsinnig sind Sie gewesen, und das von Anfang an.«

Sándor hatte zuletzt mit immer schneidenderer, lauter werdender Stimme gesprochen, und von der Esche, der sich erst empört auf seinem Stuhl aufgerichtet hatte, war unter dieser Kanonade kleiner und kleiner geworden. Schließlich stammelte er leise:

»Ja. Sie haben vielleicht recht. Ich gebe es zu, Zirzow wusste nicht ... Ach, es hat ja doch alles keinen Sinn, jetzt, wo Martha ..., Martha ...«

Er schluchzte und begehrte dann auf:

»Aber Martha und ich, wir hätten ..., wir wären ...«

Sándor drehte sich Hansen zu und nickte, und der lange, dünne Polizeibeamte legte dem Ringarzt Dr. von der Esche die Hand auf die Schulter. Sándor Lehmann blieb in der Ecke des Raums stehen, bis die Schritte der beiden im Gang verhallt waren.

Endlich herrschte Stille.

War es gut, wieder hier zu sein? Oder, genauer gefragt: War er überhaupt wieder hier? Bei Fräulein Wunder drüben im Büro hatte er noch gar nicht vorbeigeschaut; wer wusste schon, wer unterdessen seinen Platz eingenommen hatte in der Mordkommission. Gennat hatte mit ihm über alles Mögliche gesprochen, nur nicht über die Zukunft, und er war dem Chef fast dankbar gewesen dafür.

Trotzdem streunte Sándor jetzt hier im Polizeipräsidium durch die Gänge; nur der eine, lange Flur trennte ihn noch von seinem Büro, und als er darauf zuging, öffnete sich dort drüben wahrhaftig seine Tür, und eine große, etwas eckig wirkende Frau im Sommerkleid kam heraus und strahlte, als sie ihn sah. Es war Rosi; Rosi, die ihn gesucht haben musste und die jetzt mit erleichterten Schritten den Flur entlang auf ihn zukam. Er hatte sie seit von der Esches Festnahme nicht mehr gesehen, sich nicht gemeldet und fast ein schlechtes Gewissen deswegen. Aber bevor Rosi und er sich erreichten, ging neben ihm im Gang noch eine Tür auf, und ein etwas vierschrötiger Mann kam herausstolziert, ein Typ mit Monokel – kaum einer trug heutzutage noch Monokel –, der ihn genau inspizierte und dann rhythmisch Applaus klatschte wie jemand, der Bedienstete rief oder einsam Tribut zollte.

Der Mann hatte eine aufrechte Körperhaltung; ein Sportsmann, vielleicht Reiter oder Fechter oder beides, und seine braun gebrannte Hackfresse war von Mensuren zernarbt wie ein Zwiebelbrett.

»Und Sie müssen Sándor Lehmann sein, habe ich recht? Mann, Mann, Mann, Sie haben es aber spannend gemacht, ich muss schon sagen! Zwei Monate abtauchen und dann mit einem riesigen Paukenschlag in einer einzigen Nacht klar Schiff machen: Dunnerlüttchen!«

Sándor sagte nichts; er war stehen geblieben und sah den anderen ausdruckslos an, während Rosi noch immer auf sie zukam und der Typ weitersprach.

»Aber entschuldigen Sie, dass ich mich noch nicht vorgestellt habe, Kamerad, mein Name ist Bentzig, gleiche Abteilung wie Sie! Sozusagen Ihr neuer Kollege! Verdun dabei gewesen, danach im Freikorps, Sturmabteilung Roßbach, Sie wissen schon, ›Uns kann der Deiwel‹, tja, und auch bis jetzt immer fleißig den Roten aufs Maul gehauen.«

Sándor hatte eine Augenbraue gehoben und tief Luft geholt, aber Bentzig war nicht zu bremsen in seiner Begeisterung.

»Jedenfalls noch mal von mir die allerherzlichsten Glückwünsche zum Fahndungserfolg, mein Lieber. Die jüdisch-kommunistische Räuberhöhle von diesem Zirzow haben Sie ja gründlich ausgehoben, das Ding muss ja komplett in Trümmern liegen, mein lieber Schwan. Wurde höchste Zeit, dass solche Läden dichtgemacht werden und Kameraden wie Rudi Blinker, der sich um den Deutschen Faustkampf verdient gemacht hat, eine größere Rolle im Boxsport übernehmen. Deshalb: Glückwunsch, Glückwunsch!«

Er beugte sich vor und raunte:

»Wie ich höre, soll Ihr Fahndungserfolg auch an allerhöchster Stelle hier im Haus, na, sagen wir mal: nicht unbemerkt geblieben sein. Beim Präsidenten haben Sie einen Stein im Brett, Lehmann, ich bin fast etwas neidisch!«

Sándor hatte wieder aus- und erneut eingeatmet und zählte bis zehn; dann wollte er diesem aufgeplusterten Nazigockel einen Knock-out verpassen, solange der Gang noch leer war. Aber da hatte Rosi sie schon beide erreicht und sich, ohne groß auf den Gratulanten zu achten, bei Sándor eingehängt, ihm einen feuchten Schmatzer auf die Stirn gegeben, »hallo, Schatz« gehaucht und sich dann lachend zu Bentzig umgedreht.

»Warten Sie nicht zu lange auf Antwort, mein Herr; Karl kann sie nicht hören – und antworten kann er auch nicht!«

Bentzig machte ein erstauntes Gesicht.

»Nicht hören? Karl? Aber ...«

Rosi sah ihn tadelnd an.

»Karl Knöpnadel, na sagen Sie mal, haben Sie noch nie was von Berlins bestem Boxer gehört?«

Sie verdrehte die Augen.

»Stimmt schon, was die Leute sagen, Karl ist taub und stumm. Aber boxen kann er wie kein Zweiter! Und mal unter uns, Dickerchen« – Bentzig lief puterrot an, als Rosi ihn so nannte –, »er hat noch ein paar weitere Qualitäten, aber ich fürchte, die gehen nur ihn und mich was an.«

Sie zwinkerte Sándor zu, der mit komplett ausdruckslosem Gesicht danebengestanden hatte.

»Knöpnadel?«, stammelte Bentzig mit rotem Kopf. »Ja dann, ich dachte, ach, entschuldigen Sie, Kamerad!«

Er hielt Sándor die ausgestreckte Hand ihn, doch der reagierte nicht.

»Ach so, ach ja, er hört mich ja nicht, aber meine Hand müsste er doch sehen?«
Rosi lachte, doch anstelle einer Antwort griff sie sich nun Sándors Hand und zog ihn zwei Türen weiter zum Treppenhaus.

Unten auf der Straße wehte ein warmer Wind ein bisschen Herbstlaub vom Volkspark Friedrichshain herüber, und die Sonne stand schräg unter dramatisch aussehenden Wolkenbergen.
Rosi zog ihn auf die andere Straßenseite, und da lehnte hinter einer Litfaßsäule die DKW Luxus 200, die »Blutblase« aus Lanke, die Heinz, Julius Zimmlers erst zwölfjähriger Sohn, der Teufelskerl, über Nacht hergebracht und Rosi übergeben hatte.
Sándor traute seinen Augen nicht.
»Seid Ihr verrückt geworden, das Motorrad hier am helllichten Tag spazieren zu fahren?«, schimpfte er, und Rosi machte ein schuldbewusstes Gesicht und grinste dann.
»Hast recht, wir bringen das Ding einfach zusammen zurück. Bist du nun wieder in Amt und Würden, oder machen wir zusammen eine Spritztour ins Seeschlösschen, zum Kuchenessen?«
Sándor schüttelte den Kopf und lachte. Mehr Antwort bekam sie den ganzen Tag und die ganze Nacht nicht von ihm.

NACHWORT

Auch Sándor Lehmanns dritter Fall spielt an keinem erfundenen Ort. Ernst Zirzows Spichernring nahm im Boxsport der späten Weimarer Republik eine wichtige Rolle ein. Der – heute de facto nicht mehr existente – Nürnberger Platz war ein belebter Treffpunkt des westlichen Berlins, wo im Café Carlton Erich Kästner gerne Kuchen aß und Bücher schrieb. In der Spichernstraße, die dem Boxring den Namen gab, lebten in der Nummer 16 Bert Brecht und Helene Weigel. Berlins und Babelsbergs Prominenz liebte den Spichernring – doch Zirzow übernahm sich mit der immer wieder in die Kritik geratenden Sporthalle, auch wenn alle in meinem Roman beschriebenen Kämpfe mit diesem Personal und diesen Ergebnissen (und auch dem unerklärlichen Tod des armen Paul Völkner) stattgefunden haben und der Spichernring zumindest 1932 noch ein letztes, leidlich gutes Jahr erlebte.

Andere populäre Berliner Boxringe des Jahres 1932 waren die Arena am Kaiserdamm, die Germaniasäle, der Saalbau Friedrichshain, der Karlsgarten am Hermannplatz und vor allem die Bockbrauerei in der Fidicinstraße von Ernst Zirzows ewigem Kontrahenten Rudolf Boecker, der in meinem Roman Blinker heißt.

Das Seeschloss in Lanke, Max Schmelings idyllischen Trainingsort, gibt es noch heute, und es ist in vierter Generation im Familienbesitz der Zimmlers. Julius' Sohn Heinz gab es an seinen Sohn Ulrich weiter; dessen Sohn Max Zimmler ist seit 2013 der neue Schlosswirt in Lanke.

Karl Knöpnadel (1904–1976), war Deutschlands letzter gehörloser Boxprofi. Knöpnadel war als Zahntechnik-Lehrling zum Boxen gekommen und bestritt ab 1922 56 Kämpfe als Amateur.

Von 1924 bis 1926 war er Brandenburgischer Landesmeister. 1931 ging er ins Profilager, doch schon 1932 kam das Berufsverbot durch die BBD, die Boxsport Behörde Deutschland. Die beiden Kämpfe im Spichernring (und der von mir erfundene dritte mit Sándor) blieben seine einzigen als Boxprofi.

1933 – im Jahr nach meiner Erzählung – erlebte Deutschlands Boxsport überhaupt gravierende Einschnitte. Das Vereinsverbot für Juden, das systematische Aussortieren unliebsamer Sportler und Funktionäre fügten dem Sport und den Sportlern selbst schwersten Schaden zu. Peter Eyck, jüdischer Sportjournalist und Präsident des BBD, musste gehen. Hans von Tschammer und Osten wurde Reichssportkommissar und forderte von den Boxverbänden, dass sie »freiwillig judenfrei« würden.
Die Verbände leisteten augenblicklich Folge. »Sämtliche Juden sind von der Mitgliederliste zu streichen«, beschloss der Verband deutscher Faustkämpfer (VDF) schon im April 1933, »jeder deutsche Berufsboxer ist mit sofortiger Wirkung von der Erfüllung eines mit einem Juden eingegangenen Managervertrages entbunden.«
Die Zeitschrift *Box-Sport,* schon immer opportunistisch auf der Seite der jeweiligen Tagesmeinung, sekundierte und forderte eine weitere »grundlegende Säuberungsaktion, um jedes unsaubere Element auszuschalten«.
Alfred Hopp, Fliegengewicht und »Grotesktänzer«, feuerte gehorsam seinen jüdischen Manager. Der Jude Harry Stein emigrierte (und starb 1948 als Boxlehrer in Russland). Doch niemandem widerfuhr ein tragischeres Schicksal als Johann Wilhelm Trollmann, der am 9. Juni 1933 in Boeckers Kreuzberger Bockbrauerei mit seinem Manager Ernst Zirzow gegen Adolf Witt um den vakanten Titel als Deutscher Meister im Halbschwergewicht antrat. Während des Kampfes, den Trollmann gewann, wurde vom Verbandsdelegierten Radamm, einem NSDAP-Mitglied, die

Meisterschaft abgesagt. Nur wegen der anhaltenden Proteste des Publikums wurde Trollmann schließlich doch zum Deutschen Meister ernannt, ein Titel, der ihm allerdings wegen »unboxerischen Verhaltens« nach vier Tagen wieder aberkannt wurde. Zirzow konnte nicht mehr für seinen Schützling tun, als einen neuen Kampf zu organisieren – gegen den deutschen Weltergewichtsmeister Gustav »Meister« Eder. Um nicht erneut wegen seines tänzerischen, eleganten Boxstils einen Sieg aberkannt zu bekommen, ließ sich Trollmann – mit weiß gefärbtem Gesicht und blondierten Haaren – schlichtweg verprügeln; ein blutiger Abgesang eines großen Talents und Deutschen Meisters. 1938 wurde Johann Trollmann verhaftet, am 9. April 1943 nach endlosen Quälereien im KZ Neuengamme erschossen.

Den Nazis war das Boxen immer wichtig, doch jeder Versuch, in den Ringen Europas und der Welt ihren »Deutschen Faustkampf« zum dauerhaften Siegesrezept werden zu lassen, schlug fehl. Max Schmelings Sieg über Joe Louis 1936 – ein Ausscheidungskampf, keine Weltmeisterschaft – machte Schmeling zwar zum Mythos und zum gefeierten Vorbild, doch schon zwei Jahre später ging der (eher unfreiwillige) Hoffnungsträger der Nationalsozialisten im Rückkampf in der ersten Runde k. o. zu Boden. Mit dem Überfall auf Polen und dem Kriegsbeginn wurde der deutsche Boxsport zunehmend zu einem Spektakel der Militärunterhaltung degradiert. Ernst Zirzow organisierte bis 1943 für das Amt für Truppenbetreuung Kampfabende in Berlin, Hamburg, Brüssel oder Paris; mit dem dann folgenden »totalen Krieg« endete das Profiboxen in Deutschland für viele Jahre, und auch der immer fanatischer auf NS-Seite positionierte *Box-Sport* brachte im September 1944 mit nur noch vier Seiten seine vorerst letzte Ausgabe heraus.

© Max Lautenschläger

Martin Keune, geboren 1959 im Sauerland, ist freier Schriftsteller und nebenbei Chef einer Werbeagentur. Von ihm erschienen zahlreiche Bücher – im be.bra verlag zuletzt »Groschenroman. Das aufregende Leben des Erfolgsschriftstellers Axel Rudolph« sowie die Sándor-Lehmann-Krimis »Black Bottom« und »Die Blender«. Martin Keune lebt in Berlin und im Westhavelland.

Sándor Lehmanns erster Fall

Martin Keune
Black Bottom
9,95 €
ISBN 978-3-89809-528-0

Berlin, 1930. Bei einem Giftgasanschlag auf den legendären Tanzpalast »Femina« am Tauentzien sterben elf Menschen. Auch Kriminalkommissar Sándor Lehmann kommt nur knapp mit dem Leben davon – denn eben noch stand er inkognito als Jazzmusiker auf der Bühne ...

»Ein intensiver Einblick in die damalige Zeit und eine große Liebeserklärung an den Jazz.«
Stadt intern, Köln

Tödlicher Tanz

Gabriele Stave
Gefährliches Terrain
9,95 €
ISBN 978-3-89809-520-4

Berlin, Sommer 1923: Eine ausgelassene Landpartie zum Schützenfest ins märkische Rhunow wird durch den Tod eines Pianisten erschüttert. Ein Mord aus Eifersucht? Bei den Ermittlungen stößt Kriminalrat Eugen Ruben auf immer mehr Leichen und eine Mauer aus Schweigen ...

»Eine fesselnde Geschichte nach einem authentischen Kriminalfall aus der Weimarer Republik.«
literatur-report.de